L'escale

Le bruit du monde
68 rue de Rome
13006 Marseille
contact@lebruitdumonde.com

ISBN : 978-2-38601-003-3
Dépôt légal : mars 2024

Marion Lejeune

L'escale

Roman

le
bruit
du
monde

« La question des limites
avait été dépassée depuis longtemps.
Les lieux n'étaient plus circonscrits,
situables sur des cartes, immobiles.
Ils se déplaçaient avec le voyageur. »

ANNA MILANI, *Géographies de steppes et de lisières*

I

Tôt le matin, Grigori referme la porte de la maison de Jon et Halle et s'en va sur le sentier qui borde la baie. Dos au large, le regard rivé sur l'herbe parsemée de cailloux, il traîne des pieds, lui qui d'ordinaire, après des jours en mer, savoure tant de marcher. Il avance lentement, sans but, pour échapper à la pensée que derrière lui, par-delà les quelques barques qui peuplent le minuscule port du village, pointe la silhouette du navire qui a été le sien.

Depuis que le *Gren* est à l'ancre, les jours flottent, indéterminés. À bord, on a dû nettoyer de fond en comble, retaper les bannettes vermoulues, on a même dû repeindre le pont. Mais Grigori devine que tôt ou tard, le capitaine sera à court d'idées pour justifier cet arrêt prolongé. Faut-il vraiment tout ce temps pour que les morues soient à point dans les baraques à sel de l'Archipel ? D'ordinaire, les escales se font dans une hâte brutale : la poignée d'hommes d'équipage, affamée de terre, s'abat sur le port, bavasse, boit et fornique à satiété avant d'être rappelée d'un coup de sifflet pour embarquer le nouveau chargement et lever l'ancre. Ces brefs moments de liberté, le capitaine les figure dans son calendrier sous forme de rayures, encadrées par les dates sévères du rappel à l'ordre. Mais là, pas un matelot qui n'espère qu'on en finisse avec cette escale. Ça gronde, ça piétine, ça subit le temps perdu, à se demander si d'une façon ou d'une autre, il y aura rétribution pour ces jours chômés où l'on s'ennuie à crever. En attendant, chacun guette, à travers le vent qui gifle la côte et déporte les averses à l'horizontale, le doux crépitement de cette chair qui, dit-on, se gorge de sel jusqu'à devenir blanche, comme couverte d'une neige granuleuse.

On a peu l'habitude de voir les équipages s'attarder sur l'Archipel. On monnaye le bois contre le poisson, la laine ou l'huile de baleine, et les étrangers lèvent aussitôt l'ancre dans leurs bateaux de faible tonnage car ce coin du monde, à l'écart des grandes routes commerciales, ne sait rien des navires à vapeur ni des biens luxueux que l'Atlantique nord s'échange. Les taxes exigées par les Danois, même maintenant que le monopole desserre son emprise sur ces quelques îles perdues, ne sont de toute façon pas pour encourager le commerce. Alors les marins venus d'ailleurs ne font qu'un petit tour sur eux-mêmes, à peine le temps d'avoir le mal de terre, avant de retrouver la mer qui, pour ces nomades lancés dans l'éternelle cavale que leur trace la loi de l'offre et de la demande, s'est muée en foyer.

Et qui sait, peut-être qu'avec la perspective d'un départ, Thomassen cessera de penser à Grigori qui a fui pour se terrer là, dans une de ces petites maisons au toit couvert de longues herbes.

Grigori ne marche jamais jusqu'au plus près de son navire. Les hommes du *Gren*, il les a vus une ou deux fois traîner dans le village, adresser quelques mots aux gens de l'Archipel, aller boire non plus par soif mais par ennui. De toute façon, ce n'est pas comme s'il y avait ici matière à débauche. Un unique café sert, lorsqu'il y en a, une eau-de-vie danoise qui vous vaut les regards réprobateurs des locaux. Ne parlons même pas des femmes dont on peut user : il n'y en a pas. Ici chacun s'affaire à des choses sérieuses, de préférence sous le regard de Dieu ou de la couronne danoise.

Il est toujours plus doux de tuer l'ennui en meute, grâce aux cartes et aux histoires, mais ça, Grigori ne le peut plus. Lorsqu'il a observé, à distance prudente, ses camarades de traversée, il les a à peine reconnus. Est-ce de les voir à terre, loin du navire pour leur sculpter l'allure de leurs attributions ? Il s'est efforcé de les distinguer les uns des autres, de reconnaître dans le groupe la corpulence de Finnur, le colosse amical qu'on chargeait toujours des tâches les plus épuisantes, la démarche assurée de Helland le timonier, surnommé « le chanceux » tant il a plus d'une fois raflé toutes les mises des paris, ou même le vaste dos de Thomassen, avec ses cheveux d'un blond presque transparent. Mais il n'a vu qu'une petite troupe vêtue de bleu foncé, coiffée d'une chevelure confuse.

Grigori poursuit sa marche lente et se détourne du port. L'aube renverse peu à peu ses promesses en un ciel blanc, étale, qui reste le même jusqu'au soir.

*

C'est le dernier jour de mer avant d'accoster sur l'Archipel, Grigori s'en souvient, il a beau alors essayer de le cacher, l'angoisse l'oppresse au point qu'il n'en dort plus. Le *Gren* s'est comme enroulé autour de lui et le serre dans son étau de bois grinçant. Tout l'équipage, même ceux qui sont restés à distance des affaires de la nuit, sait qu'il est sur le point d'y passer. Le ragot court à bord : Grigori va-t-il se faire égorger avant l'arrivée au port ou se jettera-t-il à la mer pour éviter une telle fin ? Certains, par vague camaraderie, le regardent d'un air désolé, mais personne ne le prend vraiment en pitié. Il n'y a au fond nulle injustice dans cette traque que Grigori subit et qu'il doit accepter comme la conséquence d'un hasard auquel il a consenti. Chacun accepte que les heures à bord se tissent d'une extrême tension dont il n'y a qu'à attendre le dénouement. Même Grigori, quand il n'en peut plus de veiller pour éviter l'attaque, se résout à ses poches désespérément vides et aux poings que l'autre tient, pour le moment, encore serrés contre lui.

Depuis le pari, Thomassen ne quitte plus Grigori. Il dort sur la bannette près de la sienne, couché sur le dos, son large corps étalé au bord du vide de façon à l'avoir à l'œil. La journée, il n'est jamais loin et l'observe, petite silhouette affairée dans les voiles à côté des autres. Quand il n'y a pas de manœuvre, Grigori tient la hune comme un refuge, accroupi, les yeux vers le pont. Il a appris à reconnaître la silhouette de l'autre même à contre-jour, à deviner sa tête qui pointe par les escaliers, ses raclements de gorge gras. Il n'a même plus besoin de le voir, c'est une intuition qu'il a de sa présence, de sa façon de respirer et de se mouvoir qui l'alerte aussitôt. Dès qu'il pose un pied sur le pont, aux brèves heures de repos, il faut jouer de l'esquive, s'arranger pour n'être jamais seul. Finnur occupe bien malgré lui ce rôle d'armoire à glace défensive, placide dans son énormité, si doux qu'il ne viendrait à l'esprit de personne de mourir en sa présence, du moins il faut l'espérer.

Mais bien sûr il y a les quarts, ces heures où il semble qu'il n'y a personne d'autre que soi et le navire. Cette solitude qui s'est mise à le suivre partout le cueille alors comme un hameçon dans le ventre.

La nuit est très claire, il est trois heures, on a passé le mitan le plus pénible de la nuit, ce moment où le sommeil racle à mort, à en perdre l'équilibre même quand on est marin. Grigori pourrait s'endormir à la barre tant le *Gren* se meut de lui-même dans le roulis confiant, presque imperceptible, qui le porte sur les eaux de l'océan. Mais à présent, plus qu'à n'importe quel moment, il ne faut pas dormir. Non pas pour guetter, car il est évident que la confrontation va avoir lieu, mais pour se défendre à temps de ce qui va venir.

Justement Thomassen surgit, silencieux, après avoir contourné l'abri de navigation sans même jeter une ombre. D'un bras il serre Grigori par le cou, il le serre tout entier, c'est plus d'intimité que Grigori n'en a connu depuis les femmes de Bergen, mais surtout, ça fait peur. Thomassen n'a pas besoin d'en arriver là. Il pourrait l'assommer et le flanquer par-dessus bord, hausser les épaules au matin en disant que le jeune gabier a disparu, cela arrive, il y a des mélancoliques en ce monde, des types qui n'en peuvent plus de la misère, ou juste des maladroits qui se pintent et en payent les conséquences, mais il veut son compte de violence. Les morts sont libres de dettes et Thomassen n'a aucune intention d'offrir à Grigori cette délivrance.

Il faut qu'il se dégage de ce corps beaucoup plus lourd, beaucoup plus vieux qui le retient. Il jette un puissant coup d'épaule en arrière mais Thomassen ne bouge pas, l'enserrant de toute sa force d'ours qui fait carapace avec son poids, sa tiédeur, son odeur acide qu'il éructe en petits souffles dans le cou de Grigori.

Si seulement ils étaient à terre. À bord du *Gren*, Thomassen évolue comme un animal familier des lieux, la démarche assurée, ses poings épais, légèrement crispés, pendant de chaque côté de son corps. Il est puissant, marin des pieds à la tête. Sa lourdeur est l'atout parfait quand il y a de la mer : le choc des vagues contre la coque n'a jamais raison de son imperturbable gravité. Là où Grigori, élancé, valdingue, et a toujours préféré les voiles où il fait corps avec le vent, Thomassen, marin de pont, reste immobile, tenu au sol par ses pieds de bronze. Mais à terre, là où l'espace redevient un labyrinthe de roches et de forêts, sa maîtrise n'est plus rien. Il est facile de l'imaginer traîner sa masse vers l'ombre des bateaux, comme un crabe à la recherche d'un abri en attente de la marée haute. Grigori, rien qu'entouré d'un air alourdi d'odeurs végétales, aurait des chances de le vaincre. Avec sa corpulence déliée, il est fait pour les haubans du navire mais aussi pour le grand élan terrestre, pour la marche agile.

C'est le coup dans le genou qui le fait reculer. Thomassen s'étale sur le pont et Grigori s'écarte de la barre en attendant la prochaine charge. Il regrette le couteau qu'il a perdu à Bergen à cause d'un pari, un autre, et qu'il n'a pas pu remplacer faute d'avoir renfloué ses fonds à temps. Thomassen se relève d'un bond et le regarde, bras étrangement ouverts comme s'il le tenait encore. Dans ses yeux ronds, Grigori lit l'avidité frustrée et un mépris qu'il a vu poindre dès le premier jour à bord, quand son nom de consonance étrangère est tombé dans l'oreille du marin. Pourtant, il n'a rien qui le désigne comme intrus, il connaît la langue et les usages de Norvège, ça fait des années qu'il n'a pas eu un rouble en poche, bref, il dupe parfaitement son monde. Mais parfois, un simple nom suffit à s'aliéner les huîtres locales, cette idée qu'on n'est pas du port, comme si on avait traîné sur la carte une bave malpropre depuis son coin d'origine. Thomassen est comme ça, le nom lui est tombé dans l'oreille et c'est comme si Grigori s'était mis à dépasser d'une tête ses camarades au point qu'on ne voie plus que lui, l'étranger démasqué.

Thomassen s'approche lentement. Il a toutes ses chances de broyer Grigori, de faire ce qu'il veut de lui avec ses énormes bras, son expérience de la bagarre, des comptes qu'on règle un point c'est tout. Grigori déplie un corps inférieur en force mais qui ne ploiera pas, il le sait. Libéré du poids de l'autre, il se sent gagné par la rage de se défendre. Il a peut-être perdu, il est peut-être plus endetté que jamais, mais il est hors de question de crever pour un pari, qui plus est de la main d'une brute comme Thomassen.

Le Norvégien balance son bras comme une masse d'armes. Il va falloir se faire rapide pour l'esquiver. Grigori est déjà voûté, prêt à saisir à deux mains la tête de l'autre pour la fracasser contre le gouvernail du *Gren*. Il ne s'en remettrait pas, Grigori a déjà vu un marin glisser et se fendre le crâne sur la barre, répandant toute une masse rougeâtre sur les couleurs délavées du pont. Quelques secondes plus tôt, le type en question disait, comme s'il avait la vie devant lui, que le temps était en train de changer.

– Ne sommes-nous pas en train de perdre notre cap ?

Le bras de Thomassen suspend son élan et Grigori tourne la tête. La silhouette tassée d'un homme mord sur la faible lueur de la lampe. De tous ceux qui sont à bord, c'est le moins susceptible d'apparaître à cette heure de la nuit : un voyageur, sans doute une connaissance de Tobias, le capitaine, qui profite opportunément de la traversée pour rallier l'Archipel, une destination rarement desservie que ce soit par les navires de commerce ou de passagers. Les matelots n'ont découvert l'homme que le jour d'embarquer et ont marmonné de voir cet inconnu serrer la main du capitaine. De corpulence grasse et d'allure lente, assez âgé à en juger par son visage et ses cheveux épars, l'homme occupe la seconde cabine privée du brick, une pièce minuscule dotée d'une bannette où il a passé la plupart de son temps enfermé, non à cuver son mal de mer, comme les autres marins pouvaient le penser, mais à lire une copieuse pile de livres que Grigori a vue en jetant un œil curieux dans l'antre de l'oisif.

L'homme s'appelle Loukine, c'est ce qu'il a dit au capitaine alors que Grigori était, par hasard, à portée de voix. Le gabier aurait pu en faire la confidence aux autres, car les choses à se dire et à savoir revêtent une importance immense quand on se lance dans des traversées, même courtes, où les événements ne tiennent qu'à la pluie et au vent, mais il n'a rien dit. Marre de ce pouvoir des noms à distinguer alors qu'on n'avait jusque-là jamais considéré sa propre étrangeté, pas envie d'être associé, en vertu de l'arbitraire d'une naissance, à cet étranger qui, oui, semble bel et bien venu du même coin du monde. Les plaisanteries auraient fusé, voilà qu'il y a un autre Russe à bord, qu'est-ce qu'il leur prend à ceux-là de venir se perdre chez nous, l'Empire est pas assez grand peut-être, dis Grigori, t'as pas des choses à raconter à ton compatriote ? Mais très vite, tout le monde, jusqu'à Grigori lui-même, a oublié la présence du voyageur à bord, jusqu'à ce soir où pour la première fois les regards se croisent.

Thomassen range son bras le long de sa hanche. Grigori se redresse et repose une main sur la barre qui fait frémir le *Gren*. Hors de question de s'écharper face à un terrien. Ç'aurait été un matelot, Thomassen ne se serait pas gêné pour envoyer quelques mandales à Grigori histoire de lui laisser la face bleuie, une humiliation juste comme il faut pour qu'on se moque de lui à l'escale et que les filles le trouvent dégoûtant. Mais les affaires des marins ne se règlent pas face à un intrus.

Thomassen lance une bourrade à Grigori qui sursaute puis, dans un ricanement, s'éloigne à pas lourds. L'autre, le Loukine, ne bouge pas, pied assuré, mains dans le dos alors que le *Gren* gîte légèrement en reprenant sa trajectoire. Un ancien marin peut-être, qui a gardé quelques réflexes, mais n'a pas fait mine de s'intéresser à la vie à bord. En même temps quel intérêt que cet équipage qui s'ennuie vaguement dans ces courses d'un port commercial à un autre, sur un navire qui vit ses dernières heures avec ses voiles et sa coque en bois.

Loukine le regarde, Grigori le sent et il déteste ça. Il sait que l'autre a flairé ce qui les rapproche. Visiblement son nom à lui, aboyé par les autres marins lors des manœuvres, n'est pas tombé dans l'oreille d'un sourd. Une dette avec l'autre porc, et maintenant, ce lien malgré soi avec ce vieux auquel il n'a rien demandé. Il devrait se faire discret, bien plus discret, s'interdire toute idée saugrenue pour égayer la vie à bord et oui, pourquoi pas, changer de nom pour qu'on lui fiche la paix.

– D'où viens-tu ? dit l'homme en russe.

Et voilà. C'est pas qu'il ne parle plus russe, à dire vrai il n'en sait rien, il ne le pratique plus vraiment, c'est le norvégien et le danois qui transactionnent dans sa tête depuis des années, et sa langue d'enfance, lointaine, n'a pas acquis la douceur que donnent parfois la distance et la nostalgie, lorsqu'on s'attendrit d'une chose qui a pris son exil et qu'on ne peut que considérer de loin, de l'extérieur. De nouvelles langues en ont chassé une autre, c'est tout, et il est bien trop occupé à les habiter pour se préoccuper de ce qui perdure ou ne perdure pas, de ce dont on se souvient et de ce qu'on oublie.

– De Bergen, marmonne Grigori en norvégien.

– En Russie, je veux dire.

Soupir de l'intéressé.

– D'Arkhangelsk. Ça vous va, comme réponse ?

– Ah, le grand port de la mer Blanche. Je crois que je n'y suis jamais allé. Moi, je suis de Saint-Pétersbourg.

Grigori n'écoute pas. Il n'a cure de ce soudain espace de connivence que leur offre, à lui et au voyageur oisif, leur origine commune. Après l'attaque de Thomassen, ses muscles vibrent de fatigue et une douleur s'est réveillée au creux de ses omoplates. Le jour se lève à tribord. Dans quelques heures, le navire arrivera à destination, dans ce chapelet d'îles perdues qui, dit-on, manque de tout sauf de vent, de pluie et de moutons. Le *Gren* reliera le labyrinthe étroit de son pont, de sa cale et de ses couloirs, à d'autres espaces, l'horizon se débarrassera du corps menaçant de Thomassen. Au moins pour un moment, il n'y aurait plus ni portes, ni cloisons, ni mer partout autour pour contraindre les ennemis à s'affronter. Mais Grigori sait que Thomassen, même distrait un moment par des occupations d'escale, ne renoncera pas. Question d'honneur. Question de cruauté aussi. Qui peut dire pourquoi un homme n'en aime pas un autre, exige de lui qu'il paye ? Les choses sont parfois comme ça.

– Je connais des gens à terre, dit Loukine.

Grigori se renfrogne. La manie qu'a ce voyageur de se mêler de ce qui ne le regarde pas, cette façon de considérer sa jeunesse avec une sollicitude condescendante, c'est insupportable.

– Et alors ? Ce ne sera pas une solution.

– Comme tu voudras. Ce n'est qu'un service que je propose. Je ne te prêterai pas d'argent, si c'est ce que tu veux savoir. Car c'est bien d'argent qu'il s'agit, n'est-ce pas ?

Silence.

– Un séjour à terre ne pourra qu'aider. Nous arrivons dans des lieux particuliers, tu t'en rendras vite compte. Avant même que la nouvelle cargaison ne soit chargée, les choses se seront calmées.

– Qu'est-ce qui vous fait dire ça ? Vous connaissez, là où on va ?

Mais Loukine est déjà parti. Ne reste que Grigori, avec l'aube qui éclaire ses doigts très blancs serrés sur la barre.

*

Sauf que le chargement tarde de façon invraisemblable et que ce temps pour que les choses se calment, pour réfléchir (mais à quoi ? à qui ?), qui n'était censé durer que quelques jours, s'est transformé en une agonie qui ne veut pas prendre fin. Le village rapetisse au fur et à mesure que Grigori l'arpente, au petit matin de préférence, heure à laquelle les matelots en escale savourent le sommeil qui leur manque tant en mer. Heure à laquelle, donc, il ne risque pas de les croiser.

Comme la plupart des bâtisses du village, la maison de Jon et Halle donne sur le port. Au rez-de-chaussée, elle abrite une vaste salle de classe, car tous deux sont instituteurs. Chaque matin depuis que les voyageurs sont arrivés, un groupe d'enfants de tous âges se presse à la porte et s'installe pour la poignée d'heures où le couple, qui fait classe ensemble, parvient à les faire tenir en place.

Les visiteurs, comme leurs hôtes, logent à l'étage. À sa grande surprise, Grigori a une chambre pour lui seul. Sa fenêtre donne sur un minuscule jardin d'herbe encadré par les façades des maisons voisines. De temps à autre, une fenêtre s'ouvre et un bras secoue un chiffon noir de saleté ou jette avec indifférence l'eau souillée d'un seau. L'herbe du jardin pousse vigoureuse et très verte, aussi drue que celle qui chapeaute les maisons. C'est d'ailleurs une chose étrange d'ouvrir sa fenêtre le matin et de voir s'agiter, au-dessus du cadre de bois, de longs brins d'herbe échappés du terreau, ou des pissenlits qui poussent dans des positions acrobatiques. Étrange aussi de penser, comme le fait Grigori quand son esprit le laisse en repos, qu'on s'endort avec au-dessus de soi une épaisse couverture de terre humide et noire. Est-ce que ce n'est pas un peu comme être allongé, mort, dans un cercueil particulièrement spacieux ?

Au matin, Grigori se réveille enveloppé dans une double épaisseur de draps et de couvertures, étonné par le silence. Il préférerait mille fois sentir sous lui la dureté de sa bannette que d'avoir l'impression d'être un poupon qu'on a langé. Toute cette bienveillance l'humilie, il n'a rien fait pour la mériter, il est là par hasard, parce que Loukine lui a adressé la parole à bord. La table du repas est plus infamante encore et, pourtant, Jon et Halle proposent avec simplicité ce qui fait partie de leur quotidien : pain noir, bouillie d'orge, petits poissons fumés, œufs durs d'oiseaux sauvages et même de la confiture de baies, d'une variété que Grigori ne connaît pas. Seul le café, noir et très fort, lui rappelle les matins en mer. Il en avale de grandes lampées en écoutant le raclement des chaises et les bavardages des enfants qui s'installent dans la salle de classe.

À l'inverse de Grigori, Loukine se délecte de cette hospitalité. Sans la moindre gêne, mangeant pour deux, il entretient son poids de sédentaire. Il passe aussi de longs moments à parler avec Jon, Halle et leur fille Lene. Le premier soir, il ôte même un livre de leur généreuse bibliothèque et leur fait la lecture dans un danois qu'il parle, comme toutes les langues que Grigori l'a entendu prononcer, à la perfection, avec une certaine grandiloquence et le plaisir manifeste d'être écouté.

Pourtant, malgré ces simagrées d'intimité, rien ne semble vraiment le lier à ses hôtes. Les gestes ont de part et d'autre une neutralité polie ; le ton, cette cordialité qu'on a pour des êtres qu'on apprécie sans trop les connaître. Peut-être tous trois se sont-ils vus il y a des dizaines d'années, peut-être ne se connaissent-ils même pas, peut-être Jon et Halle ont-ils l'habitude des voyageurs et les accueillent-ils avec plaisir, comme des membres de la famille qu'on n'aurait pas côtoyés depuis tant de temps qu'on tolère qu'ils aient changé jusqu'à devenir des inconnus. Une curiosité discrète pour ceux qui viennent d'ailleurs, oui, c'est ce que laisse penser leur bibliothèque qui parle toutes les langues nordiques, Loukine l'a plusieurs fois souligné avec emphase, comme s'il avait fait le voyage jusqu'à l'Archipel à dessein, après avoir entendu parler de la merveille à des milliers de kilomètres. Sans façon, Jon et Halle offrent le gîte au vieux voyageur et à son camarade mutique, ne demandent rien en retour, et cette absence totale de conditions, Grigori a du mal à la comprendre, lui qui, pour toute pensée, a un poing fermé et une liste de comptes dans la tête.

Loukine passe tout son temps dans le salon bibliothèque, près des étagères chargées de livres. Il ne demande rien à Grigori. Peu lui importe ce qu'il fait de ses journées et à qui il parle. À peine s'enquiert-il, lui qui ne se déplace presque pas, de l'étendue du village ou de la météo du jour. Tout le monde se retrouve le soir au dîner. La conversation de Loukine, déjà pénible à l'ordinaire, s'épanouit. Il ne cesse de poser des questions personnelles à chacun et s'attarde plus volontiers sur Jon et Halle, dont il sait qu'ils ne le rabroueront pas. C'est même le contraire car tous deux, loin de se formaliser de ces démangeaisons qui exigent de Loukine qu'il soit mis au secret, trouvent plaisant d'évoquer leurs souvenirs en présence de leur fille. Tout y passe : les géographies de l'enfance dans les fjords des alentours, les premiers voyages, la rencontre à Copenhague, au sortir de l'école des instituteurs, qui noue les deux insulaires dans une nostalgie partagée de l'Archipel, la promesse de rentrer à deux, accomplie quelques mois plus tard, et la mise en ménage dans la grande maison à la porte ronde, qui se peuple de l'enfant qu'on a faite et de ceux qu'on instruit. Fascinée, Lene écoute, elle n'a jamais entendu ça, elle découvre l'époque de son inexistence, mais elle n'a pas le temps de s'en offusquer tant les questions sur le pourquoi et le comment se précipitent.

Parfois, ô malheur, c'est au tour de Grigori de parler. Chaque fois que Loukine lui pose une question lors de ces fameux repas, ce dernier ne sait que dire, n'a pas envie de dire. Loukine s'attend à ce qu'il explore l'amont de son existence pour en revenir les mains chargées d'anecdotes divertissantes, mais c'est impossible car le temps, pour Grigori, s'est réduit au calendrier de ses erreurs les plus récentes. Le plus pénible, au-delà de ces questions, c'est que les confidences de Loukine n'ont, en miroir, rien de satisfaisant. Non qu'il soit, comme Grigori, un de ces hommes insupportablement secrets ou taciturnes, non, c'est juste que les rares fois où il se lance, ses récits sont si confus et si mal construits, avec des prénoms et des lieux qui changent d'une minute à l'autre, que Lene s'impatiente et réclame bien vite d'autres histoires à ses parents, qui, eux, ont de vrais talents de conteurs.

Un soir, Loukine, du ton poli qu'il emploie toujours, prie ses hôtes de raconter un souvenir de leur jeunesse. Tous boivent du café, installés dans le salon bibliothèque dont l'unique fenêtre ouvre sur le port. Grigori est enfoncé dans son siège, Lene tressaute d'impatience sur les genoux de son père.

Jon parle le premier et raconte un voyage terrible vers le Danemark alors qu'il avait douze ans. Terré au fond du bateau, il a vomi pendant toute la traversée, il n'a pas vu une seule fois la mer ni le ciel. L'eau mouvante, oppressante, l'a meurtri des jours durant. Il a compris (mais il n'a même pas eu le temps de prier entre deux nausées) à quel point il était à la merci d'une force inéluctable et sacrée qui le tenait dans sa grande main. Ce disant, Jon, habité par son récit, se met à se balancer sur sa chaise et Grigori pense à Loukine oscillant sans appui sur le pont du *Gren*, le soir où il a malgré lui chassé Thomassen. Arrivé à Copenhague, reprend Jon, j'avais perdu cinq kilos et gagné autant de centimètres. J'étais sec comme un fil, je n'avais plus de tripes et donc tout à apprendre. Je me tenais droit et ce qui restait de moi était dense et décidé.

Halle préfère quant à elle évoquer les villes où elle a vécu. Les voyages, elle les a faits sans s'en rendre compte, l'esprit aiguillé vers son but, le corps au repos dans le temps blanc des traversées. À Amsterdam, quand elle n'étudie pas, elle va au marché près du canal. Au fur et à mesure qu'avance la journée, le marché verse dans l'eau : les marchands y jettent les denrées pourries, quand ce n'est pas la foule circulant dans la rue étroite qui les fait basculer dans le canal. Le plus drôle, ce sont les choux avec leur froufrou vert gorgé d'eau, en cohorte près des ponts. Il y a aussi les poissons pêchés en haute mer qui flottent le ventre à l'air, et les homards, plus chanceux, dont on aperçoit les corps d'insectes en fuite au fond du canal, en transparence. Les charognards du coin font un festin de ce qui flotte mais les choux, trop gros pour eux, restent là, à rouler comme des bouées vertes dans l'eau noire.

Lene, avec sa mémoire pointue comme une aiguille, veut elle aussi raconter. Elle saute des genoux de son père et, avec de grands gestes, décrit le macareux mort qu'elle a un jour trouvé sur une plage des alentours : les plumes, le rouge vif du bec, le poids du petit corps porté à deux mains jusqu'à la maison. Il a fallu s'en débarrasser mais Lene n'a pas voulu que les mouettes le mangent, si bien que le macareux repose dans la courette sous un tas de terre depuis huit mois, aux côtés des deux chats regrettés du foyer. Les trois adultes l'écoutent et le visage rond de Loukine exprime une complète fascination.

Déjà, le vieux voyageur, piqué par cette histoire de macareux, commence à raconter une anecdote : alors que les débardeurs chargeaient les grumes à bord du *Gren*, dans le port de Bergen, on a trouvé dans le nœud d'un tronc un minuscule écureuil terrifié qu'il a fallu arracher à l'écorce.

Quelle bêtise, pense Grigori. Cette scène n'a jamais eu lieu, ce ne sont pas des grumes qu'on charge mais du bois d'œuvre, déjà bien lisse et transformé, des planches, des charpentes pour les maisons, des montants, des lattes pour les lits, des coques de bateaux, tout ça en petits morceaux qu'on assemble comme des jouets à l'arrivée au port, il n'y a rien dans le chargement de bois qui rappelle la forêt si ce n'est cette odeur puissante d'arbre fendu. Mais Loukine babille, Jon et Halle sourient avec patience, divertis, et Lene écarquille les yeux comme des soucoupes, elle qui, sur l'Archipel pelé par le vent, n'a jamais vu un seul écureuil.

– C'est un rat roux avec une queue épaisse, décrit Grigori machinalement, venant en aide à Loukine qui, comme d'habitude, bute sur les détails de son histoire.

– Tu as déjà vu des rats, non ? enchaîne Loukine, ravi, à la petite fille. Imagine un rat en plus beau.

Elle bat des cils comme si la bestiole venait de traverser la pièce puis, toujours debout, prise dans l'enthousiasme que ces images lui donnent, se tourne vers Grigori et demande avec politesse :

– Et toi, tu veux bien nous raconter quelque chose ?

Elle lui dit « tu » depuis le début. Du faible perchoir de son enfance, elle semble avoir compris qu'il est jeune, ça tient à quelque chose dans l'allure, une barbe presque inexistante, les traits doux, rien à voir avec ce Loukine dont l'âge se compte en une petite dizaine de Lene. Pourquoi ceux qui ont peu vécu auraient-ils peu à raconter ? Lene vit bien mille aventures par jour dans ce village du nord-est de l'Archipel, alors pourquoi lui, Grigori, avec ce drôle de prénom, arrivé sur un navire de Norvège et en ayant connu bien d'autres, n'aurait-il rien à dire ?

Mais Grigori, sans croiser les regards, tête penchée, agite la main comme s'il était gravement aphone et la conversation s'achève sans que nul n'insiste. Jon, Halle et Lene avec son souvenir bricolé d'écureuil montent à l'étage pour dormir. Les deux hommes restent seuls dans la petite pièce qu'une seule lampe suffit à éclairer. Grigori se sent comme tordu de la tête aux pieds, réticent à tout ce qui l'entoure, Loukine, la conversation. Même ce salon qui n'a rien demandé avec sa lumière douce et ses livres partout l'agace. Il faudrait s'éclipser pour éviter non pas tant le silence, ça ne le gêne pas, ça le connaît, il aime ça, le silence, il le cultive, c'est souvent préférable à tout le reste, mais de peur que Loukine en profite pour parler encore et le soûler d'anecdotes dont il se fiche. Alors, en se levant de son fauteuil, c'est plus fort que lui, plus fort que sa gratitude pour le vieux voyageur, il lâche :

– Vous racontez n'importe quoi.

– Qui te dit qu'ils n'inventent pas, eux ?

– Jon et Halle ont tout de suite compris que vous mentiez.

Loukine hausse les épaules, il en est presque à sourire.

– J'apporte ma pierre, peu importe laquelle. Pas comme toi qui ne fais honneur à rien. Tu fais peine avec ton ennui et tes problèmes de matelot en terre ferme.

– Je n'ai pas le cœur à écouter des histoires ni à en raconter.

Loukine ne répond rien, mais Grigori sait qu'il l'observe. Oui, il est ridicule avec cette mauvaise humeur qu'il offre en spectacle à son compagnon d'escale, un parfait inconnu ou presque, mais tant pis pour l'humiliation : il est incapable de contenir ce qui le balance, entre le soulagement d'être loin de son ennemi et l'impatience que le fil du temps reprenne enfin son cours, quitte à le payer d'un combat. Mais que peut y comprendre cet homme qui s'abandonne avec plaisir à la terre d'escale et semble ne rien attendre des jours à venir ? Il est arrivé à destination, lui, il n'est pas ce voyageur abandonné quelque part avec sa valise d'une seule nuit, parce que, on ne sait pas pourquoi, le bateau n'est jamais venu et ne viendra jamais. Une perte de temps que de se confier à lui. Mieux vaut remonter à l'étage, aussi amer que ses hôtes sont tranquillisés d'histoires, pour s'enfouir dans le lit trop confortable et observer, par la fenêtre, les herbes qui pendent du toit s'agiter au vent, jusqu'à ce que le sommeil lui accorde un répit de quelques heures.

Loukine ne bouge pas de son fauteuil, alors qu'il est souvent l'un des premiers à se retirer le soir, tant dormir semble compter pour lui au nombre des plus grands plaisirs de l'existence. La bouche entrouverte, il halète légèrement, le regard fixe, comme s'il cherchait son air.

Malgré son agacement, Grigori a perçu combien la voix du vieux est faiblissante, ses gestes économes, la difficulté qu'il a ne serait-ce qu'à tourner la tête vers qui lui parle. Maintenant que la nuit tombe dans le petit salon aux murs de bois blanc, soulageant les corps et les visages de leurs obligations à paraître, Loukine touche au bout de ses forces et laisse advenir une souffrance qu'il retenait derrière ses sourires d'invité idéal. Grigori s'approche. Loukine, le regard rivé au loin, lui fait signe de s'éloigner.

II

En sortant sur le palier le matin suivant, Grigori aperçoit, par une porte entrebâillée, la chambre de Loukine. Elle est déserte et silencieuse, signe que le vieux prend en ce moment une collation au rez-de-chaussée, obéissant à ce strict mouvement pendulaire qui veut qu'on le trouve soit dans sa chambre soit dans le salon, seuls lieux possibles pour lui qui ne quitte jamais la maison.

Grigori pousse la porte. La chambre lui paraît vaste et propre avec son parquet ciré et le bois du lit impeccablement fait roussi par la lumière du matin. C'est la plus belle pièce de l'étage, du moins de celles que Grigori a vues, car Jon et Halle, lorsqu'ils se lèvent, referment bien vite leur porte derrière eux. Le temps que disparaisse l'entrebâillement, on la devine inondée d'un éclat venu d'ailleurs, embrasée, comme l'intérieur d'une ruche où le secret de leur lien aurait son gîte.

Loukine a pris ses aises dans sa chambre d'escale. Dans chaque objet, chaque vêtement plié avec soin, on sent le sédentaire qui est en lui frémir de plaisir. La haute malle qui l'accompagne depuis Bergen est sanglée, rangée bien droite dans un coin comme si elle souhaitait s'y fondre. Des livres s'alignent sur le petit bureau qui jouxte la fenêtre. Une dizaine pour l'instant, les siens, mais Loukine passe le plus clair de son temps à piller la bibliothèque de Jon et Halle. Il remonte quelques ouvrages à sa chambre, en descend d'autres qu'il range avec soin avant de se servir de nouveau. Il a l'air de prendre des notes, de réfléchir, il traduit peut-être, lui qui parle beaucoup de langues, car des pages gribouillées, sans ordre apparent, s'empilent en désordre sur la table. L'encrier est lui bien fermé et la plume posée au centre d'un buvard pour ne laisser aucune tache aux alentours.

En bas, c'est l'heure de la classe. Il est déjà tard en ce jour travaillé, neuf heures peut-être, tard pour les enfants arrachés aux travaux domestiques comme pour les parents qui consentent à les laisser partir. Par les fenêtres gondolées de l'école, les écoliers guettent-ils la barque du père qui rentre de la pêche, voient-ils son bonnet traverser le cadre de bois et entendent-ils sa voix qui s'élève pour grogner les maigres gains de la journée ? Ils n'en peuvent plus de rester immobiles, penchés sur leurs cahiers, ils brûlent de sortir voir les filets où, pêle-mêle, ça frétille, ça grouille et ça cliquète, pressés aussi en retour de dire ce qu'ils ont appris, et le père et la mère de se demander ce que valent les contes de fées, aussi beaux soient-ils, les calculs qu'on fait dans le vide comme des pas de danse, ainsi que l'Histoire du royaume qui tient l'Archipel sous sa gouverne, toutes ces choses si savantes mais qui ne pèsent rien face à ce qu'on peut saisir entre les doigts pour le manger. Il arrive parfois, a dit Halle hier à Grigori, que Lene se retrouve seule au premier rang. Elle, personne ne la retient pour nourrir les animaux, s'occuper des derniers nés, rattraper les moutons. Elle a cette chance, comme ses parents l'ont eue, d'arpenter un chemin pavé de livres et des choses impalpables qui les peuplent, et qui nourrissent sans qu'on le sache toujours.

Alors que Grigori descend l'escalier, un murmure croît. En bas, un peu plus loin dans le couloir, après la cuisine et le salon, la porte de la salle de classe se devine, entrouverte, et tout comme il a fait quelques pas dans la chambre de Loukine, curieux d'un endroit qu'il n'avait jamais vu, Grigori s'avance et tend l'oreille.

La classe ânonne, petites voix réunies dans un unisson presque parfait, pas trop fort, comme si quelqu'un dormait quelque part et qu'il ne fallait pas le réveiller. Les écoliers passent les crêtes des phrases avec aisance, leurs souffles rassemblés au détour des points et des virgules, pures ondulations de voix lancées avec confiance dans la lecture. Ils pourraient réciter une prière, un long poème dont la classe s'étourdirait jusqu'à le connaître par cœur, ou encore lire le chapitre d'une histoire, ce pourrait être n'importe quoi, car c'est la langue de l'Archipel qui se parle là et Grigori n'y comprend rien. Il essaye d'en rattacher des bribes aux langues qu'il a apprises malgré lui, celles des deux royaumes du bout du continent, Norvège et Danemark, qui se sont échangé, au cours des siècles, ces îles des mers nordiques, mais il a beau saisir les mots, les considérer, les tronquer et les recomposer, l'opacité reste entière, ce qui est d'autant plus curieux qu'il connaît ces sons et les pratique depuis des années sans même y penser.

Il écoute encore, sans espoir de comprendre. C'est la première fois qu'il entend cette langue parlée avec tant de clarté, sereine, bien articulée dans le recueillement de la classe, car Jon et Halle, en hôtes exquis, ont la politesse de la réserver à leurs échanges privés. Ils se parlent en danois lorsque les deux voyageurs sont présents, imités en cela par la tout aussi polie Lene, et si l'on a entendu cette langue secrète ces derniers jours, c'est dans un murmure que le couple échange dans la cuisine, ou d'un trait flûté lancé par Lene du haut des escaliers, lorsque ses parents la réclament en bas et qu'elle n'a pas envie de descendre.

Grigori fait les quelques pas qui manquent et passe sa tête par l'ouverture de la porte, parce qu'il s'ennuie, parce qu'il aime bien Jon et Halle, leur douceur et leur patience, et aussi parce que l'école a si peu de sens pour lui qu'il n'a pas conscience de l'indélicatesse à interrompre la leçon simplement pour satisfaire sa curiosité.

Dans la classe, obscurcie par d'étranges rideaux de laine rouge, des enfants d'âge divers lisent, penchés sur des pupitres, mais à la seconde où les regards se lèvent et considèrent l'intrus, tout le monde se tait, non de surprise, Grigori le sent, mais d'effroi. Il voit passer dans les yeux de Halle, debout bien droite sur l'estrade, feuille volante à la main, une étincelle inhabituelle, un éclair d'inquiétude qui s'efface dès qu'elle le reconnaît. Jon s'est souplement retourné dès que la classe a fait silence, bras écartés, marteau à la main, une carte d'Europe qu'il a dû dessiner lui-même partiellement clouée au mur derrière lui. Le trait de plume y est fin et assuré, couleurs bien encloses, mais cela n'empêche pas une certaine approximation dans les contours du continent qui, comme alangui, se répand dans les mers qui le bordent. Grigori ne reconnaît pas les côtes, trop dentelées, trop hérissées, trop protubérantes, mais celui qui parcourt ce coin du monde peut-il vraiment en prendre la mesure quand il a les yeux collés aux récifs dont il ne devine même pas la fin ?

L'étincelle de frayeur évanouie, Jon adresse une moue de sympathie à Grigori et se retourne pour planter son clou. Halle lui offre quant à elle un sourire aussi opaque que doux, comme une réponse qu'on déroberait, non sans tendresse, à celui qui s'enquiert.

Une petite fille, triturant les quelques feuilles qu'elle a sur sa table, marmonne en danois à Grigori, regard par en dessous, méfiante : Qui es-tu, toi ? Halle répond pour lui, en danois également, langue commune entre la classe et l'intrus : Grigori est notre invité du moment.

Le port est désert à cette heure de la matinée. Avec la fin de l'hivernage, ont dit Jon et Halle la veille, les pêcheurs sont encore moins nombreux que d'habitude. Beaucoup ont quitté l'Archipel pour aller vers l'Islande et même, pour certains, vers le Groenland, où ils trouveront des bancs de poissons en nombre et de quoi s'employer à l'infini dans les équipages de pêche qui ramènent de quoi nourrir et enrichir le Danemark. Depuis la terre, les hommes de l'Archipel ont vu le printemps leur faire signe et n'en ont pas voulu manquer un jour ; à la fin de l'été, ils quitteront les terres nordiques pour revenir ici. Saisonniers d'un climat binaire, ils partent et… Bon sang, quelle guigne d'être coincé ici ! Surtout qu'aucune issue ne se dessine dans les jours qui se succèdent, plombés, blancs, éblouissants, mais sans véritable soleil pour donner un peu d'éclat à ce paysage.

Maintenant qu'il a perdu le roulis du bateau qui était pour lui une seconde nature, Grigori se demande comment il a pu, raisonnablement, se lever en pleine nuit et, à la lumière d'une lampe, jeter deux rats dans le fond d'une caisse sous les yeux des parieurs. Il a été le premier surpris de se prendre au jeu et de sentir le cœur lui battre au moment des combats, lui qui s'est toujours cru plus à l'aise dans le gréement des navires, avec quelques gabiers peu diserts, que sur le pont avec les autres, leurs mots et leurs odeurs. N'est-ce pas pour distraire son monde qu'il a eu, après quelques heures de mer à peine, alors que les côtes avaient disparu et que se renfermait sur eux la mélancolie des premiers milles, cette idée des combats ? Une idée cruelle pour dissiper la tristesse du départ alors qu'autour de lui les hommes se tenaient là, têtes basses et l'humeur irritable, leurs corps encore chauds de ceux qu'ils avaient étreints, une idée pour que l'équipage prenne racine dans le *Gren* et se rassemble autour du cercle de la lampe pour ne penser à rien d'autre. Est-ce pour Helland, le timonier si charismatique qu'il suscite chez tous l'envie de lui plaire, qu'il a fait cela, ou pour Finnur, attristé par une rage de dents à en perdre le sommeil, ou pour laisser croire à Nils, le mousse dont c'était la première fois en mer, que sur le *Gren*, on avait l'art d'égayer les traversées ? Mais il n'y a plus ni rats ni bateau ni équipage, et Grigori ne sait plus pourquoi il a fait telle et telle chose. Il est là, à longer la baie, dans l'hébétude de celui qui a perdu ou s'est trompé, le cul botté par les circonstances, à ne plus rien reconnaître après avoir agi en homme sûr que tout irait bien.

Yeux plissés par la lumière qui filtre du ciel, roulant des petits cailloux terreux sous ses chaussures, Grigori pense au rat qui, en perdant le dernier combat, a plombé pour de bon ses comptes auprès de Thomassen. Un rat féroce, efflanqué, que les parieurs identifiaient sans peine après quelques jours à le voir étriper tous ses adversaires. Une longévité surprenante alors que le sort tournait vite pour les autres, interchangeables au point qu'on leur déposait sur la tête, juste avant les combats, un trait de peinture colorée pour bien les distinguer et que nul ne puisse, une fois la pelote de griffes et de dents disjointe par le coup de grâce, arguer d'une mascarade qui l'arrange. Thomassen avait raflé toutes les mises ce maudit soir, ça tirait des gueules interminables à la lumière des lampes, dents serrées avec force soupirs, mains glissées à regret dans les poches qu'on vide pour le gars qui, contre tout le monde, a eu du nez. Thomassen avait été le seul à parier en faveur des deux gros rats bruns que Grigori avait jetés comme adversaires au rat féroce. Deux contre un c'était un pari risqué, oui, mais le rat n'était-il pas un vainqueur-né, à en tuer le hasard et la peur de perdre, auquel Grigori donnait en douce des miettes de biscuit comme à un champion qu'on prépare, pas trop pour ne pas tuer en lui la rage causée par la famine, mais suffisamment pour qu'une fois dans la caisse, il ait la force de sauter à la gueule de l'autre pour lui faire sa fête.

Eh bien non. Les deux gros rats l'ont tailladé sans difficulté, une minute à peine et c'en est fini du rat féroce, petite gueule palpitante entrouverte sur ses incisives jaunes, poil ruisselant de sang et de sable, pattes repliées, et les deux autres affamés qui viennent se servir dans ses flancs. Grigori laisse faire malgré le dégoût, tout à la pensée qu'il n'aura jamais assez pour payer Thomassen. Il doit déjà une somme copieuse au coq après avoir bêtement perdu le soir précédent, et même sa veine avec le rat féroce n'a pas réussi à le renflouer. Il est mal, très mal, bien plus que les autres qui allongent les pièces jusqu'à la main du veinard, vexés mais sans plus car ils ont d'autres réserves d'anciennes victoires, de quoi se refaire. La face réjouie de Thomassen s'étale, insolente, à la lueur de la lampe. Ce sourire entre ses joues charnues, cette corpulence de pleine santé qu'il affiche, Grigori n'est pas près de les oublier. En quelques jours de mer, Thomassen s'est étoffé d'autant que Grigori a fondu à force de gesticuler dans les voiles et de se tortiller à la recherche de combattants, rognant sur le temps de sommeil déjà rare pour assurer le spectacle.

Que font les rats maintenant qu'ils peuvent vivre sans risquer la capture, qu'il n'est plus là pour les courser et faire prendre à leur vie d'animaux ce cours improbable ? Se rendent-ils même compte que le navire est à l'ancre, cela change-t-il quelque chose à leurs cavalcades, leurs petits cris et leurs affaires lorsqu'ils croient que les matelots dorment ? Sont-ils à bord à s'ennuyer, à se demander où est la nouvelle cargaison, les vivres frais dans lesquels ils pourront taper, ou bien ont-ils nagé jusqu'à terre en conquérants, sentant que bientôt le navire se pétrifierait, vidé de toute vie et des déchets qu'elle engendre ? Oui, c'est sans doute cela qu'ils ont fait, gagner la terre pour vivre, et si des rats reprennent un jour le *Gren*, ils auront oublié l'arrivée de leurs ancêtres sur l'Archipel et croiront embarquer sur un navire inconnu, frais de tout, dépeuplé jusqu'alors de cette petite vie grouillante qui marche dans l'ombre des humains.

*

Le sommet des collines disparaît dans une brume légère qui descend peu à peu vers le village. D'ici une heure, chacun finira trempé sans avoir discerné la moindre goutte. Grigori marche vers le fond de la baie, où se vend le poisson lors des retours de pêche.

Une jeune fille est assise sur un minuscule tabouret avec, devant elle, un vaste panier. Elle s'est installée tout près de l'épicerie, la seule du village, où l'on achète la farine, le sucre, le sel et les céréales que des navires comme celui de Grigori apportent d'ailleurs. Les femmes qui sortent s'arrêtent près de la fille, tendent leur sac où elle glisse, contre quelques pièces, des objets qui ressemblent à de petits cailloux. Alors que Grigori s'approche de cette curieuse marchande, le soleil échappe aux nuages et la brume devient blanche au lieu de grise, éclatante. Les poings dans les poches de sa veste, Grigori regarde la fille. Éblouie, elle plisse les yeux pour lui rendre son regard.

– Qu'est-ce qu'il y a dans ton panier ? demande-t-il.

– Et toi, tu es qui ?

Il sait qu'elle le reconnaît. Sa silhouette frêle en robe bleue s'est postée il y a deux jours près des maisons du village, à l'abri de la pluie, et a suscité un bref attroupement qui s'est amoindri les heures qu'a duré l'après-midi. Alors qu'il l'observait, il l'a vue plus d'une fois braquer ses yeux sur lui en retour avec une curiosité évidente, la main en visière, puis le regarder déambuler dans le port, tout désœuvré qu'il est.

– Tu es un de ceux de Norvège, c'est ça ?

Il hausse les épaules. Le soleil a reculé et ça moutonne à nouveau dans le ciel gris. Grigori sort un poing de sa poche et le tend vers le panier.

– Qu'est-ce que c'est ?

– Des œufs d'oiseaux sauvages. C'est moi qui les ramasse.

– Ça doit être dangereux.

– Tu en veux ou pas ?

– Oui.

Il tend trois doigts puis ouvre sa main, dans l'attente. La fille fouille dans le panier, en sort un œuf qu'elle examine : la coquille est fendillée. Elle le jette. Aussitôt, une troupe de mouettes décolle du toit de l'épicerie et se précipite en criaillant. Les deux jeunes gens observent les oiseaux venir examiner la tache visqueuse que l'œuf a faite en se brisant puis, déçus, dans un battement d'ailes désordonné, reprendre le gué depuis le toit qui leur offre une vue imprenable sur la baie où reviendront bientôt les pêcheurs.

La marchande dépose trois œufs dans la paume de Grigori. Ils sont petits, d'une belle couleur de roche, un blanc-gris piqueté de points plus foncés. La tresse de cheveux bruns de la jeune fille est posée sur son épaule. Avec la lumière, ses yeux ne sont plus que deux fentes obliques sur son visage coiffé d'un bonnet de laine. D'un geste précis, Grigori casse les œufs sur le rebord du panier et les gobe l'un après l'autre.

– C'est très bon.

Elle sourit, amusée par sa gloutonnerie qui a tout d'une bête démonstration de force. Elle devine qu'il sent déjà le poids écœurant des œufs crus dans son ventre. Grigori fouille ses poches et lui tend une pièce rescapée de son naufrage financier, un peu collante à cause de l'œuf qui a coulé sur ses doigts.

– Je m'appelle Alda, dit-elle.

– Moi, c'est Grigori.

– Quand repars-tu, Grigori ?

Il dit qu'il ne sait pas.

– Alors on se reverra sans doute.

– Tu es d'ici ?

– Non. J'habite pas loin, mais je viens souvent au port. Tout le monde raffole des œufs d'oiseaux sauvages. Ils sont prêts à y mettre le prix mais pas à se risquer à les ramasser.

Une présence grandit derrière Grigori. Il se retourne. C'est un homme de grande taille, qu'on devine très mince dans une vareuse qui lui tombe jusqu'au milieu des cuisses. Il regarde Grigori sans insistance mais, de toute évidence, c'est un client qui désire être servi. Une femme s'approche elle aussi, panier au bras. Elle regarde l'attroupement d'un air impatient.

– Au revoir, Alda, dit Grigori. Alda, c'est bien ça ?

*

Il suffit de marcher quelques minutes pour quitter l'enchevêtrement des rues et se trouver sur une étroite route de terre. Les prairies, gorgées des dernières pluies, bordent le village. Les collines environnantes sont parsemées de moutons, petits points blancs qui se détachent sur l'herbe grasse. Quelques-uns sont couchés sur le chemin et détalent quand on les approche. C'est sans doute la route qu'emprunte la marchande d'œufs pour rentrer chez elle. Grigori l'imagine portant dans le dos son énorme panier, serpentant parmi les moutons. Les deux fois où il l'a vue, elle était seule, comme si entre la vie et elle se jouait un corps à corps quotidien où la moindre faiblesse risquerait de la mettre à terre. Quelque part, plus loin, il y a des falaises qui n'ont rien de la douceur enveloppante de la plaine. Dans les reliefs qui creusent les parois verticales s'offre une manne qui appartient à celle qui n'a pas le choix d'y descendre.

Il suit le chemin. De tout petits enfants jouent dans les prairies. L'herbe est si haute qu'ils disparaissent jusqu'à la poitrine. Ils hèlent Grigori, seul passant. Il leur répond d'un signe de la main. Les collines se muent en flancs de montagnes dont les pentes abruptes font entendre de petits éboulements qui résonnent dans la vallée. Non loin de la route, on voit des fermes groupées par deux ou trois bâtiments. Plusieurs fois, Grigori se retourne pour regarder le village qui s'éloigne sous le ciel pluvieux. Que représentent Thomassen et son minuscule point de hargne à l'échelle de l'Archipel ? Ici, une île succède à une autre ; elles se groupent en cirque autour d'un creux de mer ou lancent de longs bras de terre vers l'horizon. Il ne faut qu'une enjambée pour aller de falaise en falaise et les œufs se ramassent comme des fleurs. Sauter d'île en île jusqu'au continent ? Même la carte approximative de Jon ne ment pas à ce point-là.

*

Les quelques promesses de l'Archipel, plaines et falaises noyées de pluie.

Les jours suivants, Grigori avance dans la vallée. L'herbe est plus haute à chacun de ses passages.

Bientôt, on ne verra plus le dos pelucheux des moutons endormis et les enfants disparaîtront dans l'épaisseur des prairies, à moins qu'ils ne se décident à grandir aussi vite.

Lorsque le rare soleil perce les nuages, les champs, colorés en vert vif par la pluie, prennent une teinte plus mate, presque jaune quand il cesse de pleuvoir pendant plusieurs heures. Les brins d'herbe sont aussi épais que de la paille et annoncent la récolte des foins quand viendra l'été. Plusieurs fois, Grigori s'assied sur les bosquets d'herbe. On dirait des chevelures de géants enterrés jusqu'au front. Si l'on tire à deux mains, pas un brin d'herbe ne cède tant les racines sont profondes. Des gens passent parfois. Ils regardent d'un œil curieux ce promeneur posté sur sa butte d'herbe. Une fois, c'est un homme monté sur un petit cheval chargé de deux lourdes sacoches, le facteur sans doute, ou un colporteur. Plus tard, des carrioles remplies de poissons ou d'autres choses, conduites par de très jeunes gens. Peu d'entre eux adressent la parole à Grigori. Un autre jour, il propose ce qu'il lui reste de tabac à des femmes qui rentrent au village avec de gros sacs en toile sur le dos. Elles acceptent avec gêne, n'osant refuser le cadeau d'un étranger. Il n'a plus rien à fumer mais peu importe, à terre il n'aime pas ça.

Il ne revoit pas Alda. Peut-être est-elle suspendue dans une falaise quelque part, en pleine cueillette d'œufs. Il faut en piller des nids, pour remplir cet immense panier.

Quand il est assis dans l'herbe, Grigori ne voit rien d'autre que le haut des tiges qui ondule sur le fond gris du ciel. C'est agréable d'être loin du village, loin de la mer et de tout ce qu'elle lui rappelle.

III

Loukine mâche avec lenteur une tranche de pain coiffée d'un hareng. La dernière bouchée avalée, il s'empare d'un volume dont le titre brille en lettres d'or, *Petits et grands explorateurs nordiques de notre siècle.* Des histoires d'hivernage interminable, de chiens qu'on mange les jours de famine, de longues barbes et de biscuits moisis, tout un fatras de récits sur des hommes qui ont cruellement eu le temps de se sentir mourir. Grigori en a lu quelques-uns par-dessus l'épaule de Finnur, qui raffolait de ces éditions illustrées où sont relatés avec un plaisir cruel les triomphes et les catastrophes de l'exploration du Grand Nord. Le livre est en parfait état, sa couverture de cuir droite et sans rayures comme s'il n'avait jamais été touché. C'est probablement un volume emprunté à Jon et Halle, qu'ils ont dû commander à un libraire du continent.

Face au détachement de Loukine, Grigori se sent parfaitement seul, plus seul encore que s'il était l'unique habitant de l'Archipel. Les deux hommes n'habitent pas le même temps. Loukine se love dans ces journées creuses avec délice au point de s'adapter tout entier à elles : il se lève tard, se déplace avec lenteur, prend d'infinis repas, puis, accoudé à la table de sa chambre ou dans un fauteuil, lit quelques pages, s'interrompt, dort, reprend sa lecture. Il est confiant que la durée de sa vie n'épuisera jamais la somme de livres que contient la copieuse bibliothèque de Jon et Halle. Grigori, lui, s'agite, n'arrive pas à savoir quel est le maléfice qui l'entrave : est-ce qu'il se sent trop à l'étroit dans un espace minuscule ou trop petit dans un espace trop grand ?

En arpentant le village, il s'est interrogé, il a observé les pêcheurs partir et revenir pour quelques jours ou quelques heures, il a écouté les mots qui coulent des barbes salées lorsqu'on décharge le poisson, il a même donné un coup de main en hissant sur le quai les filets de morues, et on l'a payé de quelques noms qui se ressemblent et désignent des îlots, des baies, des côtes, des couloirs de mer bordés de falaises qui sont à portée de rames plus que de voiles. Partir, cela semble illusoire, tout le monde ici fait des ronds dans l'eau, sauf peut-être les pêcheurs de la grande tristesse, ceux qui vont jusqu'en Islande, loin, plus loin que tous les autres, et qui, au moins, touchent une autre terre avant de s'en revenir. Ils s'engouffrent dans les fjords en même temps que les tempêtes, accostent avec la fierté de ceux qui auraient trouvé le Nouveau Monde et saluent d'autres pêcheurs, d'autres bergers qui parlent une autre langue et n'ont pas besoin de se cacher pour le faire. Mais ils ont déjà quitté l'Archipel, ces hommes que le sel a comme solidifiés à force de traversées, à l'heure qu'il est, ils serrent les mains de ceux qu'ils ne voient qu'une fois par an et avec lesquels ils troquent de menus objets, échangent mots et gestes d'entente. Grigori a manqué la grande transhumance. Quand ces visages reviendront, à l'automne, ils seront pour lui des inconnus, semblables à des marins qui arriveraient de l'autre bout du monde alors que leurs amis, leurs femmes et leurs enfants les accueilleront avec amour pour les fondre dans leur communauté de terre et de pierre.

Mais à quoi bon rêver de se perdre sur une autre île où il ne ferait que compter les moutons sur les pentes des montagnes comme dans un rêve dont on ne se réveille jamais, où le printemps serait plus froid et l'été d'une clarté bien plus dérangeante ? Ce serait accepter la désertion, admettre que plus jamais il ne fera corps avec son équipage, déjà qu'il est un renégat depuis qu'il a quitté le *Gren* pour se glisser dans une maison d'herbe drue où les murs vous enferment. Il est devenu terrien, une blague pour quiconque a connu la fierté d'être toujours sur le départ, les pieds ancrés sur le pont d'un bateau. Au moins le *Gren* est-il encore à l'ancre à l'extrémité de la baie, comme une possibilité de réconciliation, au moins Grigori n'aurait-il qu'à marcher puis ramer quelques minutes pour grimper à bord et se convaincre que sa place est là-bas, lui qui n'en a jamais douté jusqu'à ce que l'hostilité de Thomassen gangrène tout, jusqu'à ce qu'il devienne justement incapable de marcher jusqu'à son navire, comme s'il n'avait jamais navigué de sa vie ou qu'on lui avait prédit le naufrage et qu'il en était resté paralysé de peur.

Loukine observe son livre avec gourmandise. La tête pendante, le dos courbe malgré le fauteuil, il peine à feindre la santé même lorsqu'il ne bouge pas. Du *Gren* à la maison des instituteurs, les quelques foulées ont été pénibles, presque un voyage à part entière. Loukine, privé d'élan, plus encore après tous ces jours de mer, glissait ses pieds lourds sur le chemin, et Grigori était à quelques pas devant lui, forcé de porter, en plus de son propre sac, la malle du vieux qui en était bien sûr incapable. Il avait les joues un peu chaudes de la honte que ça lui causait, cette idée qu'on le prenne pour un serviteur ou un fils attentionné. Avant ça, il y avait eu le jour précédant la fuite quand, lors de son quart, il avait décidé, sans se l'avouer haut et fort, de s'en remettre à cet inconnu. Il revoit ses pieds de jeune homme qui sautent sur le rivage au matin et éprouvent d'instinct la solidité, l'épaisseur vertigineuse de la terre et, face à lui, l'horizon dentelé du toit des maisons et les montagnes aux sommets curieusement planes.

Loukine se penche sur les baies que Jon a disposées dans une coupelle, en prend une puis deux qu'il gobe l'une après l'autre. Grigori l'envie presque. Le vieux s'est embarqué sur le *Gren* en connaissance de cause, il est parvenu à destination quelles que soient ses raisons, et n'a aucune envie de partir. Il ne détonne pas, rien ne le pousse à se confronter aux lieux qui en retour ne l'interrogent pas sur sa présence. Il est comme chez lui. De toute façon, il est à l'aise partout : son lit bordé d'épaisses couvertures laineuses dans la chambre de l'étage est autant le sien que sa bannette sur le bateau, où il s'allongeait pour lire sans que le roulis ne le gêne. Toujours ce soin dans le rangement des objets, toujours cette placidité, comme s'il flottait au-dessus des choses ou que celles-ci s'ajustaient à lui de façon perpétuelle.

Loukine a ouvert le petit livre. Le papier a cet aspect épais, très blanc, et Grigori se fait la réflexion que le Nord que ces explorateurs ont traversé n'est pas blanc mais gris, il le sait car il en a, très loin, quelques souvenirs qui datent de ses traversées en mer de Barents. C'est un univers de métal qu'océan et ciels plombés se renvoient, roche lessivée par le gel, herbe d'un vert mat, terres qui travaillent à effacer les contrastes en fondant les éléments les uns dans les autres, acier de la mer les jours de tempête et lichens couleur vert-de-gris qui rasent le sol. Des terres sans feuillage, où les rares végétaux jouent à être des pierres.

– Je devrais peut-être parler au capitaine.

Il s'est exprimé tout à trac, comme s'il était seul. De ses pensées qui vont et viennent, il ne peut se prémunir tant son cœur se serre à l'idée des coups qu'il faudrait donner et du couteau qui lui assènerait le point final. Sa voix s'est élevée spontanément, calme, pour examiner cette solution parmi toutes celles qu'il envisage depuis quelques jours : la fuite, le combat, la conciliation, la main d'un tiers qui viendrait calmer le jeu. Loukine arrête de lire, il jette un œil à Grigori et, bien qu'il sache que la question ne s'adresse pas vraiment à lui, le voilà qui commente :

– Je pense que ton affaire avec ce Thomassen ne le concerne pas.

On sent un léger dégoût dans la voix du vieux. Grigori en a l'habitude, il l'a parfois vu dans les yeux des autres matelots et même dans ceux des parieurs dont la présence autour de la caisse de combat valait pourtant acceptation des moyens et des fins. Comment pouvaient-ils comprendre que les mains du gabier attrapaient et emprisonnaient les rats sans effort, que le contact tiède de ces petits corps agités ne lui avait jamais fait peur ni donné la nausée ? Il ne sait pas pourquoi il a fait ça, il n'a rien contre ces animaux. L'ennui, l'argent, l'envie de divertir les autres, les choses se résument parfois à cela.

Loukine tourne les pages. Évidemment qu'il ne faut pas en parler au capitaine, les paris sont un secret du *Gren*, un vice qui appartient à la pleine mer. Que dirait l'austère Tobias s'il apprenait que son gabier a distrait ses hommes au prix de sacrifices, ne serait-ce que de ces petites bêtes dégoûtantes ? Tout cela est impie. Mieux vaut qu'il attribue la fugue de Grigori à l'euphorie provoquée par l'escale et qu'il l'imagine ivre mort, affalé quelque part en bonne compagnie, prêt à reprendre docilement la mer quand il aura décuvé de ses plaisirs.

Maintenant, c'est comme si Loukine était seul. Ces histoires de dette ne l'ont jamais véritablement intéressé. Il a fait sa part en invitant Grigori chez Jon et Halle, en lui offrant un refuge qui, malgré toute la générosité qui l'a rendu possible, vire à la macération du corps et de l'esprit. Le lit est confortable, la nourriture excellente, les hôtes agréables malgré leur discrétion et ce léger mystère dans leurs sourires. Alors que la mer se montre hostile et sans issue, les plaines et les falaises caillouteuses s'étendent aux alentours, austères et vastes, rassurantes pour qui a besoin de se ménager une fuite. Rien ne donne pourtant envie d'aller à leur rencontre si ce n'est, derrière la peur qui s'étiole, l'ennui profond, le désir que quelque chose arrive. Et pas sûr que les menus événements qu'on y trouve, une averse, un éboulis qu'on entend au loin, le bêlement des moutons accrochés aux parois, suffisent à combler un homme qui ronge son frein.

*

Il est encore tôt quand Grigori claque la porte de chez Jon et Halle et pourtant, la journée semble avoir déjà campé ses promesses. La mer est libre dans la baie à peine ponctuée de bateaux. Le temps est beau et les hommes en ont profité pour aller pêcher à l'aube.

Grigori avance à grandes enjambées. Aujourd'hui, c'est décidé, il va marcher aussi loin que possible dans la vallée, suivre le sentier jusqu'à l'autre bout de l'île où il trouvera, c'est sûr, un autre port et d'autres maisons, les gens y auront, ô malheur, les mêmes visages interrogateurs et méfiants, ils feront les mêmes gestes à bord des bateaux et sur le seuil de leurs demeures, ramener les lignes, nourrir les poules, entre mille autres choses qu'ils font depuis la nuit des temps, ce sera le même vent, la même pluie, le même soleil, les mêmes moutons par groupes de deux ou trois contre les butées de la prairie, mais quand il reviendra chez Jon et Halle, même si Loukine est toujours penché sur son livre comme s'il n'en tournait jamais les pages, le temps se sera écoulé au rythme de ses pas à lui, Grigori, le fil des minutes aura produit des nœuds, des moments où n'aura existé que son regard sur ce coin de terre qui semble si terne à l'œil.

– Grigori ?

La tresse, le panier, c'est Alda.

– Bonjour. Tu n'es pas à l'épicerie aujourd'hui ?

– Non, je vais à l'usine. Tu as vu tout ce que j'ai ?

Elle tend le panier vers lui : il déborde presque. À la lumière, les œufs montrent de subtiles nuances de couleur : gris, bleu, blanc tacheté.

– Tu veux venir ? Ou tu allais peut-être quelque part… ?

Grigori réfléchit, regarde le faîte des maisons qui se découpe sur la plaine striée par le chemin.

– Pas vraiment. Allons-y.

Chargé chacun d'une anse, ils avancent cahin-caha vers l'usine qui s'élève de l'autre côté de la baie, juste en face de chez Jon et Halle. Le chemin de terre humide serpente dans un chaos de blocs. Ils prennent place sur un gros rocher, le panier à leurs pieds. De là, ils voient tout le village, la porte blanche de l'école en face, la petite épicerie, l'église toute pointue sur sa butte en retrait. Quelques barques, trop vieilles pour la pêche, dansent sur l'eau. Le navire de Grigori est rivé à ses amarres à l'ouverture de la baie, loin des autres embarcations, ses voiles affalées comme s'il n'allait jamais repartir.

– C'est bien ici, il y a du passage, dit Alda.

Elle desserre le châle bleu qui lui entoure les épaules et, de son doigt, frotte une tache de boue sur ses chaussures.

– Comment fais-tu pour trouver autant d'œufs ?

Grigori a repris sa posture de prairie, les genoux au menton, les bras serrés autour de ses jambes repliées. Alda sourit.

– Il y a beaucoup d'oiseaux en cette saison. Je vide les nids et le lendemain, c'est comme si je n'étais pas passée.

– J'aimerais bien venir.

– Si tu veux. Tu tiendras les oiseaux à distance, ce sera plus simple pour le ramassage.

Tous deux se taisent et, côte à côte, attendent. De temps à autre, des bourrasques de vent leur apportent une puissante odeur de poisson. Alda replace inlassablement ses mèches décoiffées derrière ses oreilles. En la voyant faire, Grigori pense aux herbes de la vallée qu'il a regardé onduler les journées précédentes.

Un petit groupe apparaît à un détour du chemin. Grigori rentre les épaules. Il n'aime pas qu'on lui prête attention. Dans ce coin reculé de l'Archipel, la venue d'étrangers est suffisamment rare pour qu'une escale prolongée les fascine. Ils ont ce flair des insulaires qui, en un regard, savent qu'ils ont affaire à un étranger. Pas un Danois, pas un Norvégien, un *autre chose*. Et qui, pourtant, parle très bien danois, *la langue d'ici qui n'est pas celle d'ici.*

Alda passe la main sur les œufs, les retourne pour vérifier qu'ils ne sont pas cassés. Le groupe se rapproche. Deux hommes et une femme. Ils ne s'attardent qu'une seconde sur Alda mais dévisagent Grigori. L'un d'eux achète quatre œufs qu'il glisse dans les poches profondes de son pantalon. Le groupe repart et Alda grimpe à nouveau sur le rocher. Grigori s'agite en voyant arriver deux autres personnes. Il lui vient à l'esprit que des matelots de son navire qui, comme lui, doivent tourner en rond, à la merci de leur ennui, pourraient très bien passer par là. Que diraient-ils s'ils le voyaient juché sur son rocher comme un enfant et probablement aussi maussade qu'eux ? Il se redresse et scrute le chemin. Il n'a pas envie de parler, d'expliquer. De reconnaître qu'il a quitté l'équipage pour vivre à terre. Ou plutôt qu'il s'est lui-même, par peur et par honte, banni du navire qui jusque-là les gardait enclos dans ses flancs de bois salé, où ils faisaient toujours repli même après le tapage des escales.

Alda a compris.

– Je les ai vus hier, tes camarades.

– Qu'est-ce qu'ils voulaient ?

Elle hausse les épaules.

– Ils avaient faim. Ils ont acheté des œufs.

– Tu n'as pas vu passer un grand type avec des cheveux blonds ?

Elle plisse sa bouche en une moue d'ignorance. Elle n'est pas bien avancée, avec ce pauvre portrait. Thomassen ressemble à tout le monde. Et quelle importance s'il est passé, hier ou aujourd'hui ? Lui aussi doit avoir faim, lui aussi doit s'ennuyer. Et que ferait-il de l'argent que Grigori lui doit, si ce dernier avait les moyens de se le procurer, s'il lui prenait par exemple l'envie de s'employer comme saisonnier pour rembourser sa dette absurde ? Il n'y a rien à s'offrir ici, pas même les plaisirs habituels de l'escale qu'on ne trouve que dans les ports suffisamment grands pour accueillir, dans une éclipse de puritanisme propre à ces enclaves, cafés et bordels. Et le temps ne s'achète pas, pas plus ici qu'ailleurs.

Que peuvent-ils bien faire, tous ? Tuer les heures sur leur bannette, dormir pour rattraper le sommeil des dix dernières années, pêcher ou jouer aux cartes sans rien dire, en attendant que la nuit tombe, avec des arêtes de poisson pour seule mise ? Tous les jours, le capitaine doit en mandater un ou deux pour venir quémander auprès de l'usine des nouvelles du chargement, sans succès. Tous les jours, cette litanie de réponses négatives et des visages fermés qui les portent, jusqu'à ce que, tôt ou tard, Tobias se décide à ramener le *Gren* à vide, à perte, avec un équipage dont il ne pourra payer le retour.

– Vous n'avez pas beaucoup pêché ces derniers temps ? demande Grigori.

– Si, comme d'habitude… Enfin je ne sais pas. Je ne pêche pas, moi. Tu sais, ici, les choses vont lentement. Ce n'est pas parce que vous êtes arrivés que tout est prêt pour repartir. Il faut bien que les cailloux aient le temps de vous dévisager et se souviennent de vous pour les siècles à venir.

Son profil s'ouvre d'un sourire moqueur puis, très vite, elle redevient sérieuse.

– Ce qui compte, sur l'Archipel, ce ne sont pas les jours, mais les saisons. L'horizon, c'est le retour des tempêtes, à la fin de la saison claire. Il n'y a que les gens comme vous pour être à une journée près.

Alda tend la main vers les toits herbus qui pointent par-dessus les rocs.

– Tu vois, cette usine à poissons, c'est la seule du nord-est de l'Archipel. Elle appartient à Evald Frederiksen, un Danois qui n'est jamais là. Il a des usines jusqu'en Norvège. Il emploie quelques ouvrières dans le village, qui viennent travailler quand il y a de quoi faire, que le temps est mauvais ou qu'elles ont trop mal au dos pour s'occuper de la ferme mais qu'il faut bien ramener quelque chose à la maison. Elles ne sont pas mal payées. De temps en temps accoste un navire comme le tien qui embarque toute la production. Peut-être qu'un jour, dix navires passeront chaque mois par le port pour emporter le poisson séché. Mais en attendant, il n'y en a qu'un, ou pas du tout. Car Frederiksen vend parfois le poisson aux gens d'ici ou des autres îles, qui ne font pas leur propre salaison.

Grigori pose la tête sur ses bras croisés pour accueillir les rayons du soleil. La sensation de chaleur s'effiloche dans un vent léger et froid. Il faudra que les camarades du *Gren* apprennent la patience. Ce n'est pas leur fort. Ils ne tiennent les voyages que par l'idée du retour. Tous ou presque, ils ont au port des proches qui s'inquiètent de les savoir en mer et les attendent, ces premiers visages qui viennent à l'esprit lorsqu'on pense à l'amour, ceux qu'on étreint après des jours d'ascèse. Grigori revoit la main que Nils a lâchée avant d'embarquer, celle d'une femme dont le visage était dissimulé par un foulard, et lui-même pense qu'il n'a personne là-bas pour se demander quand il va revenir, pas la mère, pas le père, pas la petite sœur dont les cheveux auraient tant poussé qu'au retour ils diraient, comme une horloge qui aurait son propre langage, tous ces jours écoulés sans jeux ni paroles échangées. C'est ainsi, il ne se souvient déjà plus de la petite chambre dont il a soldé le loyer avant de partir, un endroit sans intérêt, liquidé dès qu'il a fermé la porte pour la dernière fois.

Il imagine le soulagement de l'équipage et les préparatifs joyeux de départ si la cargaison venait finalement à être disponible. Lui ne pourrait se glisser à bord qu'en risquant la confrontation avec Thomassen. L'idée d'un retour ne risquerait-elle pas en effet de précipiter sa rage, en rendant plus criant son besoin de récupérer son dû pour revenir les poches pleines ? À l'inverse, peut-être tout serait-il oublié, ou dissout dans l'entrain de s'en retourner au port dont ils sont partis. Peut-être Thomassen est-il déjà terrassé par ces quelques jours d'inactivité. Ce n'est pas le genre à regarder la mer et à se réciter des poèmes, pas le genre non plus à prendre son mal en patience en saisissant ce qui vient. C'est un type au poing bien fermé qui fait le compte des pièces et des jours, et que le vide et l'ennui peuvent facilement mettre en lambeaux. Mais l'attente des matelots du *Gren*, liée au calendrier qui régit le remplissage des cales et le versement de la paye, n'est déjà plus la sienne, Grigori le sent. C'est de loin qu'il imagine leur désœuvrement, si contraire à tout ce qu'ils connaissent. Et lui, qu'est-ce qu'il attend maintenant qu'il est à terre ?

– Tu te rappelles quand tu es arrivé ici ? demande Alda. Je veux dire, du moment où ton bateau s'est approché des côtes, quand tu as vu l'Archipel.

– Je ne sais plus, je n'étais pas de quart. Je suis sorti au dernier moment. C'était le petit matin, il pleuvait, on ne voyait pas au-delà des premières maisons à cause de la brume. Ça ressemblait un peu à la Norvège, sans les arbres. Je ne me suis pas posé de questions.

Mensonge : en réalité, Grigori n'a rien vu du tout, pas même les maisons, aveuglé qu'il était par l'urgence de se précipiter à terre plus que par le brouillard. Ce n'est qu'en traînant son ennui dans les quelques rues du village, puis sur le sentier qui s'enfonce entre les pentes caillouteuses des montagnes, qu'il a commencé à comprendre là où il avait débarqué. Rien à voir avec la côte finement dentelée de Norvège, où il n'est pas besoin d'un immense bateau pour se prendre pour un géant tant les îlots rocailleux coiffés de conifères sont à fleur d'eau et donnent l'impression de pouvoir être saisis entre deux doigts. Ici, malgré l'émiettement de l'Archipel que promettent les cartes, la côte semble d'un bloc, abrupte, inabordable, hérissée de falaises où nichent des milliers d'oiseaux, à l'exception de quelques baies où la terre s'aplatit, comme celle où le village est blotti. Et surtout, mis à part quelques sorbiers malingres dans les jardins, c'est l'absence d'arbres qui frappe. Elle ouvre au regard des perspectives sans obstacle et force à lire le vent dans les chemins qu'il dessine sur la mer, dans les herbes et dans les cheveux.

Alda pose sa tête sur ses genoux, imitant la posture de Grigori. Elle ronge l'ongle de son pouce.

– J'aimerais bien voir à quoi ressemble l'Archipel quand on s'éloigne. On raconte qu'à quelques milles de distance, le temps se lève. On se souvient de l'existence du ciel bleu, que les nuages nous volent toute l'année ou presque, et ces quelques jours-là, tu ne veux pas les manquer, tu te ferais oiseau pour savourer l'air et dévorer des yeux les distances tout à coup révélées... Je sais pourquoi les pêcheurs ont les joues rouges lorsqu'ils reviennent après des jours en mer : c'est qu'ils ont vu de loin la chape de brume qui nous cache au reste du monde comme une malédiction.

Elle soupire, travaillée par ces visions qu'elle ressasse sans doute tous les jours, les yeux rivés sur l'horizon opaque, éblouissant, du printemps. Puis elle sourit en regardant Grigori.

– C'est une chance que tu sois parvenu jusqu'ici. Une brume un peu plus épaisse et vous auriez manqué le port. Vous auriez navigué dans les couloirs bordés de falaises en vous demandant quelles âmes perdues habitent ces terres, et vous auriez passé votre chemin en vous disant : tant pis, on rentre, y a personne ici !

Il regarde les expressions courir sur le profil d'Alda, la vivacité joyeuse avec laquelle elle parle avant de se rembrunir comme si la pire des tempêtes approchait. Elle est aussi animée, aussi changeante que tout semble austère et lent autour d'eux.

– Moi je me souviens de quand vous avez débarqué. Penchés, avec vos visages d'ailleurs. Les tonneaux de marchandises et les planches de bois vous glissaient des mains à cause de la pluie. Ils étaient tous tellement contents de vous voir arriver avec ce bois. Le chargement s'est dispersé en un clin d'œil et il en faudrait encore des cales entières pour que chacun ait un montant sculpté à son lit. Dis, tu as senti l'odeur, chez Emilie, l'épicière ?

Grigori secoue la tête. Le visage d'Alda est déjà hilare.

– Toutes ses étagères sentent la morue !

Alda glousse et lui donne une petite tape sur l'épaule.

– Bientôt tu seras comme nous, Grigori. Une éponge de laine, toute bouffie par la pluie.

Elle glisse du rocher.

– Allez, viens m'aider à trier les œufs.

Ils restent là tout le jour. Alda plonge la main de plus en plus profond dans le panier pour chercher les œufs. Entre deux achats, Grigori fait le tri. Ils mangent les œufs fendillés et jettent ceux qui sont trop endommagés. L'après-midi, ils dorment sur le rocher, bercés par la chaleur de la pierre. En face, une troupe d'enfants déboule par la porte ronde de l'école. Dans la baie, quelques bateaux rentrent. D'autres sortent, pour pêcher au crépuscule. Quand arrive le soir, Alda glisse à Grigori trois pièces pour son salaire. En retournant chez Jon et Halle, encore sonné par sa sieste sous le vent, il se rend compte qu'il n'a mangé que des œufs de toute la journée, machinalement passés du grand panier à son estomac. Est-ce que cela suffit à vous alourdir et à vous rendre sédentaire ?

IV

C'est le soir de la même journée ou d'une autre, et lorsque Grigori entre dans la bibliothèque, Loukine dort dans le grand fauteuil, ses mains épaisses appuyées sur son ventre, ses jambes au chaud sous une couverture. Rien ne bouge sur sa face lisse abandonnée au sommeil. *Petits et grands explorateurs nordiques de notre siècle* est posé sur sa cuisse, ouvert à la moitié.

Grigori effleure l'épaule du vieux. Il veut s'assurer qu'il est vivant, ou bien c'est ce renoncement à toute vigilance, à tout contrôle de soi qui le gêne et qu'il essaye de chasser par son geste. Après quelques secondes, Loukine ouvre les yeux, son visage se plisse de douleur et son teint vire tout à coup à un jaune étrange. Il se redresse avec peine, grommèle quelque chose, peut-être s'excuse-t-il de cet abandon mortuaire que Grigori a pressenti et dont il l'a sauvé. Celui-ci, étourdi par sa journée sous le vent, reste immobile au milieu de la pièce. Il est trop tôt pour qu'il s'enferme dans sa chambre et, de toute façon, il n'a rien à y faire. D'un autre côté, il a eu tout son soûl de ciel blanc et de bourrasques et n'a pas le cœur à ressortir, ce serait avouer à ceux qui pourraient l'observer que l'ennui, déjà, l'a regagné, maintenant qu'Alda n'est plus là pour montrer, expliquer, épaissir l'Archipel de tout ce qu'elle sait.

– J'ai lu un très bon livre pendant que tu étais parti, dit Loukine, la voix pâteuse.

Il ferme *Petits et grands explorateurs nordiques de notre siècle*. Les traîneaux se replient sur le paysage blanc du papier, dans l'attente que des yeux les raniment et que reprenne le fil des catastrophes.

– J'ai beaucoup appris sur les explorateurs. Parmi lesquels un grand nombre de Russes, comme si nous n'avions jamais eu assez de notre propre terre à explorer.

Grigori hausse les épaules. Loukine est de ceux qui, au moment de s'égarer dans un coin du monde pour se dissoudre dans les livres et l'humidité, trouvent important de rassembler en eux ce qui les fonde et de reprendre les choses dans l'ordre depuis leur premier cri. Grigori, lui, a toujours tourné le dos à la terre, à sa terre ; quand il avait encore un pied à l'extrême nord du pays, il regardait droit devant lui, vers le pôle, ses yeux cherchant leur chemin dans l'estuaire compliqué du grand port d'Arkhangelsk. Il valait mieux garder le cap au nord car, derrière, c'étaient des milliers de kilomètres de terres prêts à vous enfouir, à vous user les pieds jusqu'à venir à bout du temps compté de la vie, les fleuves comme des goulets qui remontaient loin jusqu'aux sources éloignées de toute mer.

Loukine fait mine de se lever mais il est si engourdi, si lourd qu'il ne peut se hisser. La même scène se répète : après celle du sommeil, c'est l'humiliation de ce corps fragile qui s'offre en spectacle à Grigori. Il détournerait bien les yeux, mais il ne peut laisser le vieux coincé dans ce fauteuil, aussi confortable soit-il, à agiter les bras comme un triste insecte. Grigori attrape les mains que Loukine lui tend. C'est la première fois qu'il est si proche, à portée de détails et d'odeurs, et Dieu sait pourtant si, à bord du *Gren*, il a été amené à connaître les autres matelots à force de dormir en meute et de les croiser dans les couloirs étroits. Il note les yeux humides, la peau curieusement dépourvue de rides, les cheveux plantés en paquets clairsemés, et surtout cette masse qui tire au bout de ses bras pourtant habitués aux voiles pesantes comme des corps. On dirait que le vieux est malléable, mobile comme une outre d'eau qu'il suffirait de pousser du doigt pour qu'elle roule toute seule. Loukine se laisse faire. Une fois debout, lâché par Grigori, il vacille un instant et, son équilibre retrouvé, glisse à petits pas jusqu'à la fenêtre à laquelle il s'adosse.

Le voyant si haletant après ce simple effort, Grigori regarde ailleurs. Il sait que le vieux s'adonne à la goinfrerie typique des matelots en escale, qui ont été privés de terre trop longtemps ou à qui la terre manque par essence – même si ces amoureux des forêts et des rochers, contraints à l'exil maritime, crèveraient de l'avouer –, et qui se remplissent de bonnes choses, chair et boisson, après des jours à avaler des pommes de terre. Loukine mange beaucoup et tout le temps, avec plaisir. On dirait qu'il cherche à se lester, à s'assurer qu'aucune rafale ne pourra plus lui arracher ses amarres. Peut-être qu'après avoir navigué des années durant, il se livre à une conversion à la vie terrestre à coups de choses qui pèsent, nourriture et littérature. Mais de toute évidence, son ancre ne tient pas : il a le teint curieusement tourné comme si, après s'être amariné toute sa vie, il peinait à retrouver son équilibre. Il offre l'image d'un homme décentré, en oscillation constante, atteint d'un mal de terre carabiné.

Comme si rien ne s'était passé, comme s'il n'avait rien révélé de sa faiblesse, Loukine reprend ses rêveries à voix haute. Aux explorateurs de l'Arctique, il entremêle des écheveaux de souvenirs et des images sorties d'on ne sait où, comme le soir où il a raconté la fausse histoire d'écureuil à Lene juste pour le plaisir de la divertir et d'imaginer une jolie chose. Le voilà reparti sur la Russie. Il déblatère sur l'immensité, sur tout ce qu'il ne verra jamais et, au fur et à mesure qu'il parle, les milliers de kilomètres du pays lointain se trouvent déplacés sur les îles reculées où se tient leur conversation, îles si petites aux yeux des voyageurs, si infimes à l'échelle des cartes, mais Grigori, plein d'étrangeté encore mais déjà initié à la rudesse de l'Archipel, sait que c'est faux : les falaises, qu'on aperçoit depuis le village et qui bordent la moindre baie, démultiplient les distances du haut de leurs kilomètres vertigineux, oui, l'Archipel est trois fois plus étendu que ne le disent les cartes, mais seule Alda, qui marche tout droit dans les abîmes, peut en prendre la mesure.

Loukine poursuit son soliloque et Grigori l'écoute d'une oreille, il s'est assis dans le fauteuil, les mains sur les genoux, et Loukine est debout, c'est comme s'ils avaient échangé leur place. Grigori croit se voir, dos à la fenêtre pleine de nuit qui éteint le gris des nuages, un peu voûté comme chaque fois que quelque chose le travaille. Quant à son propre visage, il ne sait plus tellement à quoi il ressemble, depuis le départ de Bergen il n'a vu son reflet que dans la mer par temps calme, à peine dans l'œil des autres. Jon et Halle lui prêteraient volontiers un miroir, mais que ferait-il de son propre reflet, il ne sait pas, c'est autre chose de vivre que de voir son visage en accuser les effets. Et puis c'est bien Loukine qui est là debout, si large qu'il masque le crépuscule de toute sa corpulence, debout même avec maladresse, les mains appuyées au mur pour se soutenir, et qui évoque en marmonnant des lambeaux de Russie. Grigori pense à Alda. Elle a peut-être marché autant que lui a navigué, les sentiers de la plaine caillouteuse sont l'œuvre de ses seules foulées, elle comme lui savent ce que sont le vide et le vent, ses falaises à elle sont un peu ses vergues à lui, ils tirent leur gagne-pain d'un même équilibre.

En face de lui, Loukine continue de parler, tête penchée, il n'a pas besoin qu'on l'écoute, porté par ses visions.

– Qui sait ? Je suis convaincu que, dès qu'on détourne les yeux, le monde cesse de nous jouer la comédie et retourne à l'état de papier plié.

Sa main se soulève avec peine et caresse le vide d'un geste lent.

– J'aime me dire que Saint-Pétersbourg renaît chaque fois que je descends du bateau. Je suis sûr que les bulbes de Saint-Nicolas-des-Marins, quand je passe devant après une longue absence, ont des éclats que je n'avais pas vus auparavant.

Saint-Nicolas-des-Marins, aussitôt Grigori se souvient de cette cathédrale du grand port de Pétersbourg, plantée immense sur une place où les arbres paraissent désespérément petits, leurs branches noires et dénudées striant les façades, que cela doit-il être au printemps, au moment de l'épais feuillage, quand les bulbes pointent au-dessus des houppiers comme une cité en lévitation. En ce jour de beau temps enneigé que ressuscitent les mots de Loukine, l'église peinte en bleu et blanc semble joindre le ciel à la terre, bâtie de mousse de neige et de colonnes azurées, couronnée de cinq soleils, mais elle est moins pure que les grands froids, moins piquante et moins géométrique, on ressent une chaleur lorsqu'on marche à elle en pleine bise.

Saint-Nicolas est l'église des morts en mer, retirée dans le maillage des canaux sages et rectilignes, non loin des palais qui s'étalent en pâtés si colossaux que Grigori se souvient d'avoir marché sous d'infinies rangées de fenêtres aux volets clos, désespérant de trouver la prochaine rue. Pourquoi était-il là, que cherchait-il entre les palais dans l'attente du départ, il ne sait plus, il était là comme en pays inconnu, cela ressemble à un rêve dont on se souvient par bribes.

Loukine poursuit, fabule en amnésique, il serait bien capable d'ajouter des bulbes à la cathédrale au gré de sa fantaisie, Grigori marche à côté de lui dans l'allée qui fend la masse d'arbres nus jusqu'à l'entrée, les souvenirs de l'un épaulent l'imaginaire de l'autre sans qu'un seul mot ne soit véritablement échangé entre eux. Ils entrent, l'éclat de la neige et l'épure de l'hiver s'éteignent, et il faut cligner les yeux pour distinguer les icônes multicolores et les arcs dorés dans la pénombre. Les chapelles, l'iconostase, puis les voilà devant les *ex-voto* qui pleurent les marins disparus. Loukine égrène quelques noms dont il se souvient soi-disant, mais qui sait quels morts il invoque, ce sont peut-être ceux dont les cadavres gisent sur la banquise de l'Arctique et qu'il a glanés quelques heures plus tôt dans *Petits et grands explorateurs nordiques de notre siècle*, superposés, dans un même réflexe pour dire la perte et la tristesse, à ceux des disparus de Pétersbourg, frères dans la solitude et la souffrance. Ou alors, en accrochant des plaques imaginaires sur les murs de Saint-Nicolas, c'est à lui-même qu'il pense, à sa propre disparition, c'est peut-être son propre nom qu'il prononce.

Son regard rencontre enfin celui de Grigori.

– Je me suis longtemps demandé où il faudrait aller pour reprendre consistance.

Puis cette question qui n'attend aucune réponse :

– Tu ne te demandes jamais ce que deviennent les villes une fois que tu les as quittées ? Moi, je suis persuadé que les hommes et les choses se figent dans un très long sommeil dès que tu leur tournes le dos, comme dans les contes. Il faut revenir les caresser de son souffle pour qu'ils s'animent de nouveau.

Le vieux plisse les yeux, basculé dans sa vision de port endormi. Grigori pense, mais il ne le dit pas, car cela fait tellement longtemps qu'il n'a pas réfléchi à ces choses-là que si les mots étaient prononcés, ils le heurteraient comme s'ils étaient ceux de quelqu'un d'autre, il pense qu'il ne retournera jamais à Arkhangelsk. L'idée ne l'a jamais effleuré, pour lui, l'espace est une ligne droite qu'il parcourt sans regard en arrière. Même lorsque le *Gren* dessine des allers-retours sur les cartes au rythme des cargaisons, c'est une nouvelle ville qu'il retrouve après les jours de mer. Mais si Loukine a raison sur un point, c'est celui-ci : certaines villes disparaissent de nous et il arrive même qu'on les écrase du plat du soulier au moment du départ pour être sûr de n'en laisser rien. Peut-être est-ce pour Grigori le cas d'Arkhangelsk, si lointaine dans sa mémoire que même s'il s'attelait à en retrouver des bribes, il en aurait la même connaissance impressionniste que Loukine et ses cartes postales de Pétersbourg. Ce serait une ville de papier, une ville inventée.

Loukine conclut par un étrange gloussement de rire, comme si tout cela n'était qu'une très longue histoire drôle, et traîne des pieds pour aller s'avachir dans un fauteuil, un autre que celui que Grigori affectionne, moins confortable, qui fait face aux bibliothèques et non à la précieuse fenêtre du port par laquelle le temps s'écoule. Le vieux se tait et regarde fixement les rangées de livres, la bouche entrouverte comme s'il cherchait son air, les yeux écarquillés. Grigori frissonne dans le silence retrouvé. L'enveloppe d'images et de vent tiède l'a quitté et une humidité monte dans la pièce, peut-être parce que la nuit est enfin là et que nul ne s'est préoccupé d'allumer la lampe alors que c'est depuis longtemps l'heure de se rassembler dans son faisceau pour se garantir, dans le noir, un semblant d'existence. Mais il n'est même plus temps pour cela. Au plus près du sommeil, sa chambre, si ennuyeuse pendant la journée, va redevenir habitable. Il faut monter sans faire de bruit, Jon, Halle et Lene dorment depuis longtemps, mais Grigori se souvient que Loukine l'a alpagué un peu plus tôt, alors il lui demande en retour :

– Ce n'est pas la première fois que vous venez ici, n'est-ce pas ?

Bien sûr Loukine ne répond pas. Quelle idée de croire qu'une question claire et sensée pourrait obtenir réponse de cet homme incapable d'ordonner un récit véritable et encore moins de le transmettre, ballotté qu'il est d'un souvenir à l'autre. De toute façon, la tête bien calée contre le dos du fauteuil, les yeux fermés, Loukine semble s'être endormi. Sa respiration s'est calmée et soulève à peine le tissu de ses vêtements. Ses mains sont posées sur son ventre, on les croirait sculptées dans une matière près de se désagréger. Grigori attend. Comme tout à l'heure, ces yeux fermés l'inquiètent, mais de minute en minute on perçoit sur les traits détendus de Loukine la souffrance qui s'éloigne, ou lui laisse du moins le répit de la nuit. Avant de sortir, Grigori jette un dernier regard, mais il fait maintenant trop sombre et le visage de Loukine ne se dévoile plus. Grigori se contente de noter le faible mouvement de toute sa masse qui respire sans bruit, et se détourne.

*

Le lendemain matin, lorsque Grigori descend l'escalier, Loukine n'est plus dans son fauteuil. A-t-il fini par se lever ? Ou bien le croque-mort est-il déjà venu pour emporter son corps momifié par le sommeil ? Les allées et venues paisibles de Jon et Halle indiquent le contraire : Loukine est sans doute dans son lit, enterré sous trois couvertures, un livre appuyé contre le bourrelet de son ventre. Ses dernières rêveries n'ont pas eu raison de lui.

Pour une fois qu'il est seul, Grigori en profite pour manger avec plaisir. Jon, Halle et Lene s'en vont pour la matinée, une amie de Halle qui vient de donner naissance et à laquelle ils souhaitent rendre visite, ont-ils dit en boutonnant leurs manteaux avec, dans un panier tenu par Jon, un présent idéal constitué de linge brodé et d'un pot de rhubarbe confite. Grigori s'installe dans le fauteuil qu'il tourne face à l'étroite fenêtre, celle-là même contre laquelle Loukine s'est adossé la veille. Pas un mât ne défile sur le fond du ciel. Pas un bruit dehors.

Il se lève tout à coup, passe dans le couloir, ouvre la porte de l'école. Les rideaux de laine laissent filtrer une lumière chaude et rougeâtre dans la pièce remplie de silence. Trois rangées de pupitres s'alignent face au très long bureau où Jon et Halle s'asseyent à leur aise en maître bicéphale. Il faut les voir sur l'estrade, l'un finissant la phrase de l'autre, la droitière entamant au tableau noir une phrase que finit le gaucher. Grigori sinue entre les pupitres où livres et cahiers gisent en choses mortes, désinvesties de la vitalité des enfants. La grande carte de Jon est accrochée à gauche du tableau. Une main facétieuse a dessiné une tête de serpent de mer au milieu de l'océan glacial Arctique. Le regard de Grigori glisse vers le sud jusqu'à rencontrer l'Archipel, démesuré par rapport à l'échelle choisie. Il y a bien… huit, non neuf îles principales au moins, sans compter les cailloux perdus çà et là dans la mer, du moins si Jon a eu la main plus précise que pour dessiner les côtes du Danemark, qui a l'air d'une flamme croquée au petit bonheur. Huit ou neuf îles. Combien de temps cela prendrait-il d'arpenter un par un tous ces lambeaux de terre ? Si jamais Grigori s'y aventurait, c'est en vieillard qu'il reprendrait la mer après des années d'exploration. Thomassen l'attendrait peut-être sur le rivage, sa haute stature tassée par l'âge, ses cheveux blonds devenus blancs, et c'est bras dessus, bras dessous qu'ils vogueraient vers le continent en se racontant leur escale infinie.

Il remarque une porte entrouverte au fond de la classe. Elle est petite et ronde, peinte dans un vert tendre, encadrée des portemanteaux des élèves. Une vraie porte de contes de fées, comme un passage secret qu'emprunterait chaque nuit le peuple caché pour venir feuilleter les cahiers des enfants et se moquer de leurs leçons poussives. Grigori marche droit vers elle, tourne la poignée sans un grincement et se plie en deux pour passer.

De l'autre côté, une petite pièce dont les murs, contrairement à partout chez Jon et Halle, ne sont pas peints en blanc mais recouverts d'un vernis passé qui laisse voir les imperfections du bois. Il y règne un désordre inhabituel pour des gens qui, chaque matin, disposent avec application la nourriture dans des coupelles peintes aux motifs fleuris et tiennent à la fraîcheur des draps comme à un point crucial de l'existence. Tout semble à l'étroit, repoussé contre les murs pour laisser la place à une curieuse machine dont on se demande comment elle a pu passer la porte. Dressée sur trois pieds, elle est dotée d'un plateau sur lequel repose une plaque articulée à un grand levier, tous deux maintenus ensemble par des montants verticaux. Grigori s'approche. Étrange odeur métallique pour lui qui, depuis plusieurs jours, ne respire que ce qui est vivant et terrestre, les herbes de la vallée, le sel dans l'air, les pierres chauffées par le soleil. Il effleure le plateau, et il sait aussitôt qu'il a déjà fait ce geste, qu'il a déjà senti la pellicule lisse des taches d'encre sèche sous ses doigts.

Ce ne peut être que la faute de Loukine si le souvenir lui revient, lui qui ne se souvient jamais de rien. Cette machine existe ailleurs, des années plus tôt à Copenhague, alors qu'il a le visage glabre mais un corps grandi si vite qu'il est surpris de voir le monde à nouvelle hauteur, jeune mais les bras élancés, assez puissants déjà pour ferler les voiles sur le navire où il s'emploie. Le second du navire, justement : un homme qui, à chaque escale, est pris d'une fringale de nouvelles, avide de retrouver la course linéaire du monde après avoir tourné en rond dans la même feuille de chou. Et donc, avant de reprendre la mer, il lui faut un journal frais à s'en tacher les doigts, où les événements s'agitent comme des poissons tout juste pêchés, et c'est

Grigori qui s'en charge, une mission importante, inhabituelle, qui lui vaut de marcher plus vite et avec fierté.

Dans le grand entrepôt baigné de lumière, d'énormes rotatives jouent les locomotives. Grigori se cale dans un coin en attendant la mise au monde des nouvelles, hypnotisé par les disques articulés, la bobine de papier enfilée sur son axe, les révolutions des écrous et des rouages en action, la roue lisse de la manivelle, polie par le passage des mains façon gouvernail de navire, tout cela emmené par le rythme des rouleaux cylindriques tournant sur eux-mêmes. Partout, mêlée à l'odeur de l'encre, celle du métal bien graissé qu'il sent chaque fois qu'il arpente le port de Copenhague, où les voiliers de fer et les vapeurs sont au coude à coude avec les voiliers de bois qui vivent leurs dernières courses.

Il attend de repartir pour le port avec sa commission, son navire s'apprête au départ, Copenhague-Bergen, une route déjà bien raturée sur sa carte personnelle, pas de surprise, c'est comme si on y était déjà et, de fait, il ne garde aucun souvenir du voyage qui a suivi. Seule est restée cette attente, assis par terre à l'imprimerie, comme un enfant qui joue sous la table pendant que les adultes dînent, forêt de jambes qui n'ont cure de vous alors qu'un monde se peuple à leur insu. Les jambes, en l'occurrence, sont celles d'une ancienne presse qu'on a laissée dans l'entrepôt faute de savoir qu'en faire, en souvenir peut-être de ce que fut le travail de ces hommes devenus si petits à côté des rotatives. Par sa forme et son inutilité, la machine semble déplacée, faite d'un bloc, une petite table à l'abandon dont les montants sont coiffés de pignons dorés alors qu'autour, d'innombrables pièces agencées s'activent et vrombissent, si complexes à l'œil qu'on se demande comment elles parviennent à former un mécanisme. Longtemps, jusqu'à ce qu'on lui tende le journal encore tiède, Grigori a regardé, sur le plateau de la machine, les taches d'encre sèches depuis longtemps, vestiges de nouvelles que tout le monde a oubliées et que lisent et relisent, peut-être, des marins qui ont perdu le cap et errent en mer depuis des années.

C'est bien cela qu'il a sous les yeux à présent : une machine qu'on peut activer seul à la force des bras, un outil rudimentaire et lent qui ne fait pas de bruit, une vieillerie qui ne peut intéresser que des gens discrets et déterminés, prêts à faire les choses de façon humble.

Une boîte pleine de caractères d'imprimerie en désordre est posée par terre, près d'autres outils qu'il n'identifie pas, un plateau, des petites réglettes, eux aussi entassés pêle-mêle. Deux pupitres d'écolier jouxtent la presse. L'un, maculé d'encre, ne porte rien, mais l'autre est chargé de deux piles de papier, l'une vierge, l'autre imprimée. Grigori est tenté d'aller lire, que se dissipe définitivement le mystère de ses hôtes, mais quelque chose le retient, l'égalité du silence à maintenir entre le couple et lui peut-être. Leur patience face à sa mauvaise humeur vaut bien qu'il laisse en paix leurs quelques secrets. Et puis il ne s'est que trop attardé. Son dernier geste est de s'approcher de la lucarne pour regarder au-dehors, travaillé du secret désir que la pièce, si surprenante par rapport au reste de la maison, donne sur un espace autre. Il doit se mettre sur la pointe des pieds tant l'ouverture est haute : nul ne pourrait, de l'extérieur, jeter un œil et découvrir la machine, qui doit être un objet rare sur l'Archipel. Au-dehors, c'est comme toujours : le port, la baie, quelques pêcheurs, et un énième grain qui s'amène par la mer.

De retour dans la salle de classe, Grigori referme la porte ronde de façon à camoufler les traces de son exploration et remonte l'allée de pupitres. Ne sachant que faire de ce qu'il a vu, il s'assied au premier rang, les genoux serrés contre le casier d'un petit bureau d'écolier. Il pose sa tête dans ses paumes ouvertes et regarde le noir intense du tableau.

Un raclement de chaise. Halle est sur l'estrade, elle ouvre un tiroir.

– Excusez-moi, marmonne Grigori. Je me suis endormi.

– J'ai vu, dit Halle. Beaucoup d'assoupis passent par ici, c'est sans doute contagieux.

Grigori fronce les sourcils pour se débarrasser de son engourdissement. Il s'en veut de s'être assis à quelques mètres de sa découverte. Il aurait mieux fait de quitter les lieux pour imaginer, seul, en arpentant la plaine, les mots que forment les caractères d'imprimerie sur les papiers de la pièce d'à côté.

– Votre amie va bien ?

C'est la bonne chose à dire, il le voit au hochement de tête de l'institutrice.

– Elle va bien et l'enfant aussi.

Halle ne semble ni surprise ni gênée de le voir là. Elle a sorti une petite pile de cahiers qu'elle pose sur son bureau.

– Ce sont les cahiers des enfants ?

– Oui, dit-elle en s'asseyant. Ce sont leurs problèmes.

– Leurs problèmes ?

– Oui, leurs problèmes de mathématiques.

Grigori l'observe. Il est étonné de la voir seule, tout comme il serait surpris d'avoir une conversation avec Jon sans qu'elle soit présente. Ils sont inséparables, aucune tâche ne leur est dévolue en particulier, ils échangent leur place comme des reflets dans un miroir. Grigori se souvient de la seconde de surprise qu'il a eue, un jour, en voyant Jon sortir de l'épicerie. C'était la première fois qu'il l'apercevait sans Halle, et il l'avait regardé marcher tranquillement le long de la grève, vers l'école. Jon lui avait adressé, de loin, un salut amical.

Halle lève les yeux et lui rend son regard.

– Vous allez bien ?

Il recule sa petite chaise, surpris par la question, et se rend compte qu'il a presque été sur le point de s'assoupir à nouveau, comme lorsqu'il a fixé le tableau noir tout à l'heure.

– Oui, je vais bien.

Elle hoche la tête. Ses yeux glissent, la même expression peinée sur son visage que sur celui de Jon lorsqu'il garde le regard baissé le matin en s'affairant dans la cuisine. Grigori sait qu'elle pense à Loukine, alité dans sa chambre à l'étage, et qui lui ne va pas bien, pas bien du tout. Difficile de savoir ce qui a provoqué quoi, a-t-il fallu que Loukine pose un pied en ces terres reculées pour que tout s'accélère et que sa vie le quitte, à moins qu'il n'ait attendu d'être ici pour abdiquer ses dernières forces, satisfait d'avoir atteint ce qui serait pour lui le lieu ultime. C'est comme si tout le *Gren* s'était laissé gagner par l'irréversibilité de ce voyage, oui, c'est ça, ils sont là, tous, même ces fichus poissons, à faire le pied de grue en attendant que meure Loukine, question de politesse. Et Grigori, qui n'a même pas ce luxe d'être en train de mourir, est accueilli par Jon et Halle avec des précautions d'embaumeurs, une amabilité d'anges de la mort qui tendent aux condamnés les bonnes choses à manger, les meilleurs livres à lire et les bordent dans des lits chauds et douillets… Sur leur presse secrète dans leur pièce secrète, ils concoctent les oraisons funèbres, les avis de décès, ils se tiennent prêts. Ou pire, un beau soir, ils font le geste fatal d'imprimer et quelqu'un meurt la nuit, dans sa petite chambre à l'étage, cueilli par une Mort soucieuse d'aligner les faits sur ce que décrivent les mots. Leur douceur, leur sollicitude happeraient quiconque vers le sommeil, heureusement qu'il y a dehors le vent et la pluie pour vous ramener à la vie à coups de rafales et d'averses.

Halle reprend ses cahiers. Les chiffres tarabiscotés et les calculs de choses imaginaires ont chassé Loukine de son esprit. C'est le moment de partir. Grigori se lève, bouscule les deux pupitres derrière lui. Il remet tout en place dans un vacarme de tables et de chaises. Le bruit le réveille, lui donne l'énergie d'emporter ses pas loin de la salle de classe. Il se tourne vers l'estrade.

– Dites, Halle. Vous connaissez Loukine, non ?

Elle relève les yeux avec patience, l'enrobe de son regard, l'examine.

– En effet.

– Comment l'avez-vous rencontré ?

Elle sourit avec la même douceur qu'elle le regarde.

– C'était il y a longtemps. Il vous racontera peut-être. Je m'en voudrais de le priver d'une histoire.

V

C'est le tintement insistant de la cloche qui l'a poussé à marcher de si bon matin jusqu'à l'église. Depuis son arrivée, c'est la première fois qu'il l'entend sonner, un son clair, presque joyeux dans ce jour où tout semble figé.

Le bâtiment, trapu, avec ses flancs percés de fenêtres étroites comme des lucarnes et son clocher peint en blanc, est posé sur une petite butte à l'écart du village. À l'arrivée de Grigori, la cloche s'est tue et les seules présences sont animales. Sur le chemin, deux lourds chevaux attelés à une carriole cueillent de leurs lèvres duveteuses les herbes qui pendent depuis le champ en surplomb. Un poney roux dont la selle est flanquée de sacoches ventrues broute sous les fenêtres de l'église. La porte grande ouverte de la bâtisse laisse échapper une rumeur de voix. Grigori fait les quelques pas qui l'en séparent et se poste à l'entrée pour voir. Tout à coup, s'il n'y avait la baie, le vent et le ciel de l'Archipel, il se croirait à Copenhague. Le pasteur, debout à l'extrémité de l'allée qui sépare les deux rangées de paroissiens, prêche en danois. Bien sûr. C'est comme ça ici, le royaume conserve le plus important dans le cercle de son patois. Le culte et quoi d'autre ? La justice. L'école ? Oui, l'école aussi.

Grigori s'appuie au chambranle de la porte et laisse son regard monter jusqu'à la charpente en épicéa qui, ajoutée aux murs blancs, jette une clarté puissante. Alda avait tort, les planches de bois acheminées de Norvège ne sont pas chez Emilie l'épicière, mais ici : tout le chargement du *Gren*, ou du navire qui le précéda, se trouve au plafond et sous les postérieurs de ces braves gens. Amen ! Comme à Bergen, où les dimanches sont de merveilleuses occasions pour regarder défiler les badauds bien vêtus, suivre les sinuosités des mèches tressées des femmes et les plis que la marche dessine à leurs robes, Grigori s'imagine qu'il peut se tenir là, sans nulle envie de prendre part à ce qui se passe. Mais tous ces gens font corps et, déjà, alors qu'il n'a pas fait le moindre bruit, des paroissiens du dernier rang se retournent et lui jettent des regards qui lui intiment de faire un choix, se retirer ou rallier l'assemblée, mais en aucun cas demeurer dans ce rôle d'homme des lisières qui se paye le luxe d'observer sans participer. Le plus gênant serait de battre en retraite, alors, avec sa veste délavée qui détonne face aux impeccables tenues noires, il se décide à entrer. En crabe embarrassé, il avise le bout du dernier banc à gauche, juste à côté d'une femme qui, faisant mine de l'ignorer, donne pourtant un robuste coup de hanche sur le côté, mouvement qui déclenche en réponse celui de ses voisins et dégage un espace libre, d'une tiédeur un peu intimidante, où il peut prendre place.

Il n'y a plus qu'à écouter et laisser passer le temps. Tandis que le pasteur, les joues marbrées de rouge, déroule son sermon et que l'assemblée lui répond dans le même langage, Grigori constate qu'on peut être chez soi dans une langue sans y trouver quoi que ce soit de familier. Rien ne lui parle dans ce discours, rien ne l'élève, et cela a toujours été ainsi, que ce soit dans les églises orthodoxes dont les ornements dorés redoublent le poids des plafonds et des murs, ou dans les temples luthériens, si blancs qu'on semble y prier le vide et la lumière. Le plus intéressant est donc de regarder autour de lui. Des gens sont là qu'il n'a jamais croisés au village, avec, au bas des robes et des chausses, de discrètes traces de poussière et de terre. Ils ont sans doute marché plusieurs heures depuis des villages éloignés pour assister au culte. À l'inverse, dimanche prochain, ce seront peut-être les gens d'ici qui accompliront le chemin jusqu'à un autre village où une autre église attend patiemment que l'unique pasteur de l'île, contraint d'effectuer un culte tournant d'une paroisse à une autre, fasse sonner la cloche.

Enfin, après un dernier chant suivi d'un bref silence, l'office se termine. Les paroissiens se lèvent avec délicatesse et la langue de l'Archipel reprend sa place dans un murmure de conversations. Mais dans ce bruissement toujours aussi peu compréhensible à Grigori, une transparence danoise persiste, comme un trou dans la voile d'un navire.

Près de l'autel, dans les bras d'une femme que déborde une pelote de mains et de jambes projetées dans tous les sens, un enfant s'époumone, jetant des mots déformés par les hurlements mais qui ne trompent pas sur sa langue natale. À quelques pas de la femme qui tente de calmer le petit se tient un homme en pleine conversation avec le pasteur. Bien qu'il semble, de corps et de cheveux, similaire à tous les hommes de l'Archipel, on voit bien qu'il n'a pas tout à fait la couleur d'ici, pas plus que la femme, pas plus que l'enfant. Tous trois sont là, en famille, à s'exprimer en danois dans la maison du culte, un danois qui n'est plus celui du royaume des cieux mais du royaume tout court, un danois de tous les jours, cordial, de connivence, ou, pour leur fils qui égosille son ennui, d'émotions spontanées, comme si le vent avait arraché l'église de sa butte et, le temps de la prière, l'avait emportée puis déposée sur une place de Copenhague.

Avec son chapeau à long bord, son pantalon et ses souliers noirs, l'homme n'a pas l'allure des insulaires, mais, au-delà de son apparence, Grigori perçoit en lui autre chose qui les dépasse tous, pasteur compris, alors que ce dernier appartient pourtant aussi, avec ce poney roux qui ne peut être que le sien, à cette catégorie des *gens à chevaux*, personnes aisées qui ne se rendent dans ce village trop petit que pour des raisons précises, un peu comme ce propriétaire d'usine qu'on ne voit jamais dont Alda a parlé à Grigori. Cette autre chose chez l'homme en noir, c'est la certitude tranquille qu'il est chez lui, ce que d'ailleurs rien ne contredit : on ne perçoit à son encontre aucune hostilité, à peine une distance respectueuse qu'on accorde à tous les gens d'importance quand on s'estime inférieur. Les insulaires ont l'habitude, en entrant dans certains lieux sur lesquels le royaume a prise, de passer d'une langue à l'autre comme on retournerait un vêtement, ils se sont accoutumés à cette présence qui le leur rappelle avec sa subtile autorité, mais qui, à la plupart d'entre eux en tout cas, ne fait plus peur tant elle s'est inscrite dans le paysage.

Peu à peu, l'église se vide. Dehors il pleut, de fines gouttes qu'on n'entendait pas tomber lorsqu'on était à l'intérieur. Le poney roux se tient la tête immergée dans la haute prairie pour ne pas sentir la pluie. L'averse pousse les paroissiens vers le village, vers leurs maisons proches ou lointaines. Grigori, adossé contre les pierres humides de l'église, regarde la carriole de l'officier danois prendre le trot sur le chemin, femme et enfant abrités sous un grand parapluie noir. Les piétons s'écartent dans les herbes du talus, certains se tournent pour regarder passer l'attelage. Les roues de la carriole, aussi hautes qu'un jeune enfant, escaladent les grosses pierres sans effort.

C'est terminé. Jusqu'à ce que l'église héberge le prochain culte, les villageois vont se rendormir dans l'ignorance du royaume qui, en ce lieu reculé, semble voué à n'exister que par éclipse. Dans deux mois, dans trois mois, le temps que le pasteur ait fait le tour des autres églises de l'île, l'homme en noir reviendra. Peut-être Jon et Halle font-ils de cette information l'objet d'un problème de mathématiques, dont la solution est pour eux des plus cruciales : à raison de neuf églises sur notre île et d'un seul pasteur, à quelle date peut-on estimer la tenue du prochain culte dans notre village ?

Mais à quoi bon s'inquiéter ? Lorsque l'officier danois revient, c'est toujours dimanche, et le dimanche, il ne risque pas d'entendre, par la fenêtre au rideau rouge, la langue secrète que Jon et Halle parlent avec leurs élèves.

*

Alda est assise sur une pierre en bordure du chemin. Elle a troqué son panier contre deux sacs qu'elle porte l'un sur l'autre en bandoulière. Elle se lève dès qu'elle aperçoit Grigori.

– Qu'est-ce que tu faisais ?

– J'étais à l'église. Tu n'y vas pas, toi ?

Elle ajuste ses sacs.

– L'église est trop loin de ma maison. Viens, il y a beaucoup à marcher jusqu'aux falaises.

Sans un mot de plus, elle s'engage sur le chemin et Grigori court pour rattraper les quelques secondes d'avance qu'elle a prises sur lui. Bien vite, ils dépassent les chères buttes d'herbe où il s'est posté les jours précédents. Ils marchent deux heures. Les fermes disparaissent. À l'inverse, les moutons sont de plus en plus nombreux. Des groupes de deux ou trois bêtes, couchées sur le chemin, fuient sur leurs courtes pattes raides en les voyant arriver. Des agneaux dissimulés derrière les bosquets de terre lèvent parfois leur tête curieuse pour les regarder passer, leurs petits yeux clignant entre les herbes.

Ils ne croisent personne. Alda est coutumière de ces distances et marche d'un pas rapide. Concentrée sur la mécanique parfaite de ses pas, elle ne regarde rien de ce qui les entoure. Grigori peine à la suivre. En dehors de ses brèves incursions dans la vallée, il n'a pas marché depuis des semaines. Son corps gauche et lourd lui donne l'impression d'osciller plus que d'avancer. Devant ses yeux bat la tresse de cheveux bruns d'Alda. Les filaments de laine qui s'effilochent de son bonnet papillonnent dans le vent et se mêlent à ses mèches. Plusieurs fois, elle s'arrête pour qu'il puisse reprendre son souffle. Ils boivent tour à tour dans une outre remplie d'une eau toujours fraîche qu'Alda tire d'un de ses deux sacs. Ils ne disent rien. Alda garde son regard fixé sur le chemin.

Ils quittent le sentier pour patauger dans une prairie. Les nuages de l'averse matinale ont disparu et le soleil est au zénith. Pour l'avoir observé ces derniers jours, où il a fait beau temps, Grigori sait qu'il va rester suspendu comme ça un long moment, comme en hésitation. L'Ouest, pour le moment, il n'en a cure : il préfère rester tout en haut du ciel, au milieu du monde, à taper sur ces têtes d'insulaires qu'il a si peu l'habitude de voir derrière le masque des nuages.

Puis c'est à nouveau un sentier à flanc de montagne, si étroit qu'ils doivent marcher l'un derrière l'autre, un passage emprunté par les moutons qui, aussi gras soient-ils, savent aligner leurs pas sur quelques centimètres, contrairement à eux qui marchent en foulées bien trop larges en manquant à chaque pas de se tordre la cheville. De temps en temps, Alda donne de vigoureux coups de souliers dans les herbes drues pour élargir le passage. Enfin, le sentier s'arrête au pied d'une pente abrupte qui monte, monte et s'achève tout là-haut, en une sorte de tremplin interrompu par le ciel. Ils s'engagent droit dedans. Grigori place ses pas dans ceux d'Alda. Il faut prêter attention aux creux entre les roches, dissimulés par l'épaisseur de l'herbe. Parfois les pieds y plongent, se bloquent et il faut tirer doucement sur sa jambe pour la libérer. Alda grimpe avec précision et facilité, le dos droit, les mains en appui, manœuvrant d'instinct par rapport à la pente. À une vingtaine de mètres du sommet – qui ne laisse rien deviner de ce qu'il y a derrière –, elle s'arrête et pose ses sacs dans un creux de rocher.

– On va manger ici. Plus haut, on commencerait à sentir le vent.

Elle sort une miche de pain et la tend à Grigori. Il la rompt, en donne une moitié à Alda et mord dans l'autre avec avidité. Ils engloutissent chacun une poignée d'œufs durs puis se calent autant que possible dans les creux, là où l'on sent moins le vide les tirer vers la vallée caressée par le soleil. À force d'avoir eu le nez sur les cailloux, Grigori voit flou, comme si le paysage était une image collée devant ses yeux. Alda époussète ses chaussures salies par les éclats de coquilles et demande sans le regarder :

– Qui est cet homme avec toi ?

Question abrupte, comme souvent chez elle, et que, sans doute, tout le village se renvoie depuis qu'ils ont vu débarquer ce Loukine trop décati pour être, comme les autres, un matelot jeté à terre par les circonstances. Grigori comprend qu'il n'est pas là juste pour satisfaire la curiosité qu'il éprouve envers cette fille étrange, mais qu'elle a aussi pour lui des questions, une perplexité même, embusquée derrière cet attachement désarmant qu'elle lui voue depuis leur rencontre, sans crainte des qu'en-dira-t-on et sans aucun désir. Enfin, c'est ce que laisse croire le regard franc qu'elle pose sur lui et le peu de cas qu'elle semble tenir de sa jeunesse égale à la sienne, de sa haute taille et de ses cheveux clairs.

– Je ne sais pas. Il est apparu à notre départ de Norvège. Il voulait absolument débarquer ici. Ce n'est pas si souvent que les navires font escale dans ce port.

– Presque jamais, tu veux dire.

– Moi, je ne suis jamais venu.

Elle pouffe. Évidemment qu'il n'est jamais venu. Personne ne vient jamais. À la capitale, peut-être, mais quelle raison pourrait-on avoir de venir ici, à la pointe nord-est de l'Archipel ?

– Au village, ils essayent tous de se souvenir s'ils l'ont déjà vu, ton type. Cela fait souvent ça avec les vieux, tu ne trouves pas ? On a l'impression de les connaître.

Grigori répond par un sourire. Il se souvient de l'embarquement à Bergen. Les manœuvres, cassés en deux par le poids du chargement, avaient fait retraite vers les entrepôts, signe pour les matelots norvégiens d'entrer en scène. Pimpants, ceux-ci arrivaient du cœur de ville, larges et gavés de nourritures terrestres, la bouche encore chaude de baisers, avançant à bonne distance les uns des autres comme s'ils débordaient d'une force qui les empêchait de se côtoyer d'un peu trop près, force que le séjour à bord viendrait ronger en les contraignant à une promiscuité si contraire au vaste souffle de la terre. Mais à bien y regarder, la poignée d'hommes marchait un peu de travers malgré son entrain, avec la démarche hésitante de ceux qui avaient voulu s'en flanquer un dernier avant l'étrange ascèse des jours en mer, la silhouette penchée sous le poids du sac, linge de rechange, biscuits à la cannelle, entre autres gourmandises et gages de chaleur, photographies, lettres, journaux, livres.

Au cœur de ce ballet, un homme au manteau impeccable se tenait debout, immobile sur le quai, face au navire qui s'apprêtait au départ. À ses côtés, une grande malle, lourde, peu pratique pour le voyage.

Grigori gobe un dernier œuf et se détend contre les rochers. Le soleil l'assoupit, le sang afflue avec tiédeur dans ses jambes. La terre et l'herbe ont effacé les traces de sel qui maculent habituellement ses chaussures. Les yeux clos, il repense à Loukine, à la façon dont le capitaine l'a accueilli. C'est rare qu'on accepte des passagers dans les navires de charge : ça ne colle tout simplement pas, l'oisiveté, les petits méandres qu'on porte en soi, la pensée de ce que l'on va rejoindre à destination, tout ça face au travail mécanique des marins qui sont à bord comme ils sont chez eux, et en même temps à peine partis qu'ils pensent déjà au retour. Arriver à destination n'a pas de sens pour eux, ce n'est que la première partie du voyage : le but, c'est de se retourner sur le sillage qui dessine une ligne jusqu'au port quitté. Peut-être plus encore pour les matelots du *Gren*, natifs de Bergen ou des villages qui piquètent les côtes, et qui n'ont jamais connu les voyages à sens unique qu'a pratiqués Grigori en laissant derrière lui les ports de l'Est sans jamais s'interroger sur ses attaches, de toute sa vie jamais une maison, jamais une main ne l'a retenu de regagner la mâture des navires où il est si bien. Les passagers terriens, eux, sont tout à choyer leur projet, ils ne pensent qu'à la nouvelle terre qu'ils vont toucher, aux visages, familiers ou inconnus, qui se tendront vers eux avec curiosité. Parfois, on les envie rien qu'à les regarder, avec leur solitude colorée de l'amour à venir, de la conquête d'une place en lieu étranger pour travailler ou pour aimer.

Est-ce que Loukine a payé pour sa traversée ? Peut-être. Quelqu'un qui aime tant les livres n'est pas du genre à être près de ses sous, ou alors il est au point où il ne compte plus, il retourne ses poches et quel que soit ce qu'elles contiennent, il fait avec, ajustant son désir au solde. À bord, il s'est fait oublier à merveille, y compris du capitaine. Il s'est rallié à l'état de marchandise dormante, attendant que le navire aborde pour retrouver forme et fonction en terre d'escale, dans son boudoir confortable de la maison de Jon et Halle. Peut-être la place sur le *Gren* lui a-t-elle été offerte, après tout pourquoi faire payer celui qui va mourir et qui choisit pour cela de rallier les terres les plus perdues de ce coin du monde ? Tobias, le capitaine, a l'œil pour cela, c'est un subtil, il a pu jauger le voyageur à son corps en voie d'effondrement, avec ses bagages suspects parce que trop lourds, des malles de mourant qui n'a pas su renoncer au plaisir des choses et qui a choisi d'emporter sa maison avec lui. Il a accordé la traversée comme on exauce des dernières volontés, celles d'un retour en des lieux où la mémoire du voyageur allait achever de s'étioler, comme les îles de l'Archipel.

Déjà il faut repartir. Plus que quelques mètres avant que la pente ne s'interrompe sur le vide abrupt de la falaise. Alda se couche sur le sol et avance en rampant. Lorsqu'ils atteignent le vide, Grigori comprend qu'il a bien fait de l'imiter : une bouffée de vent et de cris d'oiseaux lui saute au visage. La mer, qui se fracasse contre la falaise cent mètres plus bas, gronde dans un bouillon d'écume blanche et bleue. Grigori recule pour reprendre son souffle. Il colle sa tête contre la terre chaude et humide, et le tumulte de la falaise disparaît. Mais dès qu'il risque ne serait-ce que son nez dans le vide, les mugissements de la mer mêlés aux cris stridents des oiseaux le frappent derechef. Alda a roulé sur le dos et sort deux épais rouleaux de corde de son sac. Elle lui en tend un.

– J'imagine que tu sais faire les nœuds.

Grigori refait machinalement les gestes : comme elle, il s'amarre aux boursouflures de rochers qui bordent la falaise. Voilà une chose nouvelle pour lui, s'encorder à la terre pour se risquer en mer.

– Il y a une longue corniche à quelques mètres en dessous, explique Alda. Je n'y vais jamais seule, car je ne peux pas éloigner les oiseaux et ramasser les œufs en même temps. Mais avec toi, ce sera facile.

Grigori jette un œil aux sacs d'Alda, encore vides. Difficile d'imaginer la récolte exceptionnelle dont elle parle.

– Je te suis, c'est ça ?

– Exactement. Sauf si je tombe, bien entendu.

– Très drôle.

– Il te suffit d'imaginer que tu es accroché au mât de ton navire en pleine tempête. Tu es gabier, c'est bien ça que tu m'as dit ? Eh bien, c'est à peu près la même chose.

– Je suis marin, pas pirate de roman.

– Dommage, tu en as un peu la tête.

Elle se lève et, sur un clin d'œil, enjambe la falaise d'un geste presque machinal. Elle s'agrippe au rebord de ses deux mains et descend avec précaution avant de disparaître. Grigori, inquiet, glisse un œil dans le vide : Alda descend toujours, plaçant mains et pieds dans les anfractuosités. Au bout de quelques minutes, elle atteint le replat dont elle a parlé. La corniche est si étroite que de l'endroit où il se trouve, Grigori a l'impression que la jeune femme est debout dans le vide, tache bleu foncé maintenue par miracle entre ciel et terre. Elle lève les yeux et lui fait signe.

Grigori se redresse face au vent, bouffée de cris d'oiseaux et grondements de la mer fracassée loin, tout au fond du vide. Le visage lunaire de Thomassen à quelques centimètres du sien, pétrifié de violence contenue, est moins impressionnant que de glisser un pied puis l'autre le long de la paroi, à la merci de la moindre bourrasque. Ses chaussures, dont les voyages ont aminci le cuir, patinent contre le rocher humide. Quelques brins d'herbe lui chatouillent le visage mais bientôt il n'a plus sous les yeux qu'une roche noire qui pue les fientes. Ses pieds tâtonnent. Son poids tire sur ses doigts qu'il croyait solides à force d'escalade dans la mâture mais qu'il découvre brindilles, à fouir désespérément des prises sur cette surface peu familière. Il sent soudain les mains d'Alda lui agripper la hanche.

– Tu es arrivé. Lâche doucement.

La chute de quelques centimètres suffit à le déséquilibrer, mais Alda le rattrape par la taille avec toute sa force de falaise, son corps braqué pour deux contre la gravité. Pieds en griffe dans les souliers, dos ramassé, ils se plaquent contre la paroi pour diminuer l'emprise du vent qui souffle si fort qu'il assourdit les cris d'oiseaux. Le vide, Grigori connaît, Alda a raison, mais il le pratique en majesté, son corps comme un trait agile qui s'ajoute aux lignes élégantes du quadrillage des haubans, ses pieds et ses bras qui ne réfléchissent même plus connaissent la souplesse de la corde qui ploie sous son poids et finit par le retenir, tendue à un point d'équilibre parfait, ses pieds qui s'enroulent d'instinct autour du bois humide, et surtout ce chemin, du mât jusqu'à la hune, comme s'il évoluait dans un arbre devenu si familier qu'il était comme une part de lui-même. Mais ici, c'est un vide qui ne se donne pas, une extrémité d'Archipel qui tient sous les orteils puis plus rien, pas mieux qu'une planche de naufragé en pleine mer.

La corniche d'atterrissage est large comme un avant-bras, d'un noir profond ponctué de longues traînées de fientes blanches. Dissimulés dans les épais replis de la roche se trouvent les nids, presque collés les uns aux autres tant ils sont nombreux, tas boueux d'algues, de mousses et de filets de pêche à l'odeur fétide, coiffés d'œufs blancs ou jaunes qui semblent un miracle de pureté dans ce suint. Des oiseaux, il y en a, des dizaines, des centaines à tournoyer dans l'à-pic, qui dévient au dernier moment pour éviter les congénères qui décollent, plongent puis remontent, avec leur mémoire comme seule guide pour retrouver, dans le bégaiement de la falaise, leur aire qui ressemble à toutes les autres. Grigori ne voit rien de cet affairement gracieux, il serait bien en peine de se souvenir des noms, des plus savants aux plus vulgaires, qu'il a appris auprès des marins qui avaient deux sous de curiosité pour s'intéresser à ce qui vit. Il a le regard à l'oblique sur les œufs que veillent les adultes restés couvés, aussi jacasseurs qu'élégants, tendant leurs cous où se dégrade un jaune délicat jusqu'au masque du bec et des yeux soulignés de noir. Les plus proches observent Alda et Grigori avec méfiance, et le désarroi monte dans leurs cris ferrailleux, comme s'ils savaient déjà qu'ils ont perdu.

– Tu es prêt ?

La tresse d'Alda, dont le brun étincèle à la lumière, se défait peu à peu dans les rafales. Mais le plus endurant des vents ne défait pas les nœuds de corde et, si la surprise d'une bourrasque ou d'une glissade les précipite dans le vide, Grigori sait que la chute prendra fin avec une secousse brutale au niveau des reins suivie d'un choc contre les arêtes tranchantes de la falaise. Alda attend son approbation. Au sérieux de sa voix s'ajoute sur son visage une expression de défi, presque de joie. Funambules et clandestins, jamais leurs corps sans ailes n'ont pesé plus lourd face au vide et, pourtant, elle est sereine, portée par la confiance que lui confèrent l'habitude et peut-être le plaisir malicieux d'avoir entraîné, dans cette aventure, ce gabier un peu lunaire que les gifles des vents marins semblent enfin avoir réveillé. Grigori hoche la tête. Alda glisse lentement vers les nids, les bras toujours collés au rocher. Les oiseaux se dressent sur leurs pattes noires qui épousent avec souplesse les reliefs des monticules, battent des ailes avec fureur, cris perçants, dans cette sagesse humble que leur dicte l'instinct, ce courage qu'ils n'interrogent même pas. Lorsqu'Alda n'est plus qu'à cinquante centimètres, ils se décident à décoller dans de grands cris, acculés par la peur, et planent à quelques mètres, masque désolé, l'œil tourné vers ce pillage contre lequel ils ne peuvent rien. Alda se penche avec précaution et ramasse les œufs l'un après l'autre, un ou deux par nid, d'un geste aussi rapide que précis, pour les glisser dans le sac.

– Allez ! crie-t-elle à Grigori sans se retourner. Il faut avancer car ça ne va vraiment pas leur plaire.

Ce qui n'est pas simple. Il y a tant de nids qu'Alda ne progresse qu'avec peine le long de la corniche, contrainte d'escalader les monticules désertés par les oiseaux et boursouflés d'une boue marine qui prend à la gorge et déséquilibre les pieds. Partout la falaise aux couleurs salies est piquetée d'œufs, faussement offerts sur des rebords si étroits que ni lui ni elle ne pourraient y poser un pied, certains presque à la bascule vers le vide, encollés de plumes et lovés, précaires, entre des mousses grisâtres. Grigori piétine les nids vidés en suivant Alda comme s'ils étaient encordés l'un à l'autre, l'estomac noué par cette puanteur d'excréments et de poissons, signe puissant d'un territoire qui n'est pas le leur. Il se contraint à l'effort, pour Alda et contre le vide qui devient une pensée obsédante. Il s'accroupit en essayant d'oublier la corniche dégoulinante, fragilisée par les générations de pattes et de ventres chauds qui se sont tenus ici, et tend le bras vers une niche encore garnie, un peu en dessous de leur perchoir pour se servir, ou bien il ramasse l'œuf qui a roulé derrière les nœuds d'algues collantes et qu'Alda n'a pas vu. La main de la jeune fille fait des allers-retours rapides de la roche jusqu'au sac, où se devine le renflement de leur butin. Elle n'en a pas lâché un seul, les doigts sûrs, ses sens fermés à tout sauf à ce travail de violente intrusion.

L'avancée des deux pillards a semé un vent de panique jusque dans les étages inférieurs de la falaise. Une grande vague d'oiseaux furieux se lève. Ils s'arrachent à leurs aires pour prendre la rafale ascendante et se présenter sur les lieux du carnage, enhardis, agressifs. Même les parents spoliés, chassés d'un coup de pied par Alda, ne décollent plus que d'un mètre ou deux et restent à voleter autour d'eux en criant à toute gorge. C'est encore elle, la voleuse qui les prive de leur couvée, et voilà qu'elle ose venir accompagnée d'un autre sans-ailes qui va doubler les pertes ! Grigori, dents serrées, sent bien que la distance entre le monde qu'ils envahissent et le leur se réduit de façon inquiétante, que la main qu'ils tendent vers les œufs est devenue, dans un juste retour, l'aile qui les effleure, qui les gifle, qui les bat. La sensation est insupportable. Il agite les bras, cogne des pattes, des ailes et des becs au hasard, mais le moindre geste l'entraîne vers la mer et il doit rassembler son équilibre vacillant, camper ses pieds sur la roche et ramener ses bras autour de lui dans une immobilité qui, seule, peut le stabiliser. Alda, elle, semble avoir l'habitude de tels assauts, elle repousse les oiseaux sans craindre de bousculer le froufrou humide et acéré qui les assaille, son autre bras toujours prudemment en appui contre la falaise.

Le premier sac est plein mais les quelques secondes d'échange entre elle et Grigori, qui lui donne le sien encore à moitié vide, suffisent à les recouvrir d'oiseaux. Grigori se recroqueville contre la falaise, les mains sur le visage. Alda hurle plus fort que les animaux, plus fort que la mer qui gifle les récifs tout en bas.

– Lève-toi !

– Je ne peux pas.

Il ne voit plus qu'un fouillis d'ailes entre ses doigts, il sent les becs glisser sur ses joues, les ventres duveteux frôler ses cheveux, une patte visqueuse lui plier l'oreille. Mais une main l'agrippe par le col de sa veste et le remet debout.

– Il faut crier. Crie !

Alors, galvanisé par la force entêtée que lui procure la présence de cette fille, il prend un ferme appui sur ses pieds et lance un long cri sauvage en agitant les bras dans tous les sens. Il repousse le tourbillon d'ailes humides et d'yeux furieux, conquiert pour quelques secondes un espace où l'air est de nouveau respirable, mais, comme une vague qui se reforme, les oiseaux reviennent à la charge. Grigori ferme les yeux, assailli, et hurle de toute sa voix. Il sent sur sa langue le goût aigre et salé des plumes et, sans voir les oiseaux ni Alda, bascule dans un froissement d'ailes blanches.

VI

Malgré sa veste épaisse, la corde lui laisse sur le ventre un collier de chair brûlée.

Dans sa chute, il s'est agrippé à tout ce qu'il a pu, rocher ou oiseau. Yeux fermés, poings crispés. C'est la secousse de la corde qui l'a ramené à la conscience. Il a entrouvert les yeux juste avant de heurter la falaise de plein fouet, son sel, ses fientes, ses mousses spongieuses, ses algues en colonie rase. Il a haleté, le nez sur le rocher, l'envie de vomir de trouille, toute la jambe qui avait pris le choc le lançant jusqu'à la hanche. Et les oiseaux, toujours là, furieusement dérangés par cet homme à la méprisable lourdeur, pendu dans le vide.

Reprenant ses esprits, il a vu dans son poing serré l'aile d'un fou de Bassan. Le nom lui est revenu en fulgurance, juste en apercevant, au bout de son bras, comme si on le lui avait greffé, l'animal désarticulé, entravé. Quand celui-ci s'arrêtait une seconde de se débattre, à bout de forces, on distinguait le fin trait noir qui ourlait bec et œil et le jaune orangé lui poudrant la tête.

Grigori a eu cette brève pensée, si étrangère à la peur et à la souffrance de l'animal qui irradiaient ses doigts : que c'est étrange de tenir un oiseau. Quand on a un rat dans les mains, on sent son cœur vibrer à travers le poil, juste au contact des paumes, et ses pattes griffues qui s'éreintent contre la peau, tout un petit corps tiède qui s'entête. Il aurait cru que l'aile d'un oiseau se froisserait entre ses doigts comme du papier. Ils sont si beaux, d'une grâce de dessin avec leurs cous qui se plient. Mais l'aile fait résistance, il y a de la chair, de l'os et, à la racine de l'aile, il y a le reste du corps de l'oiseau, déboîté, qui lutte à grands cris désespérés.

Grigori a relâché sa prise. L'oiseau est tombé tout droit dans la mer, l'aile brisée, incapable de voler. L'image va lui rester longtemps.

À la remontée, il a affronté les occupants de la falaise sur une longueur éprouvante. Il a vu de près les taches noires et brunes qui mouchètent les œufs, les excréments en longues bavures, les plumes qui ont fini par former des boules à la fois douces et grasses dans les anfractuosités. Du bout de ses chaussures et à mains nues, il a poussé les nids dans le vide pour trouver des prises, et le fracas des œufs gâchés s'est perdu dans celui de la mer, dont les vagues absorbaient inlassablement le massacre. Plusieurs fois, il s'est retrouvé nez à nez avec de gros goélands, bien moins craintifs que les fous, qui refusaient de s'envoler et dont il a dû éviter les becs courbes et tranchants. Il a fini par rejoindre la corniche pour attraper le bras tendu d'Alda, toujours aux prises avec la nuée d'oiseaux. Ce n'est qu'une fois allongés face contre terre sur la mousse, à bout de souffle, qu'ils se sont retrouvés tranquilles.

Alda ne lui tient pas rigueur de ce qui s'est passé. Elle-même est tombée plusieurs fois lors de ses expéditions et s'en est plus mal tirée, pendue pendant des heures au bout de sa corde, le ventre cisaillé, trop loin de la falaise pour reprendre pied, jusqu'à ce que ses cris alertent une âme de passage. Et puis, la récolte est bonne. Les œufs, bien calés dans le dos de Grigori, ne se sont pas brisés.

Grigori palpe son visage humide de sueur, éraflé par les becs et râpé par la falaise. Il ne saigne pas, il ne trouve sous ses doigts qu'une odeur poissonneuse et acide. Ses mains, en revanche, sont ravinées de filaments ensanglantés, entailles de rochers et de becs. Il les essuie dans les toupets d'herbe sèche et, en arrachant une poignée, tamponne ses cheveux souillés et sa veste.

– Tu te sens mieux ?

– Je n'ai rien.

– Il ne fallait pas se laisser impressionner. Ils font ce que font toutes les bêtes.

Allongé sur le dos, Grigori n'entend plus le vent. Juste le cri de quelques macareux qui ont leur terrier non loin de là, près du vide où gravitent les fous. Il laisse les sensations de peur le quitter, la douleur pulser faiblement des quelques points de son corps qui ont encaissé la chute. La tiédeur et les odeurs végétales qui l'imprègnent l'assoupissent.

Alda dit tout à coup :

– Ton navire ne repartira jamais, n'est-ce pas ?

Il rouvre les yeux. C'est peu de dire qu'il n'a pas envie de parler, pas envie de réfléchir et surtout pas à ça. L'échappée loin du village dans les pas rapides d'Alda et même cette chute, qui a dérobé ce sol étale, infiniment ennuyeux, de sous ses pieds, l'ont réveillé de la fadeur. Il marmonne :

– Qu'est-ce qui te fait dire ça ?

Elle hausse les épaules sans croiser son regard. Maligne, elle attend juste qu'il continue et qu'il aille, de lui-même, au bout de l'hypothèse provocatrice qu'elle lui a présentée.

– C'est toi qui m'as dit qu'il fallait attendre, dit Grigori. Qu'ici, on avait le temps. Que le chargement serait prêt quand il serait prêt, peu importent nos délais de gens pressés du continent.

– C'est vrai. Mais peut-être qu'il n'y aura jamais de chargement, que tu resteras ici et que tu oublieras même que tu es arrivé d'ailleurs.

Grigori se raidit. Tous les jours, en sortant de la maison de Jon et Halle, il jette un coup d'œil à l'embouchure de la baie où campe la silhouette du *Gren* avec ses voiles affalées, amarré si proche de la côte que le clapot des vagues ne le fait pas danser. Il faut être sûr qu'aucun préparatif de départ ne soit en cours et qu'il n'en soit pas exclu, pour que le moment venu, il s'amalgame de nouveau au grand corps de l'équipage comme si cette escale infinie n'avait jamais eu lieu. Mais il n'a jusque-là rien vu bouger sur le pont ni dans la mâture.

D'une voix définitive, Alda interrompt elle-même le vertige qu'elle a ouvert en lui.

– Moi, je veux partir.

C'est une autre Alda qui parle, et que Grigori n'a fait que deviner jusqu'alors : la Alda qui descend dans les falaises parce que ces œufs gavés de peur humaine et animale, qu'elle vend aux villageois, sont le seul moyen de sa subsistance, la Alda qui délaisse la chaleur de meute du port et qui s'imagine contempler l'Archipel de loin, depuis le pont d'un navire qui ne reviendra jamais.

– C'est si difficile de partir ?

– Ça dépend pour qui. Toi, il te suffit d'ouvrir la bouche et on t'embarque, histoire de ramener l'ailleurs là d'où il vient. C'est dans l'ordre des choses.

– Je ne sais pas. Je n'ai pas vu un seul navire aborder depuis le mien. Moi aussi je suis coincé.

Alda ricane.

– Coincé comme un gars qui s'est foulé une cheville après avoir fait le tour du monde.

– Tu pourrais parler à Halle, l'institutrice. Elle a voyagé.

– Halle est fille de pasteur, bien sûr qu'elle a déjà pris la mer et évidemment qu'elle connaît le continent. Tu crois qu'on garde les enfants précieux sous cloche ? Il faut bien les frotter un peu au monde, il ne se passe tellement rien ici. Mais moi, comment est-ce qu'on me traiterait à bord d'un navire ? Qui m'accueillerait à Copenhague ou Amsterdam ? J'ai déjà essayé d'embarquer : personne ne m'accepte. Ils ont peur, ou ils me méprisent. Ils ne comprennent pas pourquoi je veux partir.

Grigori ne répond rien. Il a suivi Alda jusqu'à l'usine à poissons et dans la vallée, il a cheminé avec elle loin du village, de l'angoisse et de l'ennui, dans son sillage d'herbe et de vent. Il y a eu les œufs passés de main en main, la sieste sur la pierre qui chauffait comme un troisième corps sous les leurs et qui, avec la tombée du jour et le froid, les a poussés à partir. Mais ici, ce n'est pas pareil. Au bord de la falaise, elle est chez elle, chevillée à ses projets qu'aucune compagnie ne lui ferait abandonner. C'est peut-être pour cela qu'elle semble voir à travers lui, comme s'il n'était pour elle qu'une matière impalpable à laquelle on ne peut s'attacher. À moins que ce ne soit elle qui soit volatile, comme déjà partie.

Il est temps de s'en aller. Il pourrait insister pour rester, car maintenant qu'elle lui a avoué son profond désir de partir, il sent à quel point il s'est attaché à elle. Elle est devenue indispensable à cette entente minuscule qu'il a commencé d'établir avec l'Archipel, mais, déjà, elle se dérobe. Elle est assise, les genoux ramenés à la poitrine, avec une moue renfrognée. Elle a sa maison quelque part dans cette vallée dépourvue de chemin, elle l'a dit tout à l'heure, trois mots lâchés sur sa vie de solitude, sans parents parce que cela arrive de perdre ceux qui vous ont faite, une simple cabane qu'elle retrouverait dans le noir en pleine tempête et où elle cultive les quelques piliers d'une vie menée à l'arrachée, un carré de potager, un chien peut-être. Et sa hargne pour le reste.

Jamais elle ne lui ferait voir ces choses fragiles et misérables qui lui ressemblent si peu, elle qui est taillée pour talonner sur les sentiers avec tant de force qu'elle a l'air de leur reprocher d'exister.

Voyant Grigori se lever, elle l'imite et, avec un sourire un peu moqueur, lui tend un des deux sacs, le moins plein des deux.

– Pour ta peine.

*

La nuit, alors qu'il a mis longtemps à s'endormir à cause de la douleur qui le lance, il rêve qu'il est avec Alda dans la montée qui mène à la falaise. Leurs deux corps sont à l'appui dans la pente, formes creusant l'herbe dense, lui sur le dos, elle juchée sur lui, son visage masqué par ses longs cheveux en bourrasque, sa robe une tache marine mordant sur le soleil, ses genoux dénudés tigrés par la végétation. Mais au lieu du plaisir attendu, ce sont les pierres de la prairie, minuscules, qu'il sent pointer dans son dos, puis leur attelage à tous les deux qui bascule dans la pente comme si le vent monté de la falaise bruissant d'oiseaux avait fait verser le paysage. Les plis de la robe d'Alda s'envolent, la vallée se rapproche dans un vertige, et quand il se réveille en sursaut, un peu honteux mais pas tellement étonné de s'être fait servir, par sa solitude, ce relent de désir et de peur, il cligne les yeux dans la clarté de la chambre et constate la présence des choses immobiles et sans chaleur : la chaise, la petite table, les longueurs de parquet, la fenêtre frangée d'herbe.

*

Il a pris le fauteuil de Loukine, juste en face de la fenêtre. De temps en temps, des gens passent, des femmes en cheveux ou des hommes en bonnet. On voit leurs épaules et leur profil glisser dans l'encadrure, parfois jeter un petit regard pour saluer le couple d'instituteurs et, voyant que c'est le jeune matelot d'ailleurs qui est là, détourner les yeux d'un air un peu gêné. Loukine est dans sa chambre et n'en bouge plus. Jon ou Halle montent à heures régulières un plateau dont le contenu s'est coloré de maladie : après le pain noir tartiné de confiture et le poisson frais à l'aneth, on en vient aux bouillons et aux purées de pommes de terre.

Une lumière sans soleil frappe le salon vers quatre heures, la même qui éclaire la salle de classe et le petit cabinet où campe la presse. Les enfants s'éparpillent, la plupart d'entre eux à toutes jambes, appelés par le travail des champs ou de la pêche, et Lene reste seule à jouer dehors, à deux pas de l'eau. Grigori entend sa corde à sauter fouetter l'air, ses petits pas, ses marmonnements quand elle se parle à elle-même. Jon et Halle s'attardent, dans la salle de classe ou ailleurs, à leurs affaires mystérieuses.

Bientôt, il sera l'heure de manger. Que ce soit en mer ou à terre, on est noués des mêmes régularités, des mêmes rendez-vous avec les compagnies de hasard que la vie façonne. La petite famille dont les visages semblent si lisses, si clairs, et qui pourtant imprime de toute la force de ses bras des caractères noirs sur papier blanc pour raconter des choses dont Grigori n'a pas idée, l'entoure avec chaleur. Grigori a offert tous les œufs de falaise, cela a été un festin. Lene a regardé avec admiration son visage marqué par les gravillons et le diamant des becs, fascinée aussi parce qu'il s'est aventuré dans la vallée avec la vive Alda, celle qui n'a peur de rien, vit seule dans une petite maison cabossée et ne rend des comptes à personne.

Après le dîner vient l'heure des livres et du silence peu à peu gagné par la nuit. À bord, on sortait les cartes et les histoires, et du temps de la dernière traversée, c'était aussi l'heure des rats, événement semi-clandestin qu'on faisait rentrer au chausse-pied dans des journées de moines-matelots rythmées par les quarts, les manœuvres, l'entretien et les repas gris, où l'on n'arrivait pas à distinguer le poisson séché des patates dans son assiette. Les hommes de quart grommelaient quand ils ne pouvaient pas y assister : ces combats, ce n'était pas comme les chansons ou les jeux dont ils avaient l'habitude, il avait fallu ce drôle de gabier pour leur servir ce spectacle qui redonnait au temps morne passé en mer le frisson de l'impatience, mais il s'agissait de tenir sa langue, car c'était assez dérangeant de sacrifier des animaux à leur divertissement et de les balancer ensuite par-dessus bord, il ne fallait pas penser à ce chemin de rats crevés qu'ils laissaient derrière eux.

Assis en tailleur autour de la caisse éclairée d'une lampe, les matelots se taisaient, suspendus aux gestes de Grigori qui s'affairait dans la pénombre. Quand il se retournait, les autres grognaient, entre l'envie que ça commence et le léger dégoût que leur inspirait ce gars qui attrapait les rats à pleines mains pour les jeter dans la caisse. On prenait les paris en coup de vent, en voyant les bestioles grisâtres tomber des mains du matelot, en jaugeant tel ou tel sur son état et sa masse ; rien n'était écrit, mais chacun avait sa mémoire pour tenir les comptes. Ça ne durait jamais bien longtemps. Les rats faméliques, après avoir agité leurs vibrisses avec nervosité, s'attaquaient et s'égorgeaient en quelques secondes. Le plus souvent, il n'y avait rien à garder du vainqueur, une pelote de fourrure et de sang que Grigori jetait à l'eau alors que les autres rejoignaient leur bannette en se lamentant sur leurs pertes ou en rêvant à leur prochaine mise, si toutefois le gabier réussissait à attraper suffisamment de vermine pour assurer le spectacle du lendemain.

Pour cela, il n'y avait pas à s'en faire. Aérien dans les voiles, Grigori savait aussi se recroqueviller dans les cales obscures du *Gren*. Il rampait dans les odeurs animales mêlées à celles des restes de nourriture, se faufilait à quatre pattes entre les caisses et les tonneaux, fouinait, glissait sa main dans les trous des tuyauteries, à l'aveugle, pour pincer ce qu'il trouvait, ressortant entre ses doigts striés de griffures des queues annelées au bout desquelles s'agitaient les rats. Les bêtes étaient enfermées dans de petites boîtes percées de trous, elles-mêmes entassées dans des recoins du navire, entre les bannettes, derrière les coffres et même dans la cambuse, planques dont Grigori était seul à avoir connaissance à force de pratiquer le *Gren* à échelle de rat. Après les captures nocturnes, Grigori rejoignait son lit étroit dans l'étroit couloir et trouvait le sommeil en détaillant les lattes douteuses de la bannette du dessus. Sans question, sans remords, il écoutait les souffles lourds des matelots, les grincements du navire porté par les ondulations de la mer.

*

Une pluie tenace s'installe et rien ne change. Les habitants de l'Archipel fendent les averses dans l'indifférence. Ce sont les mêmes gestes, les mêmes mouvements puissants de rame lorsqu'on part à la pêche. On fait la queue devant l'épicerie, on bavarde, on se salue dans une brume aquatique. La laine des châles et des manteaux se hérisse d'humidité et parfume de son odeur les rues du village. Les gouttes d'eau dégoulinent des bonnets, le bleu des bottines n'a jamais été aussi vif. Les corps sont devenus étanches, à moins qu'ils n'aient adopté au contraire une nature spongieuse, se gonflant et se dégonflant au rythme des grains qui lessivent l'Archipel. Les pentes des falaises alentour se ravinent, les cailloux s'écartent sur le chemin des ruisseaux juste nés. Les moutons ont doublé de volume et broutent bien au chaud dans leur toison.

Grigori n'ose pas s'emparer du parapluie rouge que Jon et Halle laissent dans leur entrée. Il a peur d'en méconnaître les usages, qu'il soit réservé aux sorties du dimanche, que ça l'assigne immédiatement à sa place d'étranger. Il enfonce sa casquette sur ses oreilles, relève le col de sa veste comme sur le pont du *Gren* par gros temps, et marche. La pluie est si fine qu'elle semble n'être qu'une qualité particulière de l'air. Il respire ces infimes poussières d'eau et sa veste éprouvée par tous les embruns des mers européennes ne peut rien contre cette persistance à tout transpercer.

Ces jours-ci, c'est de l'autre côté de la baie que le mène sa marche quotidienne. Alda n'est pas là, jamais. Le rocher qu'ils ont partagé se borde au fil des jours de touffes d'herbe aussi solides que des arbres, qui boivent la pluie comme du sang. Grigori salue d'un signe de tête les rares villageois qui arpentent le chemin caillouteux jusqu'à l'usine. Ils grommèlent en retour, mais les regards se sont habitués. Ces errances routinières du marin dans le village les rassurent, et, chaque jour, la silhouette de Grigori se cheville un peu plus au décor.

L'usine est une visite qu'il réserve aux journées de forte pluie. Les odeurs sont alors rabattues vers le sol et il devient possible d'approcher sans être pris à l'estomac, pour jeter un œil dans ces baraques dont le bois peint en blanc est corrodé par le sel. À l'inverse, les jours où la pluie se réduit à une gaze de brouillard, les odeurs s'attachent aux gouttelettes et Grigori peut faire un repas de poisson rien qu'en tirant la langue.

Dans la première baraque, c'est le spectacle de la vie à peine éteinte. Les ouvrières opèrent sur des formes molles et iridescentes, hébétées mais encore intactes. Debout chacune à une longue table, trois femmes écaillent, élaguent les têtes à coups de couteau, fendent les ventres avec précision, ouvrent sur l'embrouillamini des organes, fouillent de la pointe de leur outil pour détacher, extraire, et balayer le tout dans une caisse dont on devine que le contenu sera, d'une manière ou d'une autre, exploité, cuisiné en soupe ou en ragoût, servi aux chiens ou aux chats. Puis elles sculptent, elles nouent, elles attachent : les fils traversent les mâchoires, les têtes aux yeux encore clairs sont tissées en chapelets. Les corps sont alignés, les queues liées par une ficelle, et tout cela, encore dense et luisant, est jeté à la volée dans une caisse.

Parfois, l'une des ouvrières lève les yeux sans interrompre ses gestes mécaniques et, constatant qu'à la porte se tient ce jeune type qu'on voit traîner partout dans le village, chuchote trois mots à sa voisine, qui hèle la sienne, laquelle redresse la tête à son tour. Sans rien dire, elles observent Grigori comme il les observe, cela dure à peine une minute avant qu'il ne s'en aille. Quelle idée il a de venir les regarder travailler, c'est presque obscène d'être là sans rien faire, juste à regarder, comme si dans cet étalage de sang, d'organes et d'odeurs, il y avait un peu du corps de chacune qui s'exposait.

Dans la deuxième baraque, Grigori peut s'aventurer sans craindre de déranger personne, car il est vain d'attendre une minute ou même une journée, les yeux rivés aux tiges de bois auxquelles les poissons sont suspendus en rangs serrés, qu'il arrive quelque chose : le sel et l'air ont leur propre échelle de temps quant à ce qui s'opère ici. S'il n'y avait l'odeur, douloureusement forte, on pourrait douter qu'il y a là quoi que ce soit qui fût un jour vivant : formes vaguement triangulaires, sculptures aussi légères que des cerfs-volants, parchemins craquelés et minces. Les peaux ont pris pour certaines des teintes de cuir tanné, d'un bleu gris dégradé en ocre, la nacre fragile des chairs devenue un rose assourdi. La coupe franche de l'éventration ouvre sur des espaces creux, où un petit enfant pourrait se glisser tout entier. Les têtes pendues en collier complètent le puzzle de ces êtres en pièces.

Les tiges sont accrochées suffisamment haut pour que l'on puisse circuler, mais il est évident qu'elles sont à hauteur de femme. Grigori a beau se baisser, ses cheveux et sa casquette, caressés par les filets, sont bientôt collants de sel. Des courants d'air faufilés entre les planches de la baraque font osciller les rangées de poissons d'un même mouvement, et un sel invisible que la mer vient juste de brasser s'attache avidement aux chairs, les faisant murmurer d'un léger picotement. Comme les choses inertes qui l'entourent, Grigori reçoit sur son visage et ses mains ce voile granuleux qui, à la faible lumière, rayonne sur sa peau en minuscules éclats.

Il faut battre en retraite sans attendre de fermenter soi-même, et emmener sa poisse de sel au grand vent pour espérer s'en débarrasser. Un jour, Grigori s'en retourne avec, sous la dent, un carré de chair que lui a donné une des ouvrières. Le voyant errer une fois de plus autour de l'usine, elle lui a fait signe de la suivre et elle est venue prélever, de la pointe de son couteau, un fragment d'un filet pendu au fond de la deuxième cabane, parmi les plus vieux sans doute, et le lui a tendu avec un sourire. Grigori s'en est emparé sans crainte, il est habitué aux séchoirs à poissons de Norvège, plantés comme des totems mélancoliques sur le bord des chemins, et il connaît par cœur le goût de la morue séchée et la mastication lente qu'elle requiert, ces longues minutes nécessaires à la salive pour humidifier la chair dure et qui jetaient un invariable silence sur le *Gren* à l'heure des repas. Mais le présent de l'ouvrière est impossible à mâcher tant il est élastique, et à peine en bouche, son goût violent de décomposition, très loin des saveurs franches du poisson séché, imprègne ses lèvres, sa langue, et s'installe dans ses sinus et sa gorge. Grigori s'éloigne, embarrassé par ce cadeau qui le sature. Il a beau le cracher un peu plus loin, là où l'ouvrière ne peut plus le voir, il aura l'impression d'en manger pendant des jours, comme condamné à un repas sans fin.

*

Les pas de Jon sont légers, mais Grigori s'éveille dès que l'instituteur frôle son fauteuil. Les yeux souriants, celui-ci tient sous le bras une liasse de feuilles imprimées.

– Vous le lisez ? demande Jon en désignant *Petits et grands explorateurs nordiques de notre siècle*, que Grigori a posé sur l'accoudoir avant de s'endormir.

– J'ai commencé.

– On y apprend beaucoup de choses, n'est-ce pas ? Notamment sur les explorateurs mineurs. C'est étonnant de constater la quantité d'échecs qui se tient dans l'ombre de quelques réussites.

Grigori regarde les feuilles coincées sous le bras de Jon. Il doit y en avoir une trentaine, pas plus, d'un papier fin et fragile comme celui que l'on utilise pour les journaux.

– Loukine m'a demandé de lui apporter le livre. Cela ne vous dérange pas d'interrompre votre lecture ? dit Jon.

– Non, pas du tout. Je n'ai lu que quelques pages.

Jon ramasse le livre et le glisse sous son aisselle. Il semble à Grigori que la veste grise de l'instituteur est piquetée de petites taches noires, l'encre mal séchée des feuilles prises contre lui dans la hâte de les rassembler, ou une manipulation malhabile du tampon encreur au moment d'enduire la plaque. Il suffirait de poser la question et peut-être Jon éventerait-il volontiers son secret sur un ton d'indifférence paisible : ah, cela ? ce sont des pages des *Habits neufs de l'empereur*, que nous lirons en classe avec les enfants la semaine prochaine, ou bien : ce sont les bans d'un mariage qui doit avoir lieu bientôt, Beata trois fois veuve épouse Ivan l'éternel célibataire, ou encore : ce sont des poèmes écrits par ceux que ronge la solitude, ils vivent dans les fermes les plus lointaines et ont cru mourir, chaque jour de l'hiver, sous le ciel mordu par la nuit, notre devoir est d'ouvrir nos yeux et nos âmes à de telles confessions ; mais tout s'effondrerait. Alors il ne parle pas.

– Vous n'avez pas senti, aujourd'hui ? dit Jon, guilleret. Le temps est en train de changer. L'été arrive.

VII

Grigori a tourné sa chaise vers la fenêtre de sa petite chambre et reposé le livre que Halle lui a prêté. Ses yeux sont fatigués, il n'est pas habitué à lire longtemps ni même à lire tout court, plus préoccupé de choses vivantes et palpables que d'histoires qu'on raconte. Avec tout ce qu'ils inventent d'espaces, d'événements et de personnages, les livres sont comme des îles sur lesquelles se perdre et n'en a-t-il pas assez d'une à arpenter, sans parler de toutes les autres de l'Archipel ? N'est-ce pas aussi déconcertant d'avoir entre les mains le poids de ce qui reste à découvrir et de perdre la surprise de la prochaine tempête ?

Après avoir longtemps considéré les mots alignés sur les pages en cohortes inertes, il se met à regarder les graminées qui pendent du toit herbu. Les gouttes glissent le long des tiges en un chapelet de bulles puis, dans un sursaut, se libèrent et tombent hors de son champ de vision. Au fil de l'après-midi, la pluie cesse, les hoquets des graminées s'espacent et, à présent, il pourrait s'endormir à guetter le lent glissement des gouttes et leur évaporation avant qu'elles ne chutent.

Les yeux posés sur ce spectacle infime, Grigori pense à la chambre d'Arkhangelsk, dernier point du temps où il a été réellement seul avant les voyages tapageurs, avant le sommeil toujours partagé avec les Gunnar, les Pétur et les autres. La fenêtre ouvrait sur une ruelle du grand port dont les eaux libres rayonnaient dans l'été arctique. Toute cette lumière, ça donnait envie de bondir, de partir sans se poser de question. La ville tout entière semblait l'y encourager, grondant d'une rumeur d'hommes et de femmes prêts à l'étreindre avant de le pousser à l'eau. A-t-il fallu rencontrer Loukine et s'ennuyer autant pour découvrir qu'il a vécu ces choses minuscules qui ne méritent même pas d'être racontées et se rappellent pourtant à lui ? Dormir seul dans une chambre pour la dernière fois, se dire qu'on part pour toujours, avoir quinze ou seize ans et sentir s'imprimer en soi ce moment du dernier calme. Pas la peine d'espérer des adieux : un navire ne se retourne pas, ou avec une lenteur qui désespère. Plus tard, même au plus fort des bourrasques humaines, quand il ferlait les voiles au coude à coude avec d'autres gabiers ou même quand, mort d'ennui entre deux parallèles, l'équipage s'entassait sur le pont dans l'attente de quelque chose, sans rien dire mais si pesant de présence, il avait toujours su retrouver sa solitude, en fixant, dans les intermèdes de silence, le ciel, les vagues, tous ces lieux que personne n'habite.

Il n'y avait presque rien dans cette chambre d'Arkhangelsk, un lit trop dur, une table au bois fendu, une fenêtre aux vitres crasseuses qui fermait mal. Une vraie chambre de départ, trop dépouillée, trop misérable pour le retenir, la dernière marche idéale sur laquelle prendre de l'élan, comme un reflet inversé de la chambre de l'Archipel, accueillante et mortuaire avec son lit aussi tiède que le parquet est propre, son livre posé sur la table et le silence alentour. Deux chambres comme deux solitudes encadrant une vie de meute, la première qui l'a vu plein d'impatience, sans même qu'il en soit conscient tant il était pris dans le mouvement à venir, et la seconde où il a glissé par accident et où le désœuvrement le laisse engourdi, sans âge.

Solitude, silence : à croire que ces mots sont nés sur l'Archipel. Il faut tendre l'oreille pour recueillir les bruits que font les habitants, étouffés qu'ils sont par la pluie et ce vent terrible, effacés au point qu'on peut soupçonner les gens de dormir le jour tant parfois rien ne bouge. Heureusement, la pêche jette une brève étincelle d'activité, aussitôt éteinte mais ranimée des heures, voire des jours plus tard, lorsque les hommes sont de retour. Entretemps, c'est le théâtre des riens et, quand un événement survient, c'est par des fenêtres dépourvues de rideaux qu'il s'encadre, car pluie et vent obligent, c'est à l'intérieur, à la lueur des lampes que l'on allume si souvent tant le gris plombe tout, que se trament les choses humaines de l'Archipel, les ententes, les conversations, les confidences. Certains jours, Grigori ne voit de ses semblables que des profils féminins coiffés de bonnets blancs, la tête penchée sur leurs ouvrages, la courbe d'une joue s'abîmant dans un foulard, ou des mains posées sur des tables disparaissant dans des pièces sombres, comme si ces femmes avaient cédé une part d'elles-mêmes à l'obscurité. Ou encore des silhouettes isolées, drapées de châles, allant d'une maison à l'autre alors que, pense-t-il, il faudrait tant marcher bras dessus, bras dessous face à la tempête.

Cette atonie de mouvement et de couleur est devenue la sienne. Grises la terre et la mer, gris le visage et les pensées, il n'y a guère qu'Alda pour réveiller par sa vivacité quelque chose qui ressemble à de la lumière. Alda qu'il ne voit plus, peut-être parce qu'elle a les oiseaux à guetter, un chemin de nids à arpenter dans l'espoir de se sentir pousser des ailes.

Mais aujourd'hui, tout dément ces pensées larmoyantes, rien n'est plus faux que cette image d'île dormante et repliée sur ses maisons tourbeuses, aujourd'hui ça remue, ça s'agite, des rumeurs de pas et de voix montent du dehors, si bien que Grigori ne peut plus s'abandonner à ses souvenirs de chambres comme un ermite dont la mémoire décante, ni même s'endormir de mélancolie, tout tassé sur sa chaise. Il s'est redressé et tend l'oreille vers la courette ; son petit monde d'herbes et de quiétude frémit, au bord de la bascule, puis c'est un cri qui tout à coup pulvérise le silence en montant le long des façades pour éclater en un jet de poudre enflammé : *Grind !*, un cri qui se fiche de déranger la léthargie de l'après-midi, un cri haut et clair qu'on peut presque voir écrit dans le ciel : *Grindadráp ! Grindadráp !* Deux fois ce cri, cette incantation en langue d'ici qui n'a pour Grigori aucun sens,

Grind ! Grind ! Encore ce cri, pour réveiller les endormis, les oisifs, ceux qui, comme Grigori déboulé de sa chambre, se retrouvent dehors, à cligner des yeux tant la lumière est crue, soleil nu dans un ciel sans nuages, une vision qu'on croirait appartenir à une autre vie. Dans les rues, les sages maisons silencieuses se sont comme retournées et des gens courent, nombreux, alors que la seule personne que Grigori ait jamais vu s'empresser ici est Alda, qui va de son rythme affairé sur les sentiers. D'ailleurs, elle n'est nulle part parmi ces visages que Grigori a croisés un par un durant ses promenades et que le cri a rassemblés, cri qui continue de retentir, puissant, insistant, sans qu'on sache d'où il vient, comme si celui qui le poussait était partout en même temps.

L'horizon s'agite. Du large, des pêcheurs entassés dans leurs barques refluent vers la terre, ils ont abandonné séance tenante les filets, promesses si précieuses de ramener du poisson, et souquent à toute allure, ouvrant un sillon d'écume dans l'eau calme de la baie. À terre aussi, cavalant dans la plaine caillouteuse, hommes et femmes se précipitent, précédés de gros moutons au galop que l'agitation a effrayés et qui bêlent dans le vacarme. *Grind ! Grind !* Que faut-il chercher dans ce mot qui grogne et qui grince, un peu comme son nom à lui, Grigori, grognement glapi de la gorge d'un ours mal réveillé ? Faut-il croire à une catastrophe quelque part, la terre qui s'est ouverte, une falaise qui s'est effondrée, la mer qui a avalé les paisibles maisons, une île qui a largué les amarres ? Est-ce l'heure où, comme dans les contes, les généreuses mottes d'herbe de la plaine se soulèvent avec lenteur pour révéler le crâne terreux de géants qui emporteront dans leurs pas toute la terre des îles ? Ou bien c'est le cri du feu, celui qu'on lance pour appeler à l'aide ! *Grind !* Oui, un seul jour sans pluie aura suffi pour assécher tout ce qui était saturé d'eau, malédiction des jours sans pluie, Jon l'avait bien dit, c'est aujourd'hui le premier jour de l'été et en ce jour tout brûle, l'irruption du soleil a rendu fous les insulaires gris de pluie, ils ont mis le feu à leurs maisons humides et les rebâtiront de terre sèche et de foin solaire. Grigori cherche alors les colonnes de fumée, les nuages de cendre, la panique dans les yeux, mais non : la frénésie du port n'a rien d'inquiet, c'est une rumeur de fête qui exige qu'on s'y consacre sous peine de la voir filer, l'éclipse d'une chose, la fulgurance d'une autre.

Le cri s'attache à un homme dont le souffle passe sur le visage de Grigori, *Grind ! Grind !*, et meurt au moment où l'homme saute d'un bond dans une barque déjà pleine. L'énergie s'y brouille une seconde puis se coule en un mouvement unique de bras tendus et détendus, de dos qui vont et viennent, un chœur de muscles qui enlève la barque pour la propulser à travers la baie. À terre, des cris se font l'écho du premier, des hommes surtout, les yeux rivés sur les maisons dont les dernières fenêtres s'ouvrent à la volée, têtes qui pointent, bouche bée de joie et de surprise, et parfois un visage devenu corps se précipite à l'extérieur pour courir jusqu'à la plage, sauter là où il y a encore de la place, ou pousser sa propre barque à l'eau en braillant alentour, et aussitôt, trois, quatre, six hommes grimpent à bord. Les femmes restées à terre reprennent en chœur le cri qui, peu à peu, cesse d'être une alarme pour devenir un chant, les enfants tapent des mains, les grandes sœurs les retiennent par le col, elles crient des mots confus à ceux qui partent, des encouragements, des recommandations peut-être, elles savent déjà tout de ce qui va se passer.

Soudain ce visage clair d'un gamin de quinze ans, le bonnet juste posé sur son crâne qui, depuis une barque qui tangue sur l'eau, interpelle Grigori et agite les bras : *Viens ! Viens !* La barque est presque partie, elle longe la digue, les bras de cinq rameurs sont à l'œuvre mais il en manque un, les hommes fulminent, regardent les autres embarcations prendre de l'avance et houspillent le jeune type à l'avant dont les yeux souriants et immenses ne lâchent pas Grigori comme s'il savait que c'était déjà gagné. *Viens ! Viens !* Grigori se rapproche du bord, le garçon ouvre encore plus grand les bras, yeux triomphants, les autres s'y mettent avec fureur : *Viens ! Allez !* Alors Grigori prend de l'élan, il vole au-dessus de l'eau devenue azur sous le ciel d'un bleu surnaturel, et s'étale sur le jeune gars qui en perd son bonnet. Les rameurs grondent, l'un d'eux fourre une rame dans les mains de Grigori et à peine s'est-il assis à sa place, au deuxième rang, que la barque fait un bond, soulevée par les bras impatients de tous les autres.

En une seconde, Grigori a retrouvé l'eau. Lui qui n'a pas mis le pied sur un bateau depuis des semaines est en pleine fugue avec des inconnus, mais la barque avance si vite, filant droit au-dessus de la mer comme si elle volait, qu'il n'a pas le loisir de percevoir le roulis, l'action familière des courants et du vent qui lui a tant manqué. Seule chose à faire : mouliner à fond avec ces hommes qui ont faim – de quoi on ne sait pas – et faire corps avec eux. Ses muscles si longtemps inutiles, oubliés presque, se dérouillent. Il redécouvre l'action puissante de ses bras qui ont hissé, rabattu, ferlé les voiles tant de fois au point d'en oublier ce qu'est l'effort.

À bord, on ne s'entend plus. Les cinq gars jacassent tous en même temps, ils alpaguent le gamin à la proue dont la mission est de signaler ce qui est en vue (mais quoi ? Grigori ne voit rien) sous peine de se faire aussitôt engueuler, et les types, sans cesser de ramer à toute allure et parfaitement à l'unisson, tournent alors la tête dans tous les sens pour chercher des yeux ce qui a pu échapper au barreur. Ils parlent la langue de l'Archipel comme ils se jetteraient des pierres, on dirait une autre langue que celle, polie et lente, que Grigori a entendue à l'école, à l'église après le culte, ou entre les trois ouvrières de l'usine à poissons. Dans la bouche des chasseurs, elle est ce sabir écorché qui lui fait enfin prendre conscience, alors que le cri a fait tomber les masques de discrétion et de réserve, qu'il est en territoire étranger et que, dans ce chaos, il ne comprend presque rien. Les glapissements des rameurs continuent de s'enrouler autour de leur cri de guerre, martelé, braillé, repris une fois de plus en chœur lorsque l'équipage aperçoit, immobiles sur un rivage, des silhouettes qui les observent et agitent la main, *grind !* gueulé trois fois pour arracher les piétons à la terre et leur faire rejoindre l'élan des barques lancées sur la mer.

Les épaules du rameur assis devant Grigori s'ouvrent et se referment inlassablement. Leur embarcation s'éloigne des côtes, elle sera bientôt en pleine mer, là où le *Gren* est passé il y a longtemps en creusant un étroit chemin d'angoisse, mais ce n'est pas le moment de penser à ça : le gamin, vigie promue capitaine, gueule quelque chose et oriente la barre à l'ouest. Virage brutal, tous à bord restent imperturbables et poursuivent la course, non loin des autres barques où, de même, ça souque éperdument. Porté par le rythme des autres, Grigori s'aperçoit qu'ils ont viré en direction d'une autre île que, jusque-là, il n'avait vue que sur la carte de Jon, un des nombreux lambeaux de l'Archipel qui tout à coup acquiert une existence. Sur une colline brunâtre, un brasier de glaise et de bouse dégage une fumée si lourde qu'elle peine à s'élever, noirâtre, dans le ciel extraordinairement pur. Le gamin à la proue, le feu dans l'œil, continue de galvaniser les rameurs, mais les cris de l'équipage semblent décroître, la hâte se calmer ou plutôt se canaliser en une énergie sourde et attentive. L'un après l'autre puis ensemble, les hommes grognent une sorte de mélopée qui s'adresse à d'autres choses que les choses humaines, à des forces qui ne parlent pas le même langage et qu'il faut prévenir d'une confrontation imminente comme pour en atténuer la violence.

Jappement de la vigie : on voit enfin quelque chose. Venue du large et talonnée par d'autres pêcheurs, une ligne d'eau noire et bouillonnante se rapproche. Avec sa coiffe d'écume, elle est comme la crête d'une énorme vague prête à naître. Très vite, les deux courbes de rameurs, celle du port et celle de l'horizon, tous ces hommes, pasteur, fermier, pêcheur, commerçant, arrachés à leurs tâches par le cri de chasse, se rejoignent pour enclore cette ligne dans l'harmonie presque parfaite d'un demi-cercle. Redressant légèrement leur cap, les barques rabattent le flot noir, de plus en plus resserré, vers une plage de sable foncé bordée de collines, où des gens ont jailli des maisons pour courir vers le rivage.

Les hommes rament maintenant si vite que les proues des barques talonnent la mystérieuse ligne d'eau noire. Le chant grave et mélodieux s'est mué en glapissements épars qui rappellent ces chants d'église que chacun entame spontanément au moment de la prière. On entend le flot de la vague pourchassée qui enfle. Grigori, tournant la tête des deux côtés, comprend enfin.

Des dos ronds et luisants se frôlent, des souffles jaillissent des évents et projettent des odeurs suffocantes de puanteur. De temps en temps, des corps émergent, offrant des formes coupées par la surface de l'eau, croissants d'un gris profond et métallique, lignes courbes, pures, tracées depuis un front bombé, sans bec, à une courte nageoire qui semble faite pour la main, jusqu'au dos qui s'allonge démesurément quand la bête replonge, dans une élégance qui donne une fausse impression de lenteur. À aucun moment les animaux ne se heurtent aux barques qui, pourtant, les pressent avec rage. Chasseurs comme chassés ouvrent un passage fluide dans l'eau, progression harmonieuse, comme chorégraphiée pour quelques secondes encore.

Dominant la forme ondulée des petites baleines, le dos du jeune barreur s'ouvre dans son pull de laine. Son bras mince se déplie et il jette une pierre qui, en crevant l'eau, précipite la fuite des animaux. D'autres hommes, dans les barques maintenant en rangs serrés, font de même et déversent une pluie de pierres qu'ils ont emportées comme munitions. Le mugissement des vagues nées de l'assaut se brouille d'éclaboussures. De part et d'autre du champ de vision de Grigori, la terre apparaît : les deux flots, humain et animal, viennent d'entrer dans la baie. Les cris lancés depuis la plage deviennent perceptibles. Des hommes, campés les pieds dans l'eau, attendent. Le dos déjà penché, armés de courts harpons, ils guettent le moment propice avec l'assurance de ceux qui connaissent parfaitement les eaux du coin. Ils vont pouvoir s'élancer en sachant que l'eau leur arrivera à la taille, pas plus, de quoi les laisser libres d'agir, moment que connaissent aussi d'instinct les rameurs qui, sur un dernier cri, jettent pêle-mêle les rames dans le fond de barque et bondissent à l'eau, harpons à la main.

Le temps que Grigori tourne la tête, ses compagnons sont partis, le laissant seul, éclaboussé, dans la barque qui tourne sur elle-même, délestée avec autant de violence qu'elle a été prise d'assaut tout à l'heure. Les hommes des deux îles se sont mêlés en un groupe indistinct dont les vêtements, trempés d'eau, se teintent d'un bleu foncé, à peine plus profond que le corps des baleines qui font groupe malgré elles, étreintes par le piège, agglutinées dans l'eau du rivage. Des crochets métalliques jaillissent au-dessus des têtes et disparaissent dans la masse d'où fusent des éclaboussures de sang et d'eau. Des queues recourbées, d'un noir étincelant au soleil, frappent et reconquièrent dans la mêlée de brefs espaces de liberté, avant que les hommes ne referment autour d'elles leurs haies de lances dans des cris rauques, auxquels se mêlent des cliquetis suraigus. Rien ne peut fuir du maillage serré des chasseurs, rien ne peut se retourner dans ces eaux trop peu profondes. Grigori sait que, de toute façon, ces bêtes placides qui ne nagent qu'en banc restent soudées jusque dans la mort. Il les reconnaît, avec leurs têtes bombées en forme de pierre et leur longue ligne de bouche qui leur fait comme un sourire. Il les a parfois vues escorter son navire lors de traversées dans les mers du Nord, par jeu, par curiosité, des proies évidentes pour tous les peuples de ces coins du monde.

Après un temps étonnamment court, l'agitation retombe et le groupe d'hommes se défait en attelages de trois ou quatre qui, à l'aide d'un crochet planté dans leur évent et équipé d'une corde, tirent hors de l'eau les cétacés agonisants. Les hommes sont aussitôt rejoints par des adolescents qui, d'un même élan, comme les rameurs épousant d'instinct le même rythme, les aident à hisser les animaux sur la plage.

Les mains appuyées sur le rebord de la barque, Grigori glisse dans la mer glaciale et rouge. Tout près du bord, l'eau lui arrive aux genoux. Il rejoint la grève à pas ralentis, laissant la barque danser derrière lui. Tout est allé très vite. Les formes sombres dans la mer sombre, si fuselées, si légères malgré leur réjouissante densité, dont l'eau dérobait l'élégance dans ses reflets, sont crûment exposées. Lourdes, sans grâce, incapables du moindre mouvement si ce n'est une brève convulsion de la tête ou de la queue.

Sans attendre, les courbes parfaites et lisses sont fendues de la pointe du couteau et vomissent toute une matière imprécise, des entrailles, du sang, du gras inondé de rigoles rouges qui serpentent sur l'estran. Il n'y a pas de vent aujourd'hui, la mer est redevenue d'huile après l'agitation de la chasse et les odeurs restent à hauteur humaine dans une asphyxie de sang et d'organes, comme si l'air renvoyait à la face des chasseurs le retournement indécent qu'ils opèrent.

Grigori a les pieds dans l'eau souillée, ses chaussures alourdies, le bas de son pantalon qui se tache au rythme d'un clapot gris-rouge, et dont il sait que, quand il sèchera, il restera maculé des traces sombres de l'hécatombe. Seul du gros sel frotté à pleine poignée parviendra, peut-être, à les effacer. Il avance sur la grève, on lui tape dans le dos, il a œuvré à cette chasse autant que les autres, non ? On lance des mots satisfaits qu'il comprend à peu près comme si la langue avait repris forme maintenant que la chasse est finie : c'était bien fait, tout a bien roulé, chacun aura sa part. On se félicite des bras qui ont ramé, des mains qui ont empoigné les couteaux et creusé, dans les têtes noires, un chemin de mort sûr et précis. Les dos des chasseurs se redressent, s'étirent, soupirent d'être les seuls vivants sur la plage, observent avec satisfaction les cétacés alignés que séparent d'étroits passages ensanglantés.

Les femmes, restées en retrait au moment de la mise à mort, se penchent alors sur les corps dont le noir se matifie au soleil, pour taillader les tissus nuancés de rose et de rouge. Elles n'opèrent pas avec les couteaux des chasseurs mais avec des lames qui n'ont que faire de l'apparat et du rituel, et dont la seule fonction est de dépouiller les bêtes de leur sauvagerie pour les transformer en repas et en outils. La tête fendue, les animaux vêlent des parties d'eux-mêmes. Ce n'est plus un banc de baleines qui se trouve là, si peu nombreuses finalement alors que la vague portée par leur fuite semblait une déferlante, mais des dizaines de morceaux de chair lourde qui s'éparpillent. De main en main, ils remontent la plage jusqu'à un homme que Grigori manque de ne pas reconnaître au milieu de ce bain de sang : c'est l'officier danois qui est là, celui de l'église, si propre sur lui, si supérieur, et qui, flanqué d'un garçonnet lui servant de secrétaire, liste sur une écritoire portative les quantités précises de ce qui est débité. Il travaille vite et sérieusement au cœur de la petite foule qui, certaine de l'équité du partage, attend son tour comme à l'épicerie. Après le calcul et la pesée, les morceaux, enveloppés dans des linges, sont distribués à chacun ou placés dans des marmites qu'on a sorties des maisonnettes alentour. Comme partout ailleurs sur l'Archipel, celles-ci ont l'apparence de refuges trapus, enfouies dans le paysage comme pour y disparaître, mais Grigori n'a jamais vu autant de portes ouvertes. Son œil traverse sans obstacle les petites pièces obscures jusqu'au potager à l'arrière, dont on devine les silhouettes basses et feuillues. Des ombres s'affairent, sortent à l'air libre des chaises et quelques tables d'un bois éteint, qui semble n'avoir jamais vu la lumière.

Sur la plage, au fur et à mesure que les couteaux travaillent, les formes des animaux s'amaigrissent et se bossèlent. Il n'y a guère que les têtes auxquelles on ne touche pas et qui restent, énormes, fendues, au bout des colonnes vertébrales dénudées et des queues étroites, à peine courbées vers le sol. Que va-t-on faire des corps ? Ils sont bien trop gros pour qu'on les prenne dans le creux des paumes, qu'on les jette à la mer et qu'on les oublie, comme Grigori le faisait avec les rats avant que l'odeur de mort ne monte. Ils sont aussi bien trop nombreux, avec leurs os épais et durs, pour que les oiseaux charognards n'en fassent un festin et ne rendent la plage du massacre à ses couleurs délavées. Ils vont peut-être rester là, voués à perpétuer le souvenir de la chasse quand les morceaux bien découpés, séchés ou rabougris par la cuisson, mâchés puis absorbés, donneront l'impression d'avoir été cueillis dans un jardin comme des légumes. Mais des chiens, qui n'ont pas osé s'approcher au moment de la mise à mort, se sont faufilés entre les maisons jusqu'à la plage et, sous l'œil tolérant des humains, commencent à flairer les restes des baleines et à tirer sur les chairs d'un croc de plus en plus assuré.

Le sable et la mer ont bu, c'est au tour des vivants. Grigori tient ses mains serrées autour d'un gobelet qu'on lui a tendu sans cérémonie. Lui revient ce souvenir du café bu au petit matin sur le *Gren*, les mains des camarades qu'on a vues la nuit pendre depuis les bannettes agrippant fermement leur godet dans le roulis, leurs visages encore boueux de sommeil, leurs phalanges sèches, leurs doigts qu'on connaît à force de les voir porter, tirer, hisser, et Grigori avale avec la même hâte, le même plaisir que le café, l'alcool de l'Archipel. La boisson a un goût de glaise, d'herbes et de cailloux qui couvre l'odeur du sang, elle sature son palais de l'amertume des plantes, ces êtres tranquilles qui ne fuient pas, ne crient pas, ne souffrent pas, et bien sûr, ce n'est pas l'acuité pressante du café qui lui monte mais une gaze d'ivresse qui l'enchante de tout et jette une joie aérienne sur ce premier jour d'été qu'il vit sur l'Archipel.

Léger, il répond à l'étreinte de bras aux manches retroussées, à la peau fraîchement rincée des viscères et du sang, qui le prennent bras dessus, bras dessous pour l'entraîner dans une ronde lente où l'on piétine avant d'aller d'un pas ou deux sur le côté, cercle dont il ne se détache que pour remplir à nouveau son verre, trinquer avec des barbes et des bonnets inconnus, avant de rejoindre la danse où les voix des hommes et des femmes, indifféremment soudés par les épaules, s'élèvent sur des mélodies lancinantes. Grigori se joint au chant par des grommèlements en langue de nulle part, il retrouve sa voix de matelot qu'il a si souvent mêlée à celles des autres sur le *Gren*, il se glisse dans les mélodies de l'Archipel qui, comme les chants de marins, s'appréhendent d'instinct, simples et accueillantes, n'existant que par le chœur qui se densifie ou s'étiole au fur et à mesure que les cercles de danseurs se forment et se quittent.

Il sent la laine fruste de ceux dont il épouse le flanc, leur odeur de chair marine et de sel, la chaleur des corps à l'effort qui est aussi la sienne et rancit dans le vent du soir. Les visages tournent dans la ronde, il ne les a jamais vus de si près (mais nulle part celui d'Alda), concentrés, vifs, joyeux, mais n'est-ce pas Helland le chanceux juste en face de lui, le timonier du *Gren* qui a plus d'une fois raflé toutes les mises lors des paris et, à deux bras de lui, Finnur le colosse, qui est là, à regarder ses gros pieds d'un air gêné pour ne pas cogner ceux de ses voisins, Finnur et d'autres visages encore, de cette île ou d'une autre, qui suturent les vides que la fuite a creusés entre Grigori et son équipage, mais il est difficile d'en être sûr, rien ni personne ne s'avoue vraiment dans le crépuscule qui a gagné le ciel d'été, et il serait insensé de briser la ronde, de fendre le petit cœur d'air qu'ils ont réchauffé pour lever le doute.

Alors Grigori reste là, avec tous, à décrire ces cercles immobiles, à marmonner les couplets qui racontent des histoires de falaises dont on ne voit jamais le pied, d'îles qui en cachent d'autres, de chagrins et d'amours confondus, c'est avec de telles chansons, lentes, infinies, qu'on met le temps à genoux et, ivre ou hypnotisé, il tombe, avec douceur, dans l'herbe haute.

VIII

– Grigori… Hé, Grigori !

C'est du bout de son pied qu'elle a tapé dans ses jambes recroquevillées. Il ouvre les yeux. Une étroite chaussure de cuir bleu, maculée de boue, pointe sous la jupe en laine d'Alda, un peu plus courte que celle des autres femmes, la jupe, Grigori l'a remarqué, il faut bien qu'il se l'avoue, car les pas d'Alda ne supportent aucune entrave, il y a bien assez de pièges et de gouffres en ces lieux pour en plus risquer de s'empêtrer dans du tissu. Elle le regarde sans un mot. Peut-être qu'elle se demande si cela vaut la peine de s'être arrêtée tant il a l'air incapable de se lever. Elle a son visage de tous les jours, des traits calmes et décidés qui, en quelques secondes, peuvent revêtir leur masque exalté de falaise. Pas de marbrures ni de grisaille sur ses joues, c'est qu'elle n'était pas là hier, il était vain de la chercher, elle n'a vécu ni la chasse ni les danses, absente de l'euphorie qui a rassemblé ce coin d'Archipel. Ou alors elle était là mais loin, elle a vu la ligne des baleines s'enfermer dans la baie et mourir, et elle l'a vu, lui, boire, danser et tomber dans l'herbe, les jambes coupées.

Grigori se redresse. C'est solide dans son dos. Il a dormi contre une des maisons du village dont le toit l'a protégé de la pluie, mais pas de l'humidité du sol. Il est mouillé jusqu'à la taille et, surtout, une crampe le tient tout entier, dont il ne sait s'il faut l'attribuer à l'ivresse ou aux coups de rame de la veille.

Il fait sombre comme un jour mal levé. Difficile de croire qu'il a fait si beau il y a quelques heures, que les circonstances ont réuni lumière et chasse victorieuse. Grigori est glacé, sale, si mal en point qu'il n'a même pas honte de se montrer si abîmé sous les yeux d'Alda. De toute façon, elle semble n'en avoir rien à faire.

Elle lui tend un linge qui suinte d'une humidité crasse, et il n'a pas le choix tant son geste est déterminé : il avance un bras ankylosé et réceptionne le paquet qui pèse d'un poids inattendu. Il écarte les quatre coins bien pliés du linge et découvre un objet d'un rouge noirâtre. L'odeur, il ne la sent pas, il a tout verrouillé, même les émanations de terre humide suffiraient à lui retourner l'estomac. Il aimerait être dans la plaine qui borde le village, dans les pentes qui mènent aux falaises, dans le minéral, le froid, le neutre. Il regarde la chose dans sa main. Il lui faut un moment pour comprendre et faire le lien avec les animaux, les pierres, les harpons, les couteaux de mort et de détail. Le morceau est impossible à rattacher à un corps, c'est une énigme d'anatomie, un bout de viande abstrait.

On ne peut pas imaginer qu'il y ait un rapport, même lointain, entre cette chose et la vie.

– C'est ta part.

– Et toi, tu en as eu ?

Elle hausse les épaules comme elle fait souvent.

– Oh oui. Il y en a toujours pour tout le monde.

Elle lui tourne le dos et elle part. Il ne tient qu'à lui de la suivre, elle ne l'attend pas, elle n'est pas venue pour lui, mais comme Grigori avec Loukine coincé dans son fauteuil, elle n'a pas pu l'apercevoir vautré par terre et le laisser cuver dans une humidité à attraper la mort. D'ailleurs, il n'y a personne autour, les maisons accueillantes de la veille ont retrouvé des façades closes, à douter que des vivants les habitent.

Il se lève avec son bout de viande empaqueté et la suit. Les courbatures de froid et d'alcool lui font comme un second corps harassant à déplacer. Ce qu'il faudrait faire, c'est se jeter à la mer dans l'espoir de se dépouiller du malaise, mais il sait qu'il lui faut encaisser ce qu'il a appris ce dernier jour : son effort joint à celui des autres, ses bras épousant les leurs dans la ronde, les regards qui se croisent, les voix mêlées dans un chœur où il ne distinguait plus la sienne, l'alcool partagé. Tout ce qu'il peut faire, c'est attendre et s'occuper pour ne pas penser à la nausée qui l'enserre.

Il contemple le village de cette île, miroir du village et de l'île où le *Gren* est amarré (toujours amarré, oui, à moins d'un départ surprise justement le jour où il a déserté, où il a perdu conscience de tout, c'est toujours comme ça, rien n'arrive pendant des semaines puis tout se précipite et l'on regarde autour de soi avec des yeux égarés sans savoir quel lièvre courir, en plus Loukine l'a dit, il suffit de fermer les yeux pour que tout change ou disparaisse, et si le *Gren* est parti, la question du départ sera tout autre). Il faut l'œil pour jauger les différences. C'est l'Archipel toujours, gris roche, gris ciel et vert mousse, un dégradé de couleurs délavées où le rouge du sang des baleines a jeté une tache que Grigori n'est pas près d'oublier. La plage du massacre est là, juste derrière, avec ses barques encore échouées, mais Alda a tourné le dos à la mer et marche vers les maisons qui, presque les unes sur les autres, s'emmitouflent derrière des collines d'herbe drue. Un relief abrupt les surplombe, des strates de roches qui montent et s'enroulent en une vague de pierre qui tient le petit village dans son creux pétrifié.

Parmi l'agglutinement des baraques, l'une affiche, chose exceptionnelle, un étage dont la grande fenêtre est béante. On entend les pépiements d'une nichée de labbes monter du toit. Alda pousse la porte, Grigori s'engage à sa suite et, quand la porte se referme parce qu'elle est épaisse et lourde, à l'épreuve des bourrasques, d'un bois venu d'ailleurs et qui n'a pas besoin qu'on accompagne son mouvement, c'est le noir.

Alda ne dit rien. Grigori devine qu'elle connaît les lieux parce qu'elle avance d'un pas aussi sûr que si elle traçait sa route vers les falaises. Il écoute le faible traînement de ses pieds sur le sol de terre et la suit sans parler, sans interroger. Il se doute qu'il y aura bientôt de la lumière, mais, en attendant, il apprécie de ne rien voir, depuis si longtemps il n'a pas été dans le noir, depuis les bannettes encloses dans le *Gren*, obscures au jour comme à la nuit et dont on s'échappait par un minuscule escalier grimpant vers le pont. Peut-être est-ce pour cela que les quelques frottements qu'il entend, autour d'Alda et lui, font immédiatement résonance, des déplacements furtifs, irréguliers, de ceux qu'ils guettaient à bord, les petites pattes qui trottinent et qui fouissent, et, de temps en temps, un cri aigu suivi d'une cavalcade. Soudain, au bout de son pied, un pan de bois, non, une marche, une autre, et devant lui les pas d'Alda qui ne font aucun bruit comme si l'escalier était en papier. Grigori monte à sa suite puis sent d'instinct qu'il doit s'arrêter. Face à eux, un mince trait de lumière fend la noirceur. L'espace d'un instant, on pourrait croire qu'ils vont déboucher sur le pont du *Gren*, avec les voiles gonflées au-dessus de leur tête et quelques mètres à faire pour grimper dans les haubans et prendre le vent en pleine face, les espaces sombres auraient-ils cette vertu magique de nous amener en des lieux distants que la lumière réunit, mais non : Alda a dû faire quelque chose car la ligne de lumière s'élargit et la porte, car c'en est une, tourne sur ses gonds.

La première chose qu'on voit, c'est la mer brumeuse par la fenêtre ouverte et le ciel qui fait entrer son éclat de pluie à l'intérieur. Mais pas le temps de se perdre en contemplation : le vent, appelé par l'ouverture de la porte, arrache celle-ci des mains d'Alda et la claque derrière eux, précipitant leur entrée.

Montent alors le sel, la sueur, l'alcool, la viande vivante et morte : les odeurs d'hier mais en plus rances, lavées de l'énergie et de la joie. L'endroit est plein de gens, une vingtaine peut-être, assis par terre ou à des tables, effondrés les uns contre les autres, têtes renversées sur l'épaule du voisin ou abandonnées sur le torse, jambes étendues, qui dorment et ronflent. Ce sont les chasseurs d'hier, trop ivres pour retraverser le bras de mer en sens inverse.

Grigori se voit en eux tel qu'il a dormi tout à l'heure, mais seul, à la merci des éléments de l'Archipel, sans la chaleur qui les réunit ici. Il n'a pas tenu bon jusqu'à la maison où la ronde épuisée est allée s'abattre, dénouée mais toujours solidaire, car certains dormeurs, même affalés, ont gardé la proximité de la danse, bras dessus, bras dessous. Il vient à Grigori l'envie de se traîner jusqu'à eux et de s'effondrer au bout de leur file pour reprendre les choses où elles en étaient avant le coup de pied d'Alda. Il verrait l'escalier du *Gren* dans ses rêves, sans savoir s'il descend ou s'il monte. Pourquoi pas, d'ailleurs, car Alda est à ses affaires, elle s'est éloignée vers un long comptoir chargé de vaisselle qui occupe toute la partie droite de la pièce, et parle à voix basse à un homme de haute taille, le seul ici qui soit debout avec Grigori.

L'homme le regarde avec attention, il a de grands yeux clairs et une corpulence élancée. On l'imagine mal ramassé dans une barque, les bras tendus au-dessus de l'eau pour ramener les lignes, si peu aussi dans les plaines avec le vent de face qui le plierait comme une herbe poussée trop haut. Pas étonnant que les pêcheurs trouvent refuge dans son petit café au plafond bas, un monde humain fait de quatre murs et d'une fenêtre par laquelle la mer s'encadre comme un paisible tableau et où l'on sert à boire dans de jolies tasses blanches avant d'être rendu, reconstitué dans sa force, à l'espace sauvage du dehors.

Grigori s'approche. Il lui faut un café pour le ramener à lui-même et à ces sensations familières d'éveil en haute mer qu'il chérit. Il fouille sa poche, quelques pièces données par Alda pour la vente d'œufs, de quoi obtenir quelque chose. L'homme le fixe de ses yeux trop grands. Il cherche la moindre trace d'étrangeté sur le visage de Grigori, la preuve qu'il n'est pas d'ici, l'écart, la maladresse, le trop ou le trop peu, les mots mal prononcés, le geste qui dessert l'intention. Grigori rejoue son premier jour sur l'Archipel, lorsqu'il a quitté le *Gren* et que les têtes se sont tournées. Il se souvient de cette fascination pas même dissimulée des insulaires pour qui l'île d'à côté est déjà un monde à part. Il faudrait savoir combien d'îles compte l'Archipel pour estimer le nombre de fois qu'il revivra cette scène, lorsqu'il perd les couleurs qui l'ont assimilé au camaïeu du paysage pour irradier de nouveau, comme s'il débarquait infiniment de son navire. L'homme du comptoir a beau guetter et observer, c'est une déception : le jeune homme venu d'ailleurs est aussi gris que les ivrognes échoués sous sa fenêtre et plus blond que la plupart d'entre eux, il pourrait être le fils d'un Gunnar ou d'un Bjarni, écorché de fatigue après la chasse.

Grigori pose deux pièces sur le comptoir et commande d'une voix enrouée. Alda le regarde du coin de l'œil, elle a envie de lui parler mais ce n'est pas le moment. L'homme écoute avec une certaine fascination les quelques mots prononcés par Grigori, comme s'il redécouvrait la langue danoise en l'entendant dans la bouche d'un étranger qui la lui rend un peu différente, donc plus intéressante. Il finit par se retourner vers les étagères. Tout est bien ordonné, propre, coloré d'un halo bleuté. Les murs sont blancs comme s'ils venaient d'être repeints, la fenêtre grande ouverte probablement à l'initiative du propriétaire, pour atténuer les relents de la fête. Peut-être même a-t-il pris la peine de guider les ivrognes jusqu'à leur lieu d'échouage pour qu'ils s'y effondrent en bon ordre.

L'homme place devant Grigori une tasse pleine et une assiette garnie d'un morceau de morue séchée. Le sel a creusé des aspérités rugueuses sur son épaisse surface blanche. On dirait la voile mal dessinée d'un naufragé, triangle perdu à l'horizon dont on ne sait s'il se rapprochera.

Alda et l'homme reprennent leur conversation à voix basse. Grigori reconnaît sans vraiment les comprendre des mots prononcés la veille par les chasseurs, il repense au gamin qui l'a alpagué dans la langue de l'Archipel alors qu'il hésitait à sauter dans la barque, quelques mots transparents dans toutes les langues du monde, *viens, allez*, des mots universels pour se ruer en avant côte à côte mais que le gamin ne pouvait prononcer en danois, il y avait là comme un cri du cœur à ne surtout pas travestir. Grigori écoute en mâchonnant lentement son poisson, estimant à chaque bouchée qu'il peut encaisser la suivante, et chaque morceau lui rend peu à peu consistance et acuité. Grigori s'imagine que le tenancier raconte à Alda ce qu'il a observé du *grind* depuis sa vigie : les marins et les terrestres qui se sont rejoints à la plage pour mettre à mort les baleines, combien elles étaient, leur âge probable, la qualité, l'agilité, la précision des gestes de la masse d'hommes qui s'incarne dans des prénoms variés. L'homme a tout vu, il sait qui a frappé juste et qui a hésité. Alda parle peu, relançant la conversation d'une exclamation de plus en plus ténue, elle boit le café avec raideur, son pied martèle le sol. L'homme s'embarque dans ce qui ressemble à des descriptions précises, les mots vont de plus en plus vite dans sa bouche, Grigori se détache. Il sourit à Alda et, la tasse à la main, traîne des pieds jusqu'à une table et tire une chaise.

Il aurait envie de prendre un bain de vent dans les voiles après sa mauvaise nuit. Ce serait une journée à naviguer pour se rincer de tout et regagner des forces, parce que le bateau, qui a toujours exigé de lui une pleine présence, est la meilleure des résurrections. Mais, assis là, l'illusion n'est pas si mauvaise : les bourrasques lui parviennent, même amputées par le cadre de la fenêtre, porteuses d'infimes et fraîches gouttes de pluie. On voit aussi le ciel, de toutes nuances grises éblouissantes, aplats d'averses, froufrous de nuages, mais qu'importe le paysage aussi beau soit-il, la table qu'a choisie Grigori est occupée par quatre personnes puissamment odorantes, contre lesquelles le vent le plus vivifiant et les visions les plus pures ne peuvent rien. Des corps qui ont tant vécu que les odeurs, trop emmêlées, peinent à les raconter. Il y a, sans aucun doute, l'alcool et la sueur, mais aussi la maison étouffante, la fumure des champs, les écailles de poisson comme une écorce qui ne lâche jamais la peau et, à la fin, cela donne cette confusion acide, cette odeur infamante d'êtres sales.

La tête enfouie dans leurs bras croisés, les quatre sont pétrifiés, assommés par un sommeil qui ressemble à la mort. Leurs épaules sont affaissées, leurs dos courbés ne bougent pas dans leurs manteaux d'un bleu devenu gris. Le seul mouvement, c'est le vent qui l'apporte en agitant leurs cheveux, trois hommes et une femme, si l'on se fie au chignon blond qui se niche, fatigué, dans le col du manteau et aux trois tignasses courtes qui se hérissent sur des têtes épaisses et boueuses.

Voilà, au camaïeu des matières terrestres et marines, il va maintenant falloir ajouter celui des peaux humaines, salées, laineuses, avec les liens qu'elles tissent entre elles, les histoires qui les habitent et qu'elles s'inventent, tout ce dont Grigori n'a aucune idée avec sa solitude et son ignorance à peine entamées. Il pourrait s'en aller et trouver une autre place, mais les autres tables sont occupées, et en pire : les corps glissent, les joues s'étalent, les bras pendent. Après les gestes si précis, si coordonnés de la veille, c'est un spectacle d'abandon complet et, de toute façon, il occupe la seule chaise libre du café. Au moins, ses compagnons de tablée, eux, savent se tenir : ils ont réussi, on ne sait comment, à trouver un équilibre miraculeux entre le poids de leur corps assommé par la cuite et l'appui de leurs jambes au sol et de leurs bras sur la table, si bien qu'on croirait qu'ils se sont endormis entre deux phrases d'une conversation.

Grigori termine son café, bercé par le courant d'air qui, par intermittence, l'arrache aux relents piquants de ses compagnons sans visage. Il s'efforce de détailler les visages des chasseurs avachis sous la fenêtre. Finnur, Helland dorment-ils quelque part dans cette masse, au chaud entre deux flancs ? Mais la fatigue et les ombres de la pièce ont tout flouté. La ronde disjointe, Grigori ne reconnaît personne dans l'assemblée des ivrognes. Seule la voix murmurée d'Alda, entrelacée à celle, plus heurtée, du tenancier, lui rappelle le fil qui l'a mené ici. Abreuvé, nourri, bien assis, il dodeline et sa tête tombe au creux de ses bras rassemblés. Il ajoute sa nuque délicate de jeune homme à celles du quatuor crasseux et s'endort.

IX

Il a glissé, son coude, en versant dans le vide, a provoqué le réflexe du réveil, et Grigori attrape tout ce qui vient pour ne pas tomber. Cette fois, ce n'est pas l'aile blanche d'un fou de Bassan mais le bras collant d'un de ses voisins, le plus massif peut-être, mais si anéanti par le sommeil qu'il n'est d'aucun secours : entraîné par Grigori, l'homme glisse à son tour et tous deux s'effondrent mollement par terre. Le nez dans le manteau puant de l'inconnu, Grigori est cueilli par un retour de nausée façon lame de fond. La cuite le percute alors qu'il croyait s'en être bien tiré malgré sa chute un peu minable à la belle étoile, et il serre les poings pour ne pas vomir sa morue. Il aurait dû se méfier de ce sel tombé en grêle sur son estomac : tous ses organes ont rétréci comme une voile desséchée et palpitent sous l'effet du malaise.

Grigori ancre un premier pied, puis l'autre, agrippe le dos de la chaise et se hisse, haletant, au niveau de la table. Le courant d'air, chargé d'une pluie bienfaisante et de plus en plus forte, l'évente, apaise la nausée. Grigori respire avec lenteur. Le type au sol grogne. Plus rien à cuver, le sommeil a levé sa garde lourde et le tabassage de la migraine commence. Le colosse essaye de se relever mais son coude persiste à se dérober. Le voyant au sol, impuissant, à geindre, Grigori lui tend le bras ; décidément il n'aura jamais touché et senti autant de gens que ces dernières heures, comme s'il se trouvait à bord d'un *Gren* étrange, terrestre, où il n'y aurait ni voiles ni rats pour s'occuper mais de l'aide à proposer à ceux que terrassent l'alcool ou la maladie. L'homme est lourd, d'une force dense devenue poids mort. Les jours où tout va bien, on l'imagine soulever les barques à une main et traîner les baleines sur la plage en sifflotant, trois doigts dans leur évent, mais aujourd'hui, il pourrait crever le sol tant il est écrasé par lui-même. Hissé par Grigori, le voilà carré dans sa chaise à gémir de nouveau, ses bras épais abandonnés devant lui comme s'ils venaient de lui pousser, sa barbe énorme, noire et broussailleuse, qu'on croirait entremêlée à du filet de pêche et des graminées de prairie. Ses petits yeux embusqués derrière ses joues clignent à la lumière.

– À boire…

Dérangés par le raffut, les trois autres dormeurs ont relevé la tête. Visages hébétés, tordus par la cuite, ils ont l'air de s'éveiller d'un cauchemar et regardent autour d'eux avec des grimaces. Leurs yeux passent sur Grigori comme s'ils étaient encore à danser dans la prairie qui borde la plage, sauf que la ronde agile s'est muée en une tablée immobile et nauséabonde. La main du colosse à la barbe noire rampe jusqu'au bras de Grigori.

– Apporte-nous du thé !

Pourquoi est-ce qu'il s'exécute, pourquoi est-ce qu'il consent à cette alliance ? Grigori traîne des pieds jusqu'au comptoir. Le tenancier a compris, l'eau est chaude dans le pot où surnagent de longues feuilles d'un vert déteint, du thé peut-être, en tout cas des herbes qui dégagent l'odeur voulue. L'homme empile quatre tasses, Grigori lâche ses dernières pièces, c'est lui qui paye la tournée de purification. Il coince contre lui la vaisselle et surtout le récipient d'eau chaude qui fait comme une petite flamme contre son torse. Alda est toujours là, peut-être n'a-t-il dormi que quelques minutes. À travers lui, elle regarde les quatre êtres attablés qui émergent de leur ivresse, puis ses yeux se reposent sur Grigori retournant cahin-caha à la table.

Barbe Noire – puisque c'est le nom qui s'impose à l'esprit de Grigori avec une pensée pour les romans de pirates rangés dans la bibliothèque de Jon et Halle – le dévisage, sourcils froncés.

– Tu n'es pas le squelette !

– Ce rat a refusé de nous servir, j'en suis sûre, maugrée la femme.

– Saleté de squelette, dit un troisième, un blond dont les épaules osseuses pointent sous son manteau parsemé de taches de gras.

– Qui que tu sois, sers-nous, dit le quatrième, le plus vieux, la tête entre les mains.

Barbe Noire pose ses énormes poings autour de sa tasse. La chair apparaît à ses articulations desséchées comme s'il avait martelé un mur à mains nues. Grigori verse avec précaution la mixture. Le géant ne réagit pas quand une goutte de liquide bouillant gicle sur son pouce.

– Les cloches sonnent, Vassili ? dit le blond dans un rire éraillé.

– Plus que jamais, dit le vieux en saisissant sa tasse pour en avaler une lampée qu'il recrache la seconde d'après. Il y a de la morue dans ce thé ! Tu as salé le thé, fils de rat ! gronde-t-il en se tournant vers Grigori.

Les trois autres éclatent d'un rire cruel. Grigori crache :

– Ce n'est pas chez moi ici, vieux soulard, alors tu peux aller te faire…

– Il a raison ! braille la femme. Ce n'est pas la faute du petit si le bouffeur de poissons fiche du sel partout ! Boucle-la, Vassili.

– Olga a raison, boucle-la, dit Barbe Noire, sentencieux. Tu n'avais qu'à pas tant boire, t'abrutir d'alcool…

Il boit une gorgée de son thé bouillant, grimace.

– Voilà. Je crois que j'ai dessoûlé. Assieds-toi, petit. Tu nous observais, je l'ai vu à travers mes paupières d'ivrogne.

Les trois autres se taisent et observent Grigori tirer une chaise et se servir à boire.

– Alors, qui es-tu ?

Grigori laisse la question de Barbe Noire claquer puis mourir dans son oreille. Il n'a pas vraiment écouté, interpelé par tout autre chose.

En russe. Le colosse a posé la question en russe.

Peut-être même parlent-ils tous russe, Grigori compris, depuis que Barbe Noire a ouvert les yeux et articulé sa demande agonisante, et que ce n'est que maintenant que la langue a fait son chemin dans son esprit et perdu son évidence. L'œil brillant de Barbe Noire annonce la couleur : Grigori est cerné, on va lui demander des comptes sur le où et le quand, le pourquoi et le comment, alors que depuis toujours l'indiffère cette connivence de circonstances entre compatriotes, bêtement bâtie sur l'arbitraire d'une naissance et d'une langue.

– Comment t'as échoué ici ? attaque Olga. Et, plus important : y a-t-il de la place pour un cinquième noyé dans le puits ?

Rire complice des autres.

– Il n'y a pas eu de naufrage, dit Grigori. Mon navire a fait escale avec une cargaison de bois. Mais je vais…

– Qu'est-ce qu'il est sérieux, dit Barbe Noire.

– Un menteur, dit le blond en reposant sa tasse. Ou un fourbe. Le genre discret qui fait des trucs pas nets.

– Tu viens nous trouver et tu nous dis que tu vas partir ? dit Olga. Qu'est-ce que tu fais encore là, alors ? On ne vient pas voir les Russes flottants sans raison. Tous les gens d'ici te le diront.

– Les Russes flottants ? C'est comme ça qu'on vous appelle ? Personne ne m'a jamais parlé de vous.

Mais Grigori repense à Alda qui, par son regard il y a quelques minutes, l'a lié, lui, aux quatre hébétés, comme si elle savait, comme si elle comprenait, ne s'étonnait même pas que cette table crasseuse, après la chasse, les réunisse. Le vieux Vassili grommèle :

– Et alors ? Au diable les gens d'ici. Que savent-ils du voyage, ces culs-de-jatte ? Tu es un petit Russe flottant, tu vois bien ce que je veux dire, non ? Comme nous, tu as navigué sans trop savoir pourquoi, bouté hors de Russie par une bougeotte qui gratte comme une gale, jusque chez les Norvégiens ou pire, jusqu'ici, chez ces pauvres hères rivés à leur poignée de rochers jetée au petit bonheur dans l'océan par le bon Dieu un jour d'ennui…

– Mais de quoi tu parles ? lâche Grigori. Je ne suis pas un Russe flottant, je vais repartir dès que je pourrai.

– La terre d'ici colle aux pieds, dit le blond. Tu ne repartiras pas, ça se sent. Et tu nous as flairés, c'est une première entente.

– Je ne suis pas un Russe flottant, je ne sais même pas ce que c'est.

– Alors qui es-tu, gamin ? demande Barbe Noire.

Question à laquelle on ne peut répondre qu'ivre, lorsque les réponses sont les plus spontanées, et Grigori ne l'est plus. Sans répugnance ni inquiétude, il est face aux bribes maintes fois pensées et constate qu'elles ont perdu tout contour, tout caractère dicible. Il s'étiole dans l'escale, et alors ? Au moment où les quatre visages rouges et fripés se penchent vers lui, dans l'attente de sa réponse, il résonne de la chasse aux baleines, un état d'instabilité marine qui se perpétue dans ses restes d'ivresse, nausée de force 6, corps qui gîte, gifles d'averses dans les cheveux. C'est ça qu'il est. Certes, au premier point du temps, il y a eu Arkhangelsk et le navire qui ne peut pas se retourner, mais cette ville, il la connaît autant qu'un voyageur en chambre qui aurait un jour lu ce mot sur une carte. Cette ville n'est plus la sienne, elle a donc cessé d'exister, conformément à la loi de Loukine. Arkhangelsk n'est plus qu'un nom d'une somptueuse densité sonore, qui jaillit dans l'esprit comme un ange à la tête hérissée d'un halo d'or, un lieu de légendes où l'on ne pose les pieds que par l'imagination, rien de plus.

– Quelle importance ? dit-il.

– Il a déjà tout oublié, ricane Olga. Un vrai Russe flottant.

Grigori enchaîne, pas envie de se défendre une nouvelle fois face à cette assignation qui semble faire tant plaisir au quatuor des échoués.

– Et vous, quand est-ce que vous êtes arrivés ici ?

Ils se jettent des regards perplexes. Barbe Noire plisse les yeux comme s'il passait en revue cent cinquante années de vie.

Barbe Noire : – Je dirais que ça fait une quinzaine.

Olga : – Ah bon ?

Barbe Noire : – Oui. Une quinzaine d'années.

Le blond (Sacha) : – N'importe quoi. Tu es encore fin soûl.

Barbe Noire : – Qu'est-ce que tu en sais, Sacha ? Tu es arrivé bien après moi.

Sacha : – Faux ! Je me souviens de toi, un gamin, alors que je pêchais déjà seul et qu'Olga allait filer la laine chez Eirika.

Olga : – Eirika était morte à l'époque.

Barbe Noire (*triomphal*) : – Tu vois ! Tu as donc tout oublié de votre naufrage à tous les deux ? Deux mousses, frère et sœur faméliques, chassés du navire pour avoir fait les poches de tous les marins… Pas très malins, tous les deux. Je vous ai ramassés ici même, chez le squelette, qui vous empoisonnait avec sa morue avariée. J'avais vingt ans et vous, impossible à dire vu vos têtes de crève-la-faim.

Sacha : – Ça fait donc bien plus de quinze ans. Tu as oublié ton âge, crétin ?

Barbe Noire (*balbutiant*) : – À quelques années près.

Sacha : – Olga et moi, on est arrivés sur un navire de moines et il n'y avait pas l'ombre d'un Russe flottant sur l'île à cette époque. Olga avait dû se déguiser en homme, vous pensez bien, avec tous ces moinillons à bord. Pas vrai, Olga ?

Vassili (*avec lassitude, se caressant la barbe*) : – Seigneur, à vous écouter tous, on croirait que vous avez débarqué de l'arche de Noé.

Olga : – Toi, tu n'as rien à dire. Tu as peut-être l'âge d'un vieillard mais tu es tombé de la dernière averse. Tu es un nouveau-né parmi nous.

Vassili (*grandiloquent*) : – Tu ne comprends rien, ma vieille Olga, et vous autres non plus. Vous êtes comme les huîtres rivées à cette île, vous croyez que votre rocher est unique dans tout l'océan. Mais moi, j'ai flotté bien plus que vous autres avant d'accoster ici. Je connais toutes les colonies miteuses de ce coin de mer.

BARBE NOIRE : – J'aimerais bien que tu nous racontes ça, tiens ! Est-ce que, pour commencer, tu te souviens de ce que tu as fait hier ?

VASSILI *s'apprête à parler et s'interrompt, bouche ouverte, muet. Les autres éclatent de rire.*

BARBE NOIRE : – Mon pauvre Vassili, il y a des milliers de nœuds entre ta bouche et ta tête.

VASSILI *ne répond rien, humilié.*

GRIGORI, *reposant sa tasse de thé* : – Je connais un homme un peu comme vous. Il s'appelle Loukine.

OLGA : – Loukine ? Je connais un Loukine. Il a fait escale sur l'Archipel il y a une dizaine d'années.

GRIGORI : – Le mien vient d'arriver.

SACHA : – Et alors ? C'est peut-être le même.

OLGA : – Il disait qu'il était né ici.

VASSILI : – Lequel ? Le tien ou celui du petit ?

BARBE NOIRE (*agitant sa main avec mépris*) : – Foutaises ! Aucun Russe flottant n'est né ici.

OLGA : – Qu'est-ce que tu en sais ? Qu'est-ce qu'on sait des Russes flottants qui nous ont précédés ?

SACHA (*songeur*) : – Si tu dis vrai, ce serait le plus flottant des Russes flottants.

OLGA (*à Grigori*) : – C'était un bel homme, très grand avec une barbe blonde. La quarantaine, peut-être. Il est comment, ton Loukine ?

GRIGORI : – Pas comme ça. Mais j'imagine qu'il a pu prendre du poids et se tasser depuis le temps.

BARBE NOIRE : – C'est évident.

Vassili (*rêveur)* : – C'était peut-être son père. Ou son frère.

Sacha (*s'esclaffant*) : – C'était peut-être toi, abruti d'amnésique !

Olga : – N'importe quoi, ce n'était pas le vieux Vassili, je l'aurais reconnu, même maintenant qu'il est chenu.

Grigori : – Qu'est-ce qu'il est devenu, ce Loukine d'il y a dix ans ?

Olga (*haussant les épaules*) : – Parti. Comme beaucoup. Il était arrivé avec un navire de commerce qui transportait des peaux. Il a travaillé comme pêcheur quelques mois puis il a embarqué sur un baleinier de passage et on ne l'a plus jamais revu.

Grigori : – Pourquoi est-ce qu'il est resté ?

Olga (*nouveau haussement d'épaules*) : – Pourquoi est-ce qu'il est resté ? Pourquoi est-ce qu'il est parti ? Tu en poses, de ces questions. Je ne lui ai jamais parlé, moi.

Barbe Noire : – Ah ! Je savais qu'elle racontait n'importe quoi !

Olga (*vexée*) : – Il ne vivait pas sur cette île. C'est Eirika qui m'a tout raconté, son mari pêchait avec lui.

Sacha (*pointilleux*) : – Je croyais que la vieille Eirika était morte il y a quinze ans.

Olga : – Si ce n'était pas Eirika, c'était Henrietta.

Barbe Noire : – Ça change tout ! Henrietta affabulait la plupart du temps. Rappelez-vous cette histoire de pêcheur changé en baleine. Qui sait si elle n'a pas inventé l'existence de ce Loukine ?

SACHA : – Et ce n'était peut-être pas « Loukine », mais « Martin », un type du cru tout ce qu'il y a de plus ordinaire. C'est que ça fourche, dans la tête d'Olga !

OLGA (*crache par terre*) : Jacter, c'est tout ce que tu sais faire, ivrogne !

SACHA (*sérieux, à Grigori*) : – Écoute. La seule chose qui peut retenir un gars ici, c'est le *grind*. Je te parie que le Loukine, là, ou Dieu sait son nom, te cueillait les baleines comme jamais. Tu as bien vu, non ? (*Les bras levés au-dessus de la tête, tenant un harpon imaginaire, les yeux des trois autres aussitôt exaltés.*) *Grind ! Grind !* Laisse tout tomber, ta fourche, ton bouquin, la main de ta chérie, lâche tout ! Et souque ! Et charge ! Gaffe aux vagues, gaffe aux coups de queue, on se noie aussi dans le sang ! Et bam ! Et tchak ! Gare à celles qui fuient, resserrez le filet des barques, nom de Dieu, lancez, harponnez, frappez ! Tu n'as pas peur de l'eau, dis ? Plonge, vas-y, la lance, tu l'as ? Prends de l'élan, mon gars, faut que ton bras parte avec sinon ça leur ricochera sur le cuir ! Et là, tu sens le fond sous tes pieds ? Elles aussi, elles raclent, elles se vident, elles étouffent. Alors sors le couteau de grâce ! Et couic ! Dernière giclée de vie et de mort ! C'est fini ! Une belle ligne propre et nette de baleines sur la plage. C'est pas fou quand on les tire à l'air, d'imaginer tous les bons morceaux qu'elles feront ? Et quel sera le tien ? Pendant des jours tu seras nourri, et surtout tu vas sentir tes muscles, je te le dis ! Mais ne perds pas la tête, petit, n'oublie pas d'être précis, c'est ça qui te vaut le respect des gars, et tchak et tchak dans les cous bien gras, ne les laisse pas souffrir !

Olga (*ricanant, à Sacha*) : – Pas comme toi hier, alors ! J'ai cru que tu allais clamser avant ta bête.

Barbe Noire : – Ça oui ! Tu es un voleur, Sacha ! Tu devrais rendre ton morceau si tu avais un sou d'honneur !

Sacha : – Et toi, soûlard, tu as failli lâcher tes rames à la première nage ! Je t'ai vu te traîner sur la plage comme un phoque bourré. Tu n'as tué que du sable, matamore de mes deux !

Barbe Noire : – Face d'entrailles ! Dire que tu vas manger à ta faim alors que mes dents sont plus tranchantes que ton couteau !

Sacha : – Même Olga sait mieux y faire que toi avec sa lame, gueule de tourbe !

Olga : – Tu tournerais de l'œil si tu les dépeçais à ma place, couard ! Je mérite dix fois plus que toi !

Vassili (*calme, dans son rôle de vieux sage*) : – Fermez-la, on ne discute pas la répartition de la chasse.

Barbe Noire (*à Vassili*) : – Réjouis-toi qu'on te laisse encore chasser, crevard de cent ans, et boucle-la !

Sacha : – C'est toi qui devrais la fermer, le vieux a raison ! Comptables du diable ! Pourritures de viande, maudits !

Et Barbe Noire de lever le poing, pour menacer plus que pour frapper, mais dans son élan, il fait tomber un verre qui se fracasse au sol. Qu'importe l'incident : de l'un à l'autre ça fuse, insulte après insulte, on passe du cul embrené des moutons aux prêtres lubriques, tout ça dans une langue de plus en plus déliée, traversée des soubresauts des périples, entremêlant les mots de la langue natale à ceux que les pays d'escale ont cédés, jusqu'aux mots de l'Archipel, obscurs à l'oreille de Grigori qui ne les comprend pas encore. Mais plus il les entend, plus ils lui deviennent tendres et familiers, comme des silhouettes encapuchonnées qui, en se tournant, dévoileraient un peu de leur visage.

Tout à leur dispute, les Russes flottants ne lui prêtent plus aucune attention. Ils ont oublié qu'il est là et qu'ils ont pu, un instant, s'imaginer qu'il deviendrait le cinquième d'entre eux. Grigori les regarde encore quelques instants, leurs bouches déformées postillonnant le thé refroidi, puis il se lève. La salle du café reprend forme. Les moins cuités des fêtards sont partis mais d'autres gisent encore, allongés dans de fraîches vomissures. Le tenancier, qui ignore le nom cruel qu'on lui donne dans une autre langue, nettoie une table, son long corps déroulé par les mouvements de l'éponge, indifférent aux gueulements de la ronde des Russes. Grigori s'éloigne. Les quatre voyageurs poissent d'une certaine forme de naufrage qu'il vaut mieux ne pas côtoyer trop longtemps.

Alda est à la porte, sur le point de partir, un pied engagé vers l'escalier obscur. Elle le regarde. On dirait qu'elle l'attend.

X

L'heure est incertaine, ce pourrait être encore le matin ou bien la fin d'après-midi, impossible à dire avec cette lumière livide que filtrent les nuages d'averse. Grigori se tasse dans sa veste. Les mots que les Russes flottants ont jetés au-dessus de sa tête, après avoir dessiné un étroit chemin de connivence, l'ont assommé. La viande de baleine suinte dans son paquet et dessine une auréole rouge sur sa poche de pantalon. Alda le précède comme d'habitude, balançant devant elle le morceau de gibier serré dans son linge. Bonnet enfoncé sur la tête, elle n'a qu'indifférence pour la pluie.

Grigori sait que plus sa part d'ailleurs diminue, moins il l'intéresse. Depuis hier, il est un des hommes du *grind*, et cet embarquement inattendu, provoqué par le feu des cris de chasse, les a disjoints. Sans avoir harponné ni frappé, Grigori a ramé en cadence pour acculer les baleines. Il connaît maintenant des choses d'ici qu'Alda n'a pas vécues dans sa chair.

Il courbe le dos. Les voilà à la plage. D'un pas hésitant, des chasseurs redressent les barques versées sur le flanc pour les pousser à l'eau. Il est temps de rentrer, avec à bord ces bonnes nouvelles de chair et d'os. Les têtes se tournent vers les deux jeunes gens : Alda l'étrange, qui descend sans peur dans les falaises, et Grigori l'étranger, dont on ne sait pas vraiment d'où il vient. Un couple de hasard, une rencontre à mi-chemin entre deux désirs de départ, celui d'une prisonnière et celui d'un naufragé.

L'œil de Grigori passe autour des chasseurs, cherche. Seules les eaux de l'averse ruissèlent dans le sable terne jusqu'à la mer.

– Il n'y a plus rien.

Alda se plie au commentaire. Ses chaussures ont creusé une petite trace sur la plage molle de pluie.

– Les femmes ont ramassé tout ce qu'il y avait à prendre et les oiseaux et les chiens ont mangé les restes cette nuit. Ce n'était pas grand-chose. Tu verrais certaines chasses, il y a bien plus de bêtes, des dizaines parfois. Les femmes passent plusieurs jours à débiter les os.

Un homme chancelle en grimpant dans l'un des bateaux. Grigori doit partir. Sinon, sur cette île qu'il ne connaît pas, il n'aura d'autre choix que d'aller se réfugier dans le café du squelette, où la querelle infinie des Russes flottants se poursuit sans doute, comme depuis des années.

L'homme glisse, tombe dans les vagues, la barque délestée roule avec frénésie. Alda, les yeux fixés sur le spectacle du pêcheur encore ivre, raconte :

– On dit qu'une fois, un chasseur a été si humilié par ses coups manqués et si accablé par les moqueries des autres qu'il a choisi de s'exiler. Il a quitté l'Archipel séance tenante, du sang plein les mains, incapable d'affronter la honte. Aujourd'hui, c'est devenu une provocation entre chasseurs : ils se font une fierté de mener une chasse efficace et se menacent d'un départ si jamais ils échouent. Mais qu'importe ceux qui n'ont pas la main sûre, tous se tiennent chaud dans les barques et lors de l'assaut. On ne sait jamais vraiment quel bras frappe et s'il frappe juste. Avoir honte ou se vanter de son habileté à tuer sont deux réactions absurdes du *grind*.

Grigori aimerait savoir si elle a participé au dépeçage avec les autres femmes, hier peut-être pas mais une autre fois, si elle peut lui parler des Russes flottants, si elle savait qu'ils seraient chez le squelette à l'attendre lui, si elle sait ce qui les a menés sur l'Archipel, ce qu'ils y font. Mais il connaît déjà la réponse, un haussement d'épaules et la même question tendue en miroir : et toi, qu'est-ce qui t'a mené ici et qu'est-ce qui te retient, Grigori ?

Le visage giflé par l'averse, Alda n'a de toute façon cure des Russes flottants. Comme le squelette qui l'a soûlée de paroles tout à l'heure, les hommes vont vivre et revivre ce *grind*, s'en raconter les meilleurs moments, les subtilités, les gestes héroïques qu'ils attribueront à tel ou tel. Et les femmes de les écouter avec patience, jusqu'à ce qu'un autre *grind* se présente à l'horizon et remplace le précédent dans les bouches des chasseurs. Alda continue, tout à ses pensées qui la débordent.

– Pour beaucoup, quitter l'Archipel, c'est pire que mourir. C'est être plus mort encore que les disparus en mer. Mais moi, je connais la vie de ce chasseur exilé. On lui a prédit une tempête, la noyade, une longue errance en mer, ou pire encore, la nostalgie, mais je sais qu'il est arrivé à bon port. Il n'écrit plus de lettres à sa famille, il a oublié sa jeunesse, les couteaux, le cri de chasse qu'il redoutait d'entendre dès les premiers jours d'été, la peur qui le tenait au moment de frapper les baleines avec son crochet, le dégoût de leur souffrance. Et le dimanche, après l'église, il se promène, ravi, dans le port de Copenhague, pour prendre le soleil.

Elle a parlé sans colère mais son poing est serré autour du paquet de viande. Hier, postée sur les pentes adoucies des montagnes surplombant le village, elle a vu le croissant des chasseurs se refermer sur la baie et celui des dépeceuses en recueillir les fruits. Un cercle nourricier, parfait mais désespérément clos. Elle a repensé à cet homme de légende, chasseur manqué, exilé sans visage qui marche sur les chemins bien dessinés de la grande ville danoise, le long de ses quais et de ses rues, là où, croit-elle, on n'a pas à se jeter dans les falaises pour échapper à la prédestination.

Grigori a la tête qui tourne. Le ressac des paroles d'Alda, qui se désespère d'être terrestre, se mêle dans son esprit à celui des Russes flottants aux ancres mal tenues, longue et éternelle plainte de n'être pas au bon endroit. Il s'effondrerait bien ici même, sans considération pour la pluie qui les détrempe. Peut-être le sable l'envelopperait-il d'une gangue épaisse et tiède où il pourrait, soulagé, perdre conscience.

Les barques quittent la baie une à une. Grigori fait quelques pas sur le sable qui boursoufle autour de ses chaussures. Sa dernière chance de dormir au chaud est là, à creuser une trace pénible jusqu'à la mer, poussée par des bras courbaturés, mais c'est Alda qui prend congé la première en marmonnant qu'elle a à faire. Se suspendre dans les falaises environnantes et en inspecter les niches qui l'été débordent d'œufs, fouiller les buissons qui tiennent tête au vent pour y chercher les baies les plus mûres et les plus sucrées… Elle trouvera bien un bateau pour retraverser le bras de mer ou alors elle poursuivra ses sauts d'île en île, glanant tout ce que la saison peut offrir de lumière et de vie avant que les tempêtes de septembre ne la ramènent à son sentier entre port et falaise.

Grigori est rendu à son clapot de solitude, et c'est dans la barque où il est monté, à la faveur de la mer qui gonfle légèrement ses vagues, qu'il rend la matière de ces dernières heures en une flaque de vomi blanchâtre qui vient coiffer les courants sans s'y dissoudre. Il s'endort aussitôt après, le corps froid, vautré aux pieds des hommes bleus de fatigue qui ne disent mot après avoir tant crié et chanté, vidés de chaleur et de force, leurs têtes roulant sur leurs épaules qui moulinent, entraînées par le mouvement machinal des rames et de la barque alourdie.

La bouche écrasée par le sommeil, Grigori s'est allongé entre les paquets de viande de baleine, les choux, les carottes, les morues séchées, les bouts de bois flotté, les outils de fermage et les paquets de macareux liés par les pattes. Nez à nez avec ces oiseaux à la gaucherie tout juste éteinte, il dort. Son souffle calme effleure leur face compartimentée de couleurs, avec ces yeux qui semblent des perles bordées de rouge, serties dans un mince triangle de chair noire dont le bec redouble la forme. Les oiseaux sentent la mer, l'herbe et la boue des terriers salés où ils prennent refuge. Un léger vent ébouriffe les plumages, décoiffe les cheveux fins de Grigori, gonfle les manches des vestes qui souquent et souquent.

Terre en vue. Les hommes se racornissent. L'approche de la grève annonce le retour à la vie de tous les jours, vie de fermier avec ses paisibles moutons, vie de pêcheur préoccupé de morues vigoureuses mais parfaitement inoffensives. La cuite sera bientôt évaporée, ils mâcheront les mots de la chasse jusqu'à la fadeur, accrocheront les morceaux de viande dans les baraques à vent et, comme tout ce qui fermente, ces morceaux deviendront des lambeaux de temps noirâtres, rémanences d'un beau jour de juin dont on se souviendra en coupant de petites tranches.

*

Grigori a dormi, crasseux, étalé sur son lit, sans même ôter sa veste ni ses chaussures. Quand il se réveille, le même jour gris persiste à la fenêtre. Il entend des voix, de l'agitation, dans le port et même au rez-de-chaussée, dans la maison d'ordinaire si calme de Jon et Halle, comme si la rumeur d'excitation de la veille n'était pas complètement retombée. Qu'est-ce qui pourrait arriver de plus maintenant qu'il a pris le *grind* dans l'œil et le corps ? Mais un *grind*, c'est peut-être une saison entière de fêtes, ou alors c'est le solstice que l'on s'apprête à célébrer dans la foulée de la chasse, un vrai tour de fée, l'été aligné sur l'arrivée providentielle des baleines et de leurs richesses.

Il est rentré à petits pas chez Jon et Halle. Des gars l'avaient probablement hissé à terre, comment expliquer sinon qu'il se soit retrouvé debout, chancelant sur la plage, entouré de femmes venues récupérer les paquets de viande, d'enfants curieux de regarder les marchandises et d'entendre les histoires, d'hommes leur répondant d'une voix cassée par la fatigue. On lui a fourré un macareux dans les mains, dernier cadeau d'un spectacle qui l'a convié sans contrepartie, claqué une tape dans le dos, et il a longé les maisons herbues avec cette impression, la première peut-être depuis qu'il a débarqué, que le temps a passé, qu'il a pris congé de la continuité des heures pour prendre part aux événements sans s'interroger sur les durées et les échéances.

Dans la salle de classe, Jon et Halle travaillaient au coude à coude à leur interminable bureau, l'un reflet du sérieux de l'autre. Grigori a posé son butin de viande humide entre les piles de cahiers avec un sourire exténué, estimant que les instituteurs sauraient forcément mieux que lui quoi faire des fruits de son escapade, il a bu une grande lampée d'eau à la cuisine puis il est monté dans sa chambre. La chaise était repoussée contre le mur, comme il l'avait laissée la veille.

Les Russes flottants disaient vrai : au réveil, ses bras sont raides de courbatures, mais il est enfin sobre. Il sort de la maison, hisse un seau d'eau hors du puits et, torse nu dans la courette, se débarbouille, léchant sur ses lèvres les gouttes d'eau froides et terreuses, brossant au passage, du tranchant de la main, ses vêtements de toujours. Débarrassés de la boue, du sable et du sel, ils reprennent leur teinte vaguement marine, décolorée par l'usure. Autour de la poche du pantalon, la tache de sang persiste en une auréole un peu plus foncée.

Il s'ébroue ; heureusement, la maison est chauffée par la cuisine qui carbure à toutes marmites. On a allumé les lampes malgré la clarté du crépuscule, elles encadrent la petite porte de la maison de Jon et Halle et semblent dire, alors que Lene danse d'une pièce à l'autre : venez, soyez les bienvenus, nous avons quelque chose à fêter. Le morceau de baleine apporté par Grigori mijote dans un bouillon d'herbes avec d'autres pièces de gibier, des heures que ça cuit pour attendrir les vieux muscles qui ont vécu avec intensité. Des bateaux inconnus s'amarrent presque à la porte de l'école, frôlant les barques vides des chasseurs partis dormir, et des personnes tout aussi inconnues en descendent, tabliers et châles brodés de fleurs, barbes bien taillées, vestes d'un noir uni, rien de ce que l'on porterait pour tuer la baleine.

La fête d'hier est arrivée avec la spontanéité d'une vague, celle de ce soir sent ses préparatifs. On n'y entend ni conversations hurlées ni murmures cadencés à l'approche de la harde, mais même dans cette assemblée si différente, Grigori perçoit un chœur, l'unisson de quelque chose qui n'a pas trait au *grind* mais n'en est pourtant pas coupé.

Alors qu'une assemblée bavarde et joyeuse se presse dans la maison, on lui pose une assiette dans les mains, contraste vif entre la noirceur de la chair de cétacé, ferme et compacte, et la poudre épaisse des pommes de terre, ouvertes en deux sur un cœur saupoudré d'aneth. Appuyé contre un mur de la cuisine, Grigori mange à grandes bouchées, vorace comme s'il était seul, mâchant à peine les morceaux de viande, s'étouffant avec les pommes de terre. Une fois l'assiette vidée, le jus des canneberges sur sa langue efface tout, il n'a pas même le souvenir de ce qu'il a goûté, est-ce le morceau rapporté tout à l'heure, la baleine de la veille ou d'un autre jour, était-ce même de la baleine, n'a-t-il pas plutôt englouti une portion bien grasse de gigot d'agneau ?

Autour de lui, personne ne s'attarde à commenter le festin. Ceux qui mangent n'ont pas chassé, ou du moins pas hier, c'est ce que disent les yeux pétillants, l'ampleur confiante des gestes, les voix claires et hautes de ceux qui ont bien dormi. La viande dans leur assiette n'a pour eux aucune histoire, si ce n'est celle, abstraite, de tout *grind* – les cris des chasseurs, les corps noirs massifs, la mer tachée de sang –, mais elle n'a laissé aucune trace en eux, n'a marqué aucun muscle, n'a imprimé dans aucun œil l'image de la plage rouge. Ils attendent quelque chose que la nourriture ne vient pas rassasier. Celle-ci n'est qu'un prétexte à se rassembler, à parler plus qu'à manger.

Grigori sinue entre les invités. Portes et fenêtres sont ouvertes sur les pièces illuminées par les lampes. On vient chercher les plats dans la cuisine, des sièges dans la salle de classe. Seules les chambres là-haut restent closes et tranquilles, à l'exception de la porte de Loukine qui s'ouvre une fois pour laisser passer Jon chargé d'une assiette, dans une tentative de communiquer au malade un peu de la vie chaleureuse qui circule en bas.

Le petit salon où s'empilent les livres est l'épicentre de la fête. Dans le fauteuil fétiche de Grigori se serrent au moins deux personnes, et une troisième est juchée sur l'accoudoir. D'autres se tiennent même dehors, dans la clarté de la nuit, accoudées au rebord de fenêtre pour discuter avec ceux qui, à l'intérieur, ont les livres à portée de main. On est venus de loin pour cette bibliothèque, une rareté précieuse quand d'autres habitants du village partagent l'unique pièce de leur maison avec les poules et l'odeur étouffante du feu de tourbe.

Grigori pense à la générosité de Jon et Halle, qui tendent leurs livres avec ce sourire indéfinissable – il en a encore trois là-haut dont il n'a même pas lu la première page. Parce qu'il enchevêtre dans sa mémoire beaucoup de langues, qu'il est le point vivant où se côtoient ces territoires éloignés, comment pourrait-il ne pas aimer les mots ? Mais ce qu'ils ne comprennent pas, c'est que l'Archipel réclame sa présence entière. Ce n'est pas le moment de lire : il faut juste attendre que les choses arrivent, comme un cri par la fenêtre qui vous harponne un matin, ou une pléthore de visages inconnus débarqués à la nuit dans leurs costumes du dimanche.

Il regarde les invités vider les étagères, feuilleter un livre au hasard ou, au contraire, les désenchevêtrer pour trouver celui qu'il faut, tourner les pages jusqu'au passage convoité, pousser du coude le voisin, s'exclamer et hausser la voix pour se faire entendre. Ni Jon ni Halle ne s'émeuvent d'avoir des hôtes si dissipés. Ils se joignent au chœur quand un comédien prend la parole et que les voix finissent par se rejoindre pour déclamer les vers que tous connaissent par cœur, comme la veille les pêcheurs avec les chants de chasse.

Mais alors que Grigori les imagine déjà vider toute la bibliothèque pour la lire à voix haute, se passant la parole au gré des affinités de chacun avec tel ou tel poème, les invités se taisent. Jon et Halle, sous les yeux attentifs de l'assemblée, distribuent à chacun, Grigori compris, une grande feuille de papier imprimée en caractères serrés, dont l'encre macule sous les doigts. Le plat de résistance, enfin. Le petit salon s'emplit du froufrou des feuilles qu'on déplie, comme si les invités, devenus papillons, avaient ouvert leurs ailes en sentant la nuit tomber. Tous commencent la lecture avec une fébrilité contenue. Quelque part dans la maison, une porte bat : celle qui, au fond de la salle de classe, mène à la presse à trois pieds.

Grigori se penche sur les premiers mots et le secret des instituteurs s'évente comme une pierre lui tombant sur le pied. Les missives à la Mort, les nécrologies prophétiques, les poèmes d'ermites, les contes pour enfants, les bans de mariage, tout ce qu'il a imaginé, ce n'était rien de cela. Ou plutôt, c'est tout cela à la fois : sans doute la répartition d'un *grind* récent, avec ces chiffres reliés à des noms par des pointillés, l'annonce des derniers-nés et des morts dans cet encadré-là, à gauche, mais aussi les vers des poètes que Jon et Halle ont invités ce soir, centrés en élégants paragraphes sur toute la colonne droite du journal. « Sans doute » car Grigori ne comprend pas tout, comme dans le salon où fusent les bons mots, comme dans la barque de pêche où l'on se harcèle pour repérer le banc de baleines, comme toutes ces fois où la langue de l'Archipel s'est offerte, spontanée, libre, ou bien clandestine dans les lieux sur lesquels le lointain royaume a prise.

Elle semble si banale, si fragile, cette feuille de papier, et pourtant elle est extraordinaire. Autour de lui, les invités lisent et relisent, incrédules de trouver sur papier les mots prononcés dans le secret des maisons et des barques, et s'émerveillent des poèmes comme si les caractères de plomb assemblés par Jon et Halle leur avaient donné un sens nouveau. Quelqu'un rit faute de savoir quoi faire, d'autres se rassemblent, front sérieux et voix grave, pour commenter le choix de l'orthographe. Mû par l'enthousiasme qui l'entoure, Grigori caresse le papier comme si la langue de l'Archipel pouvait faire relief sous ses doigts. Il le sait, il l'a entendu dire, la langue d'ici n'a été, depuis des siècles, que ce feu éphémère passant de bouche en bouche que les livres n'ont jamais pu enclore. Mais aujourd'hui, elle est là, imprimée, loin des phrases heurtées des chasseurs et des ânonnements des élèves, un peu moins vivante peut-être, mais puissamment tangible. Peu importent au fond les poèmes, les morts et les naissances qu'elle décrit ; elle n'annonce que sa propre nouvelle, elle ne dit rien d'autre que son existence incontestable et fière.

Grigori pense à l'officier danois, dans sa belle maison quelque part sur l'île, et aux bruits qui l'entourent en ce moment, les voix des invités de bon goût qu'il a conviés pour la soirée, le cliquetis des couverts dans les assiettes, les cris lointains de son dernier-né dans une chambre à l'étage, les crépitements raffinés du feu dans la cheminée, où se carbonisent de précieuses bûches norvégiennes. De la rumeur de joie et de dissidence qui habite la maison de Jon et Halle, il ne perçoit rien. Il ne sait pas que les instituteurs cultivent la voix de l'Archipel et, pour cela, prennent le risque d'imprimer ce journal et de réunir cette assemblée d'enthousiastes dont il faut espérer loyauté et sens du secret. Mais l'heure n'est pas à l'inquiétude. Personne ne guette à la fenêtre le bringuebalement de la carriole danoise. Personne ne chuchote ni ne diminue l'éclat des lampes qui, par les fenêtres, éclairent la baie. La fête ne craint pas de s'ébruiter. Tous les voisins sont là de toute façon. Tous, comme armés par le papier, dans une certitude nouvelle.

Grigori cherche des yeux Jon et Halle. Jon, assis dans le fauteuil, tient contre lui une Lene endormie. Halle est de dos, en conversation avec un homme au faciès concentré qui a complètement froissé le journal à force de le manipuler. Après quelques secondes, Grigori croise le regard de Jon. Celui-ci lui adresse un léger hochement de tête, peut-être même un début de sourire. Voilà, tu as compris maintenant, semble-t-il dire.

XI

La fête disperse ses traces les plus visibles. Les invités font retraite dans leurs bateaux, leurs maisons ou leurs îles. Les restes au fond des marmites sont donnés aux voisins. Le tas de vaisselle sale disparaît. Les morceaux de cire que les mèches n'ont pas consumés sont fondus en de nouvelles bougies. Les livres éparpillés se rassemblent en lignes sur les étagères. Dans le corps de Grigori, les muscles douloureux du *grind* retournent à leur existence imperceptible.

Un temps d'une qualité particulière s'installe, à la fois étale et dense. Grigori qui, en homme meurtri par l'attente, n'a cessé de prendre la mesure perd le compte. Il est vrai qu'une seule journée donne déjà le sentiment de vivre longtemps tant la lumière d'été éloigne l'aube du soir.

Les bateaux entrent et sortent de la baie. Jon et Halle vont et viennent dans la salle de classe.

Leurs habitudes, il les connaît, elles sont désormais les siennes. Seule la veille dans le petit salon reste une exception qui lui est propre. Parfois il ne fait rien, il regarde juste passer les têtes par le cadre de la fenêtre. Il est plus de minuit et le ciel commence à peine à s'obscurcir. Comment font les oiseaux pour vivre dans ce jour si long ? Est-ce qu'ils volent jusqu'à ce que la nuit consente à tomber et leur accorde le repos ? Est-ce qu'ils dorment l'hiver et vivent l'été ? C'est une question d'enfant dont il ne connaît pas la réponse. Halle, Jon et Lene ont rejoint leur chambre depuis longtemps, dans une solide indifférence à la lumière. Il lit un peu mais il se rend compte que les mots n'ont pas de prise sur lui. Il n'est pas encore prêt à accorder une trêve aux lieux qui le tiennent.

Parfois lui vient l'envie d'agir. À force d'observer Jon et Halle, il a dessiné dans sa tête une humble carte de la cuisine et il connaît maintenant l'emploi propre à chaque objet, l'emplacement des denrées dans le garde-manger, le temps nécessaire à leur préparation pour que sonne, sereine, l'heure du repas. Il s'empare des ustensiles, prend dans ses mains les grains d'orge et les filets de poisson séché qui maculent ses bras de sel jusqu'aux coudes. Il apprend la maîtrise du feu de tourbe, son temps de réveil et de chauffe, son odeur transformée par la flamme jusqu'à ce que la terre dégaze, épaisse, dans la cuisine pourtant miraculeusement claire, comme si Jon et Halle s'appliquaient à vivre dans un tableau flamand où la lumière tombe son élégant rayon aux heures les plus méditatives, quand la somnolence monte.

Il s'accroupit dans le potager, à cinq minutes de marche, là où les maisons s'éclaircissent, présages des prairies où pâturent les moutons. Dans le carré bordé d'un muret de pierres, il constate une fois de plus le faste tranquille de la vie de ses hôtes, qui s'orchestre entre livres et choses humbles, fruits d'un travail qui ne semble pas leur peser : les rhubarbes, racines rougeoyantes et feuillages épais, les patates sous leur épaisse couverture de terre retournée, les carottes aux fanes épanouies qu'on retrouve piquantes dans la soupe du soir. L'été apporte sa douceur, en confitures, en compotes, en tartes de baies et de racines sucrées. La petite Lene se gave, mais tous, par la nourriture, boivent la vitalité que prodigue la lumière.

Il n'est plus l'invité embarrassé, le réfugié qu'on a récupéré pantelant de peur et de fatigue après la traque dans l'espace étroit du *Gren*, il n'est plus l'hôte en convalescence. Il n'éprouve plus de honte à dormir dans un lit trop confortable, à savourer ces repas qui composent et recomposent avec imagination la poignée d'ingrédients dont dispose l'Archipel. Mais il ne s'installe pas, il n'est ni un parent, ni un frère, ni un cousin revenu au pays qui burinerait sa peau au vent pour qu'elle se confonde avec celle des autres. Son aisance nouvelle dans la petite maison précède quelque chose, il le sent.

Partout autour la vie est dense. Elle se précipite, c'est une vie d'entre les tempêtes et les brouillards, une vie d'interstices qui exulte dès qu'elle le peut. Une vie qui travaille, aussi. La pêche est abondante et occupe les hommes des journées entières. Ailleurs, on rassemble les moutons éparpillés dans les couloirs pierreux, pour tondre, on arrache les agneaux aux boucles de laine dans lesquelles ils se sont blottis. Les toisons, dans un cliquetis de cisailles, tombent au sol en légères carapaces. Avec fébrilité, on fauche l'herbe gorgée d'eau des jours de printemps pour en faire des ballots, prédictions d'un hiver auquel on pourrait ne pas croire lorsqu'on s'allonge dans les pentes en fin d'après-midi, sous le soleil.

La presse seule pourrait se consulter comme une horloge au mur, avec ses piles de papiers livrés comme coups de carillon. Après tout, n'est-ce pas un journal que Jon et Halle ont mis au monde ce soir-là, quelque chose que l'on attend, avec la garantie d'un rythme certain ? Mais il serait vain de faire rimer un jour de la semaine ou du mois avec la lecture étourdissante du papier des instituteurs. De temps en temps, Jon et Halle tirent des feuilles imprimées qu'ils distribuent à ceux qui se présentent à leur porte, ou ils les confient à des enfants coursiers qui s'engouffrent dans les foyers alentour. La conception de leur gazette d'Archipel est heurtée, saisonnière. La collecte et l'écriture se font à l'instinct, comme on prend la vague qui vient et nulle autre. Les écrits sont livrés à la porte de l'école par des invités de la fête qui ont troqué l'exubérance pour une prudente discrétion, ou apportés par le facteur qui ignore que les lettres entre ses mains sont lestées d'un feu si vif. Ils patientent longtemps, posés sur le bureau dans la salle de classe ou contre les livres de la bibliothèque. Puis un jour, souvent lors des averses où l'on fait repli dans les maisons et où l'on regarde autour de soi avec la surprise d'être de retour à l'intérieur, les textes se mettent à se parler entre eux, exigeant d'être lus et amendés, s'impatientant d'être coulés dans la presse et de voisiner en colonnes jumelles où l'œil pourra aller d'une vision, d'une idée à une autre.

L'été n'est pas une saison faste pour l'écriture, il y a tant à faire dehors. Mais parfois, un invité s'attarde, et toute la soirée, un feuillet raturé passe de main en main en même temps que la plume. Ou bien Grigori surprend Jon ou Halle à leur grand bureau, dans l'espace nécessaire à l'écriture que dessine le halo de la lampe, les cahiers d'écoliers hors de portée. Quelques jours après, il entend les grincements métalliques de la presse qu'on rabat et qu'on lève, le froissement du papier qu'on déplace avec précaution. Il arrive même qu'il les aide à transporter les piles de journaux jusqu'au grand bureau où tous, Lene comprise, s'appliquent au pliage.

Les mots d'été naissent à la pensée quand les bras s'activent, et doivent attendre la nuit pour se muer en lettres noires. Les gazettes d'automne et d'hiver, celles du temps intérieur et des tempêtes qui le cerclent, seront-elles plus longues, avec des parutions plus rapprochées ? Mais peut-être les heures claires sont-elles si denses que leur feu perdure jusqu'au cœur de la mauvaise saison. À la faveur des jours plombés et des longues nuits, on racle en soi les derniers mots, et il faut espérer que ces provisions, qui s'amenuisent avec le mauvais temps, suffisent pour tenir jusqu'au printemps. Un même espoir nourrit ceux qui rassemblent les ballots d'herbe sèche pour le bétail bientôt encabané.

Et puis il y a Loukine. Grigori et lui s'installent dans un temps suspendu qui scelle entre eux une forme d'entente. Grigori vient dans la chambre du malade. Il s'assied sur une chaise, il regarde par la fenêtre. Comme la sienne, elle est encadrée de brins d'herbe, mais ouvre sur la baie et non sur la courette silencieuse. Loukine ne parle pas. Grigori n'attend rien. Que Loukine bouge ou marmonne, l'événement fait à peine vibrer la trame de basse intensité dans laquelle ils sont pris. C'est de l'ordre d'une averse qui passe. Du salon bibliothèque à sa propre chambre, des rochers tièdes de l'usine aux buttes d'herbe maintenant fauchée de la plaine, Grigori se déplace, s'assied et regarde, jusqu'à ce que le point de vue le lasse, que son dos ou ses jambes lui fassent mal, jusqu'à ce que la pluie ou le vent, s'intensifiant, envahissent son état suspendu. La chambre de Loukine, lumineuse et propre, n'est qu'un point de vue supplémentaire sur les choses.

Les livres et les papiers sont en ordre sur la table, le manteau bien plié sur le dossier de la chaise, les draps d'un blanc à éblouir, raides, comme s'ils vivaient un perpétuel jour de premier usage. Le mourant ne se laisse pas aller. L'usure ne se lit nulle part ailleurs que sur son corps, comme si les lieux et les objets compensaient son déclin en ne faisant, eux, jamais défaut. Jon et Halle y veillent, en assistants dévoués des apparences. Seul l'air de la chambre, quand on le respire longtemps et que la fenêtre est fermée (ce qui est rare, car on juge ici que le grand air est si profitable qu'il guérirait les morts de leur état, à moins que l'on ménage prudemment un passage pour l'âme qui cherche à quitter le corps du malade), transpire un peu l'odeur de son occupant, celle du papier jauni par l'humidité. La tête de Loukine dépasse des couvertures de laine. Le reste, enfoui, forme un monticule de chair inerte, une vaste voussure de chair sans contours discernables, ni bras ni jambes. La maladie l'effondre. Elle se refuse à lui confisquer son embonpoint et préfère écrouler ses traits, présageant ce retour à l'état liquide que Grigori avait déjà perçu en aidant le voyageur à se déplacer.

La table aussi offre son paysage. Mais il est complexe, bien plus que les quelques lignes claires et molles de l'homme qui dort sous la couverture. Piles de livres aux couleurs diverses, enfuis de la bibliothèque de Jon et Halle, et qui ont laissé des dents creuses sur les étagères, résorbées ou déplacées au fur et à mesure qu'ils vont et viennent. Ces mouvements, autre manière de mesurer le temps peut-être, se sont ralentis en même temps que Loukine s'est enfoncé dans son lit.

Grigori ne cherche pas à déchiffrer les titres des livres. Sa rêverie à lui ne tient qu'à ce qu'il a sous les pieds. *Petits et grands explorateurs nordiques de notre siècle* est le seul qu'il identifie, avec ses lettres dorées sur la couverture.

Une autre fois, le livre est ouvert dans les mains de Grigori. Les yeux de Loukine aussi, à la peine dans son visage tout jaune, qui apparaît plus tourné encore sur le blanc éclatant de l'oreiller. Grigori lit à haute voix. Loukine écoute. Les séances de lecture ne durent pas. Tôt ou tard, Loukine ferme les yeux, unique variation dans un paysage sinon pétrifié. Grigori repose le livre. Il ne marque jamais la page. Lorsque Loukine est éveillé, lorsque Grigori se trouve dans la chambre, lorsque leurs aiguilles se croisent sur le cadran du temps et des lieux, il s'empare du livre comme d'une bible qui aurait toujours quelque chose à dire et, ouvrant au hasard, il lit.

Parfois, une île est colonisée avant d'être découverte et des hommes morts de froid et de faim avant d'avoir quitté le port. Les cartes précèdent les territoires ou sont obsolètes avant même d'avoir été conçues. Les tracés des côtes clignotent, déroulent des pointillés aussitôt repentis. Les îles surgissent des eaux puis fondent. Sans parler des naufragés, des morts et des poètes, dont les destins en queue de poisson cohabitent avec ceux, glorieux, des conquérants, qui ont certes sucé jusqu'aux derniers os de leurs chiens pour survivre mais sont rentrés à bon port, gelés jusqu'à la barbe. Dans leur ombre, les autres, les oubliés, les malchanceux, les perdants, ont promené des miroirs déformants dans des lieux mal connus, ont semé des chimères alors que la connaissance première de ces îlots et de ces baies n'était pas même acquise. Ceux qui ont réussi à revenir ont livré leurs illusions comme autant de connaissances tangibles, ignorant qu'ils faisaient là acte d'artistes, à tendre au monde des reflets qu'eux seuls parviennent à voir. D'autres ont disparu. On se souvient de leur navire quittant les ports du septentrion, points bientôt évanouis sur la toile du monde. Succédant à ces destins dont les plus courts ne font que quelques lignes, se trouvent des pages blanches, comme pour laisser l'espoir que l'histoire puisse se poursuivre et que les disparus, rescapés du naufrage ou d'un hivernage de trois ans, se décongèlent du fond du papier immaculé.

C'est de cette façon que Grigori lit *Petits et grands explorateurs nordiques de notre siècle*. Mais il n'entend que le son de sa propre voix. Il est comme une troisième personne, assise en face de lui-même sur la chaise laissée vide, se faisant faire la lecture dans une langue étrangère.

Le cadran des espaces arpentés se modifie. À ses haltes familières dans la plaine et à l'usine, Grigori ajoute le sentier qui, remontant la baie le long des bateaux amarrés, mène au plus près de la haute mer, là où, avec les chasseurs, il a pris le vent pour aller rabattre les baleines. Le sol est doux sous ses pas, un matelas d'herbe aplati par les foulées de ceux qui passent. Du duvet d'oiseau, échappé des nids cachés dans les buttes, volète devant ses chaussures et s'en va coiffer les cailloux roulés par les tempêtes. Les plumes les plus légères volent jusqu'à la mer et se déposent en flocons pelucheux sur les vagues.

Là où les dernières maisons s'enfoncent près des collines, après l'église, Grigori s'arrête. Il est presque au bout du chemin, loin des filets en désordre et des ancres, là où l'espace redevient sauvage, à peine protégé des vents du large. C'est là que se trouve le *Gren*. Grigori détaille la silhouette de son navire, si nette dans ce décor minimal constitué du trait bleu-gris de l'horizon et de la masse terreuse de l'Archipel. Avec les voiles affalées, la mâture a l'air d'un fin squelette traversé de vent. Grigori refait des yeux l'ascension du grand mât, depuis le point d'amure jusqu'à la hune. Il se souvient des filets élastiques où il grimpait, des haubans toujours humides, et surtout de la qualité de l'air qui changeait au fur et à mesure qu'il montait, devenant plus aquatique et plus piquante. Ensuite, c'était la glissée le long des vergues qu'il étreignait de son corps agile, il se faisait souple de partout pour encaisser les rafales de vent et osciller dans l'intuition du mouvement entremêlé du *Gren* et de la mer, avec, dans les yeux, l'horizon qui versait à bâbord puis tribord.

Les voiles du *Gren* sont, comme lui, prises dans ce sillon de temps immobile, marquées des mêmes plis depuis que l'équipage les a ramenées pour la dernière fois. Dans leurs creux étroits, elles retiennent l'air du premier jour d'Archipel. Si on les hissait à nouveau, elles lâcheraient une brève bouffée de passé, puis, telles des feuilles poussées à contretemps sur le bois mort des mâts, libérées au vent d'un coup trop sec, elles se craquèleraient, se fendilleraient, et viendraient voleter sur le pont en petits morceaux.

Des visages reviennent, familiers. L'été desserre les foulards, ôte les bonnets. Celles qui font les commissions au matin, ceux qui s'affairent dans les champs en bras de chemise ou qui cassent leurs silhouettes, jambes écartées, dans les jardins au-dessus des légumes. Des gens épars, aperçus l'un en mer, l'autre au champ, font tout à coup famille, le jour où ils se rassemblent autour des bêtes à tondre marquées du même sceau. Les camarades de Lene se dotent de prénoms, hurlés lors des jeux sur la plage quand la classe est finie. Des époux naissent sur le pas d'une maison partagée, des enfants neufs dans leurs bras nus. Les chats trouvent les fenêtres entrebâillées, les portes à peine poussées. Les intérieurs se traversent. On coud jusque très tard. Les profils des méditantes se dessinent en lignes complètes et claires. Les pêcheurs aussi ont leurs heures. Les bras pris par les rames, ils saluent Grigori d'un signe de tête.

Il a cessé de chercher Alda. Il sait que personne ici ne manque jamais longtemps, à moins d'être mort. Les saisons de pêche rythment les départs et les retours, les gens battent comme la mer son ressac contre les rochers. Il suffit d'attendre que la vague d'après les ramène, que les courants aient coulé leurs spirales autour des îles pour que revienne ce qu'ils ont enlevé.

Son ressac à lui est infime, resserré dans les quelques centaines de pas qui vont du bout de la baie à la maison de Jon et Halle, de l'usine à poissons à la prairie caillouteuse qui s'enfonce dans l'île, lignes arpentées chaque jour, à la mesure du soleil éclatant ou étouffé dans les nuages, qui lui dicte quand sortir et rentrer. Et peut-être est-il soulagé de l'absence d'Alda, elle qui, rongée par son désir de départ, lui renvoie aussi le sien, cette nécessité de partir qui, de si impérieuse, est devenue indistincte.

À plusieurs reprises, Grigori aperçoit les Russes flottants. Peut-être sont-ils là depuis le premier jour, peut-être Grigori les reconnaît-il seulement maintenant, après les fanfaronnades qui leur ont donné corps le lendemain du *grind*.

Olga coud, assise sur un petit banc dont les pieds disparaissent dans les fleurs, à côté d'une femme penchée comme elle sur son ouvrage. Les yeux rivés sur l'aiguille, elles poursuivent une conversation qui n'a pas besoin de regards. Quand l'une se tait, c'est l'autre qui reprend le fil.

Son frère Sacha, le blond, tient les rênes d'une charrette qui cahote sur la petite route dans la plaine. Des toisons de moutons poussiéreuses et grises, qui partent au nettoyage avant d'être filées, s'entassent à l'arrière. D'un geste large et confiant, Sacha claque les rênes sur le dos du cheval dont les sabots dérapent sur les cailloux, de l'autre main, il protège son visage du soleil. À l'arrière, trois gamins sont allongés sur la pile de laine pour éviter qu'une toison n'en tombe ou s'envole. Ils se marmonnent des choses en pointant du doigt les nuages.

Barbe Noire est le colosse qu'on croise au retour de la pêche. Sur la plage, sa silhouette coiffe les autres de plus d'une tête, on l'approche à distance respectueuse tant il est intense de corps et de paroles. Les bras chargés de filets, il s'avance sur la grève, les pieds en canard. Sa tête dépasse à peine du monticule, il ne voit pas plus loin que les algues entremêlées aux fils juste sous son nez. Grigori s'écarte au dernier moment.

Les jours de temps calme, Vassili pêche dans une barque à la peinture écaillée, à quelques mètres du bord. Il remonte ses lignes avec des gestes réguliers. Les poissons pêchés sont à peine plus gros que les hameçons auxquels ils pendent. Une autre fois, Grigori rencontre le vieux à terre, au sortir de l'épicerie, tenant contre lui une miche de pain noir. Vassili s'arrête en voyant Grigori puis bégaye, avec un sourire :

– Oh, mais on se connaît, n'est-ce pas ?

Et de partager aussitôt avec Grigori son déjeuner de poisson séché, de pain et de bière, qu'ils avalent en cavalant sur un sentier, car Vassili a à faire dans une ferme plus loin dans la vallée.

C'est le début d'une camaraderie intermittente. Grigori mêle ses errances aux allées et venues méthodiques du vieux, ils se cèdent mutuellement leurs habitudes et leur connaissance des environs. Grigori découvre les pistes que Vassili trace dans le village et ses alentours, les buttes où il glane le duvet d'eider dont il bourre ses poches pour les revendre aux couturières, les nids d'oiseaux celés dans les anfractuosités de falaise accessibles à marée basse où il prélève des œufs, les potagers reculés où il cueille, avec l'empressement d'un voleur, les baies qui versent leurs grappes par-dessus les murets.

Avec lui, les portes et les fenêtres s'ouvrent plus grand, les visages que Grigori apercevait, pressés, sur les sentiers, à l'épicerie ou à l'église, se précisent de couleurs d'yeux, de formes de mentons et de bouches. Chacun s'habille d'un caractère, d'une entente. Celle-ci m'en doit une, celui-là n'est pas pratique, cette autre a toujours une bonne affaire à proposer. Vassili s'emploie comme journalier dans les fermettes, il est aussi coursier et saute dans sa vieille barque pour apporter à telle ou tel l'objet ou la lettre, quand le facteur se fait trop attendre. Les jours de désœuvrement, il pêche à un rythme étrangement ralenti, et Grigori cale sa silhouette en face de la sienne, deux dos penchés sur les lignes qui disparaissent dans la transparence métallique de l'eau.

En échange, Grigori offre ses promenades improductives, les collines les plus confortables de la prairie, les angles où la falaise prend le mieux la lumière du soir, les chemins où la mer tire sa ligne grise entre les maisons du village. Quand il pleut, ils trouvent refuge sur un banc, sous l'avancée d'un toit, et Grigori regarde les couleurs des murs et des herbes foncer sous l'effet de l'eau. Vassili est peu sensible à ces pratiques buissonnières. En courant contraire, il se heurte à la lenteur de Grigori et chaque instant chômé que son compagnon lui propose, il le remplit de gesticulations et de paroles. Il a toujours quelque chose à dire. Les fois où il se tait, c'est une trêve qu'il accorde avec clémence au monde, parce qu'il l'a décidé. À la faveur du silence, les choses reprennent consistance, se densifient, mais, à tout instant, les mots peuvent débouler de la bouche du vieux et voiler les alentours. Seules les averses les plus violentes lui font concurrence, et encore, loin de s'interrompre, il se fait un plaisir de hausser la voix pour être sûr d'être entendu.

Grigori s'accoutume à ces bavardages, à ce dialogue troué où manquent les rabrouements des trois autres Russes flottants. Sans ses compagnons pour le couper, se moquer de lui, le renvoyer à son arrivée récente sur l'Archipel et à son âge avancé (ce qui ne l'empêche pas de devancer Grigori chaque fois qu'ils marchent ensemble), Vassili déroule des histoires qui habillent l'Archipel d'autres temps et d'autres lieux. Jamais il ne commente le bateau qui passe, le brouillard qui descend des montagnes, ni même le poisson qu'il décroche de sa ligne. Tout ce qui, pour lui, mérite d'être décrit ou raconté est invisible.

Grigori le laisse discourir, s'absente parfois pour suivre des yeux ou de la pensée une silhouette qui disparaît dans une maison, un bateau qui tangue dans le vent, et revient pour constater que le vieux a déplacé ses personnages de milliers de kilomètres ou qu'ils ont vieilli ou rajeuni de plusieurs années. Vassili parle comme s'il inventait au fur et à mesure des histoires de trois mots ou de trois heures, riches de couleurs et de rebondissements souvent incohérents, ou des histoires toutes sèches, peuplées de quelques silhouettes et des rares gestes qui les animent. Cela s'emmêle et tourne tant que Grigori croit voir en Vassili son propre reflet lisant au hasard à Loukine, à la différence que le vieux lui sert des histoires sans livre, où l'ordre des pages change au gré des souvenirs qui le traversent.

Vassili raconte donc et, avec les jours qui passent, les événements épars qu'il délivre de sa vie finissent par s'assembler en une chronologie : tout d'abord, la naissance aux îles Solovki au plus fort de l'hiver, la paillasse entre les rangées de la bibliothèque du grand monastère, les livres aux couvertures de cuir qu'il ouvre en deux et dont il se couvre pour se tenir chaud, les jambes des paysans qui lui font comme des barreaux entre lesquels il distingue la mer Blanche, au loin. Puis, très vite, il fugue, il passe la mer sur les glaces d'hiver, il arrive au dégel sur un glaçon qui coule ses dernières gouttes sur une plage du continent, il est bleu et affamé comme un ourson, alors il s'arme, il chasse, se mêle à ceux qu'il croise et qui ont quelque chose à lui apprendre. Il a des lances comme il a des souvenirs, de chasse en chasse, il glisse d'un pays et d'une île à l'autre, sa première femme est une Norvégienne du Svalbard, blonde, elle a des yeux fendus que jamais le soleil n'aveugle, tous deux chassent le morse, monnayent leur service aux équipages de passage qui se transmettent les noms de ces deux aventuriers qui, étreints, silencieux, s'enduisent de graisse animale et glissent sur la banquise jusqu'aux bêtes lourdes comme des mottes de beurre couleur brique éteinte. Passé la mer de Barents, l'impression est tropicale : mousses vert vif reflétées dans les eaux limpides des lagons, bouleaux aux branches dentelées saisies par le vent, pelotes de fleurs dont les couleurs s'étalent en larges plaques. Il y a moins joli aussi : les chasses en cohorte aux îles Lofoten, flanc de navire contre flanc de navire, à suivre les bancs de harengs, myriades fragiles qui meurent asphyxiées en triste tas de nacre agitée sur le pont, sans qu'on ait à leur porter le moindre coup. Il se lasse vite de ces traques abrutissantes, déserte et s'embarque avec un équipage de Norvégiens fous furieux qui n'hésite pas à plonger à la mer pour donner le dernier coup de harpon aux petites baleines qui nagent dans le sillon ouvert par la proue. Mortes, elles roulent sur le dos et, eux, pantelants après l'effort, les agrippent comme des bouées, étreignant leurs corps gras et doux, poisseux de sang, en attendant l'arrivée du canot chargé des camarades. Quelques brasses en mer de Norvège et il faut pelleter le brouillard pour atteindre Grimsey, fine lamelle de terre arrimée aux flots, île minuscule où l'on prend sa tannée de vent presque toute l'année, à se demander comment ce fichu caillou n'a pas encore été emporté au diable vauvert. Vassili est ravi, plus la terre est étroite autour de lui, mieux il se sent, homme poisson, il aime pouvoir toucher la mer en écartant les deux bras, n'avoir qu'un seul pas à faire pour embarquer et hisser les filets pleins de morues sur le pont, une manne qui attire jusqu'aux bateaux français, mais il a la tête fendue par les incessantes jacasseries des oiseaux qui, comme les humains, s'amassent sur l'îlot pour y trouver le repos et l'amour, alors il part. L'Archipel est son dernier rebond en date, avec l'âge, il a perdu l'équilibre et dégringole vers le sud, quel malheur de s'étioler sous ces climats tiédasses et humides, Dieu lui épargne de finir sa vie à l'équateur ! La seule chose qui le tient ici, c'est le *grind.* Lui qui a toujours partagé ses chasses avec des types aguerris donne maintenant du harpon avec des terrestres anonymes, paysan, instituteur, épicier, pasteur, rameutés par les feux de tourbe et les cris, et lancés à la mer dans un même élan. Parfois, il n'en peut plus d'attendre la prochaine déferlante, des semaines sans que l'horizon n'amène autre chose que des bancs de morues, et lui qui voit de moins en moins bien ne risque pas de repérer les dos noirs se couler entre les pans de brume. Alors il houspille les gamins qui fauchent l'herbe sur les plus hauts plateaux, ils ne pourraient pas lever un peu le nez ? Ils n'ont pas envie d'un bon repas ? d'un beau spectacle ? Bientôt, c'est eux qui embarqueront pour les chasses, il faudra être prêt !

Le soir, Grigori garde le livre fermé sur ses genoux. Loukine est figé dans le lit, les yeux clos, le souffle court, mais Grigori sait qu'il écoute. Il tire un fil de l'histoire de Vassili comme s'il avait ouvert une page au hasard. Il se souvient précisément de ce que le vieux a dit, impressionné comme une feuille de papier sous la presse de Jon et Halle, et il délivre avec exactitude les détails et les péripéties comme si son compagnon parlait à travers lui.

Donc c'est l'histoire de Vassili, gamin aux îles Solovki pendant un hiver à vous geler les larmes, qui décide d'apprendre à lire en arrachant leurs pages aux livres de la bibliothèque et en les brûlant une à une, après les avoir déchiffrées, dans un recoin où personne ne vient jamais, pour se chauffer à leur flamme. Malade des semaines entières, recroquevillé, il détaille les dos des bouquins alentour pour tromper la fièvre, et se traîne d'une rangée à une autre pour faire sa cueillette. Jusqu'au jour où un moine trouve le repaire du gamin qui, comme un rat, a grignoté tout ce qui l'entourait pour survivre, et le petit n'échappe au bannissement qu'en récitant par cœur une liste des livres dépiautés. Le moine est sidéré : un novice prodige, la belle histoire de l'orphelin recueilli ! Mais non, le petit Vassili n'est pas du genre à se laisser enfermer entre deux pages et, dès qu'il tient à nouveau debout, il se précipite au port chaussé des bottes fourrées offertes par le moine, il regarde les bateaux pris dans les glaces et, avant de s'élancer dans le blanc, il se dit que l'hiver a le bon goût de fabriquer des ponts entre les îles et le continent.

Il y en a tant d'autres, des histoires ! Des histoires d'Archipel, comme si Vassili y avait vécu toute sa vie, histoires vécues ou entendues, racontées par d'autres et dont il a fait provision, histoires restituées dans son sabir, langues d'ici et d'ailleurs entremêlées dont Grigori convoie les bribes jusqu'à la chambre de Loukine, fenêtre close pour que porte sa voix, avec les paupières du malade qui battent légèrement en guise de paroles.

Dans une île voisine, il existe une maison biscornue perchée au sommet d'une falaise. Les planches disjointes claquent à chaque coup de vent, elle est toute faite de bois et pour cause, ce n'est pas une maison, c'est un bateau qu'une vague énorme a enlevé des flots et précipité ici une nuit de tempête. Dedans vit une femme qui se nourrit d'herbes, d'œufs et d'oiseaux qu'elle attrape à la volée lorsqu'ils s'aventurent trop bas. On raconte qu'elle a perdu son mari la nuit de la tempête, qu'il s'est écrasé sur les récifs en bas de la falaise, on dit surtout que c'est une sorcière qui rêve que des ailes lui poussent. Elle attend, patiente, que les bourrasques arrachent les planches de sa maison et l'enlèvent avec la dernière d'entre elles, alors elle survolera l'Archipel et, dans un grand rire, roulera toutes les îles du bout de ses doigts comme de petits cailloux et les glissera dans sa poche.

Sais-tu aussi qu'un jour, on a vu un inconnu arriver des falaises, les pieds glissant dans les pierriers tapissés de neige, tremblant et vêtu de haillons comme un naufragé ? Il avait le visage coupé en deux par le brouillard, oui, autour de lui roulaient des nuées opaques et denses et, je te jure, elles lui mangeaient la moitié de la face. Les villageois ont cru voir arriver un géant ou un troll qui aurait arraché le visage d'un être humain et, constatant que le masque ne parvenait pas à couvrir son faciès difforme, aurait prié le brouillard de parfaire le maléfice. Seule la jeune Maria a eu le courage d'inviter l'inconnu à sa table et, quand il s'est assis à la chaleur du feu, le brouillard qui le masquait s'est dissipé, révélant le visage du plus bel homme qu'elle ait jamais vu. Il s'est mis à lui parler dans une langue incompréhensible, mais d'une voix si douce que le moindre de ses mots semblait une déclaration d'amour. On raconte qu'ils ont peuplé le village d'enfants qui parlaient la langue de leur père, mais ont-ils eu le temps car on raconte aussi que lors d'un *grind* glorieux, alors que les vagues et la pluie cinglaient les bateaux, l'homme a tué à lui seul dix baleines, promptement frappées et hissées sur la plage, tandis que les autres se débattaient à bord des barques et dans les flots, traînés derrière leur harpon. Loin de se vanter de son exploit, il a cédé toutes ses parts au village et à sa chère Maria, puis il est parti, seul, on a vu son bateau disparaître dans la brume qui ceint l'Archipel. On espère toujours son retour, son visage éclairé de moitié par le soleil.

XII

Une haute silhouette marche vers Grigori, augmentée d'un bonnet qui retombe en pli mou vers l'avant. À distance, floutés par les rayons éclatants du soleil du soir, les longues jambes de l'homme semblent s'entremêler et ses bras onduler, comme dépourvus d'os. À l'approche, il se fait plus grand encore, le visage long, les épaules pointant sous sa veste épaisse.

Le sentier est trop étroit pour se croiser. Avec une politesse empressée, l'homme fait un pas de côté dans les hautes herbes et toute une moitié de son corps se met à pencher. Il incline une tête amicale vers Grigori qui reconnaît aussitôt l'expression douce, la mâchoire qui part en croissant de lune sur le côté. C'est Finnur, le gabier des jours de grand vent, si costaud qu'un seul geste rachetait sa maladresse, Finnur qui, malgré sa taille et sa lourdeur, n'avait jamais peur de grimper dans les haubans pour prêter main-forte à Grigori. Dans sa main droite, il tient de grands filets de poisson séché, tout cartonneux de sel.

Il les a serrés si fort que le sentier derrière lui est parsemé de petits morceaux.

L'homme tend son bras immense et pose une main chaleureuse sur l'épaule de Grigori, comme s'ils venaient de se quitter, comme s'il fallait ponctuer une confidence. Puis il s'éloigne de son pas lent sans rien dire. Plusieurs fois, il trébuche et se rattrape d'un moulinet de bras. Finnur dénué de grâce, qui s'emmêle les pieds même en marchant tout droit, Finnur dont seul un bateau peut contenir le corps liquide, Finnur qui a dansé après le *grind*, ne sachant s'il fallait porter le pied à droite ou à gauche, passer le bras par-dessus ou par-dessous.

Le reste de la journée, Grigori fait les comptes. Il essaye de se souvenir de tous les noms et de tous les visages. Il se remémore les matelots à leur poste sur le *Gren*, tels qu'il les distinguait depuis la hune, minuscules et ratatinés. Il revoit les formes creusées dans les matelas des bannettes, les gamelles vides empilées après les repas, il entend les souffles réguliers dans le noir, les blagues, les chants entonnés sur le pont, avec sa propre voix qui se détachait du chœur au fur et à mesure qu'il grimpait dans les haubans. Ils ne peuvent pas être tous là, éparpillés par l'escale dans le village, disjoints mais rassemblés par le souvenir du *Gren*. Pas même les habitués des paris, dont les visages rougeoyaient à la lumière de la lampe autour de la caisse de combat.

À deux pas de la plage, un homme saute d'une barque à l'autre. Il est si rapide qu'il n'a pas le temps de perdre l'équilibre, profitant du tangage qu'il provoque pour s'élancer jusqu'à son prochain perchoir. On pourrait l'observer des heures durant tracer son chemin habile sur l'eau calme de la baie. D'ailleurs, des enfants le regardent depuis la grève, ils ont remarqué son allure, ils envient ses jambes longues et confiantes, son équilibre que rien ne perturbe.

Parvenu au bateau le plus éloigné de la rive, l'homme se rétablit sans même un effort. Debout, les mains sur les hanches, il accompagne souplement les mouvements de la petite embarcation qui danse sous son poids. Sa silhouette est détendue, ouverte. Il est tête nue, avec une flamme d'épais cheveux blonds qui se détache sur la mer grise. Grigori a vu tant de fois ce profil, tignasse libre, front bombé rougi par le soleil, nez tendu vers le ciel. Helland, le timonier du *Gren*, toise la baie et respire avec lenteur. Sa légende disait qu'il savait faire siens les plus grands voiliers comme les coquilles de noix, que ses jambes ont poussé dans une coque et en ont gardé une capacité d'enracinement infini, que ses bras se nouent à la barre du bâtiment qu'il élit. En mer, il penche en même temps que tout le navire, enveloppé autant qu'il enveloppe. C'est l'homme qui bouge le moins, le terrestre de pleine mer, l'homme-arbre de la barre, doté d'une voix si forte, Grigori se souvient, qu'on l'entendait gueuler ce qu'il avait à dire des haubans les plus élevés. Lors des paris à fond de cale, forcément, il n'était jamais là, alors le jeune Nils se faisait ses yeux et son porte-monnaie, mais

Helland était tout autour d'eux, dans les grincements et la gîte du *Gren*.

Helland s'assied dans la barque et s'empare d'une paire de rames. Il serpente avec adresse entre les embarcations amarrées. Un homme est assis sur la plage, un seau à demi enfoncé dans le sable, il attend que Helland tire la barque à terre pour la repeindre.

Grigori continue son chemin. Il dépasse l'usine à poissons jusqu'à une prairie, dernier espace plane avant les falaises qui bordent la baie de ce côté-ci. Des moutons ont creusé des niches d'un vert éteint dans l'herbe. Adossé à un rocher, il promène ses doigts sur ses joues. Sa peau est sèche, cuirée comme s'il l'avait éprouvée des années sous le vent. D'un doré uniforme, tannée, elle ne rougit plus, ne craquèle plus. Elle lui rappelle la peau des paysans qu'il observait lors de ses périodes terrestres ou qu'il toisait du pont du navire lors des accostages. Embruns, bruine, pluie, il était alors gorgé d'une humidité qu'il prenait pour un gage d'éternelle jeunesse et de fluidité du corps, comme si les courants et les ondes qui le striaient lui apportaient un peu de leur pouvoir. Il repense à la peau de Helland, embrasée par l'été, durcie à force de vivre hors de tout mur. Et à la sienne, qui prend la même allure parcheminée.

Délaissant son visage, il effleure la roche encore fraîche du matin. Râpeuse et irrégulière là où poussent les lichens, lisse là où les enfants du village et les enfants de leurs enfants prennent appui pour grimper. Ils ont fini par creuser une petite marche, toute polie de blanc. Grigori s'élance et se hisse. Il s'installe là où la roche est tiède de soleil, douce, creusée d'assises successives. C'est le meilleur poste de guet sur la baie.

Dans les maisons du village dorment les anciens matelots du *Gren*. Ils sont seuls, rêvent dans l'odeur des animaux d'étable, ou partagent un lit avec la compagne de quelques nuits ou de la nouvelle vie qui s'annonce. Ils exhalent le même souffle que lors des nuits à bord, plus profond peut-être, plus apaisé. Peut-être rêvent-ils dans une autre langue. Peut-être sont-ils déjà, les uns pour les autres, de parfaits inconnus. Ils se croisent sans s'interpeler, sans même ce signe de connivence que Finnur a eu pour Grigori, et encore était-ce un reste d'ancienne camaraderie ou une manifestation gratuite de sympathie, comme le tendre Finnur pouvait en avoir pour le premier venu, Grigori ne sait pas. L'opulence ancienne de Bergen ne les taraude plus, ils ont oublié les paris sanglants, l'argent gagné et dû, de toute façon dépensé depuis longtemps. On peut se souvenir de leurs noms, les égrainer comme on détaillerait l'arborescence d'un équipage où chacun tient son rôle, mais il n'y a plus rien pour les lier, pour faire d'eux ce tissu solidaire dans lequel le navire les tenait.

Grigori se prend à chercher leurs silhouettes, au village, sur les sentiers. Pour beaucoup, ils sont là comme s'ils l'avaient toujours été, comme s'il n'avait fallu à Grigori que lever le nez pour qu'il les découvre à leurs affaires, en tout cas plus occupés que lui, c'est certain. Il les trouve un peu différents, épanouis par l'espace qui les entoure. À terre, le monde est comme dilué, plus lâche d'odeurs et d'objets, on peut tendre les bras, rire fort, marcher des heures sans croiser personne ou, au contraire, faire quelques pas et éprouver le plaisir d'un visage inconnu. Certains semblent grandis ou épaissis par l'escale, d'autres se sont embarbés jusqu'à devenir méconnaissables. D'autres encore se sont dévêtus de leur carapace de crasse et dévoilent des traits qu'on ne leur connaissait pas. Mais nulle part Grigori ne voit le profil qui lui tordait le ventre, nez droit et cheveux blonds qui tombent en casquette sur le front. Peut-être n'est-il plus capable de tous les reconnaître après tant de temps, peut-être ont-ils, eux, pris le teint et le parfum des insulaires, poisson, vent et herbes, peut-être se sont-ils mêlés à ce point à la terre d'escale qu'ils ont perdu les contours qu'ils avaient en y débarquant.

La cloche de l'église sonne et, dans une maison minuscule où les campanules blanches poussent dans les charnières des fenêtres, le jeune Nils, plus jeune encore que Grigori, pose une main délicate dans le dos d'une tout aussi jeune fille. Ce sont les noces de Nils et d'Eivor, Nils dont c'était la première traversée mais qui se montrait insensible au roulis comme s'il était une branche poussée du *Gren*, Nils qui ne savait pas compter et regardait longuement dans sa paume avant d'allonger les pièces lors des paris perdus, clignant les yeux, persuadé qu'il se faisait rouler. Mais nul n'est besoin pour vivre sur l'Archipel de savoir décrire le monde dans ses moindres détails, il suffit de connaître quelques mots d'amour et d'entente. La preuve, Nils se lève dans l'église ensoleillée, noue sa main à celle d'Eivor, entonne le psaume avec les tantes, les oncles et les cousines, bondit de *grâce* en *lumière* et en *jour*, et l'affaire est dans le sac. La noce s'en va d'un pas guilleret sur le chemin, une table attend dans un jardin du village, mais ils marchent si vite, pressés par la joie, que Grigori s'en trouve semé et finit par tourner en rond dans les rues, cerné par les éclats de rire, le tintement de la vaisselle et des voix qui accompagnent le violon, sans savoir comment rejoindre la fête, comme si des elfes se jouaient de lui. Encore quelques histoires de Vassili et il entendra les cris d'un enfant monter de la maison cachée des époux.

Parfois, Vassili alpague l'un ou l'autre des anciens matelots du *Gren* à la sortie d'une maison ou d'un bateau. Il est friand de ces nouveaux venus qui n'ont jamais entendu ses histoires. Il n'est pas de langue qui puisse faire obstacle au vieux, aucun caractère qu'il ne puisse adoucir ou intéresser par un service, une conversation, un cadeau pêché ou cueilli. Peut-être n'est-il plus Vassili des Solovki lorsqu'il s'éloigne, la tête penchée vers Helland qui n'a pas besoin d'être grand car ses navires le sont pour lui, ou la nuque tordue pour toiser Finnur dont il peine à épouser la large carrure d'un bras amical. Peut-être Vassili regarde-t-il les mains et les yeux de celui qu'il côtoie pour ensuite raconter une histoire puisée à son reflet. Posté sur son rocher ou appuyé contre un mur à l'entrée d'une rue,

Grigori voit le visage du vieux rayonner de parler et de parler encore.

Qu'a-t-il à raconter pourtant ? Le temps d'avant s'est grisé d'oubli. Quand le *Gren* a quitté le quai de Norvège, tous ont, à la façon des morts que le Passeur embarque, laissé derrière eux leur vie tangible. Ils ne sont plus que des forces qui cherchent à s'employer au mieux aux activités utiles de la vie ou des regards occupés d'événements infimes. Pour les bavards, cette disparition est une aubaine. Ils n'ont plus qu'à s'emparer de ces brumes et à les peupler des souvenirs qui leur chantent.

La côte s'incurve brutalement vers le nord, comme une lèvre qui s'effondre. Le village et le port disparaissent, blottis au fond du havre, rappelant à eux les quelques barques qui reviennent de la pêche. On ne voit que la dentelure agressive du littoral qui s'interrompt à l'ouverture de la baie, là où se heurtent les vifs courants du large et où le *Gren* est ancré. En face, de l'autre côté du bras de mer, la montagne est immédiate, haute, ravinée de longues stries verticales. Personne ne vit là-bas, juste les oiseaux qui savent trouver abri dans les récifs et les falaises. Même les sentiers de moutons se perdent dans les éboulis à fleur d'eau.

Grigori s'en retourne à son sentier, celui que satinent les plumes d'eiders, douces mais trop salies par la boue et le sel pour intéresser Vassili. Porté par le chemin, il s'éloigne et ressent une allégresse soudaine à tourner le dos à ce paysage qu'il connaît par cœur, une énergie telle qu'il pourrait marcher plusieurs jours, dormir en surplomb de la mer dans un creux de prairie, croquer des tiges d'angéliques et de carottes sauvages pour se nourrir, parvenir peut-être à un village, y dormir au chaud dans une étable et prendre la vague du retour avec un pêcheur.

Le sentier s'interrompt en un champ de roches humides. Grigori saute d'un bloc à l'autre, il savoure le moment où il vole au-dessus de l'eau de mer noirâtre qui clapote entre les roches. Des embrouillaminis de filets de pêche, des éclats d'os, des plumes, de la boue mêlée de coquillages s'amoncèlent dans les trous. Devant lui, la côte se poursuit en relief doux, bordée par la montagne qui s'élève non loin, découvrant des petites plages grignotées par la marée. Grigori continue ses cabrioles, concentré, visant les roches plates et nues, trop exposées au soleil pour que les algues glissantes les colonisent. Un bruit d'éclaboussure l'arrête. À quelques mètres, un homme patauge dans un trou de marée dont il fouille le fond avec une canne. Les roches qui l'enserrent sont si grosses qu'il paraît tout petit, dissimulé dans l'ombre jusqu'à la taille. Grigori reprend son souffle, regardant l'homme se pencher et plonger le bras dans l'eau jusqu'au coude sans même rouler sa manche. Il en ressort quelques coquillages dont on devine la chair blanche et grasse par les valves entrouvertes. Il les balance dans un seau coincé entre deux rocs et qui frémit d'un léger cliquetis de pinces.

L'homme tourne la tête et grimace un sourire en apercevant Grigori. Il porte le bonnet traditionnel des insulaires, mal enfoncé sur une tête couverte d'épais cheveux.

– Tu en veux ?

Grigori s'approche, le sourire en miroir, mais, au moment de s'accroupir sur le rocher qui surplombe le pêcheur, il reconnaît les yeux étirés de Tobias, le capitaine du *Gren*. Ses cheveux ont poussé, ses vêtements ne le distinguent en rien des autres insulaires, mais le visage qui se ride jusqu'aux oreilles au moment du sourire ne trompe pas. Grigori s'arrête, interdit. Il guette le moment où Tobias, fidèle à son rôle, va éclater en phrases courtes et péremptoires qui redonneront forme à leur monde d'obligations évanouies. Elles feront du temps souple et défait de l'escale un bloc de lignes régulières, une entrée dans le livre de bord du *Gren* : *En attente cargaison retour pour durée indéterminée.* Mais non. Sans un mot, le regard joyeux, Tobias attend que la main de ce jeune homme croisé par hasard se tende jusqu'à lui.

Grigori choisit de ne rien dire et regarde Tobias déposer dans sa paume trois grosses praires. Celui-ci tient absolument à ce qu'il les mange tout de suite, que quelqu'un savoure sous ses yeux le fruit de sa pêche. Grigori rompt la charnière de la coquille et vient puiser à même la bouche le corps de l'animal : une gorgée d'eau de mer assaisonnée de minuscules cailloux. Le goût iodé lui reste partout autour des lèvres. Voyant Grigori la bouche empâtée par le mollusque, l'homme éclate de rire, en mange un à son tour et jette les coquilles à la mer d'un grand geste.

Grigori s'assied. Au soleil, les praires posées à côté de lui se scellent comme des pierres. L'homme poursuit ses fouilles. Il change deux fois de trou d'eau, s'extrayant et se replongeant dans l'étau de roches humides. Lorsqu'il tire sur ses bras pour remonter et faire quelques pas à la recherche d'une autre mare, Grigori retrouve la silhouette trapue de son capitaine qui arpentait le pont à pas tranquilles et se tassait sur sa chaise pour écrire les relevés du jour. Longuement, il observe Tobias faire ces gestes inhabituels de contorsion et maculer les rochers de longues traces algueuses. La pêche est bonne. L'homme garde pour lui crabes et crevettes quand Grigori se voit offrir tout ce qui n'a pas de pattes pour fuir, coques, praires et petites huîtres d'un gris argenté. Il n'aura pas assez de poches pour tout rapporter.

Quand la nuit semble enfin venir, Tobias salue Grigori d'un mot et repart, manches et jambes de pantalon alourdis d'eau. Il progresse d'un pas hésitant dans le pierrier, déséquilibré par son seau et sa canne en bois de Norvège.

*

La barque de pêche tourne lentement sur elle-même et le paysage s'enroule en un panorama infiniment repris d'eau, de crêtes et de toits. La ligne de haute mer dessine l'horizon d'une vallée cernée de montagnes caillouteuses ; Jon et Halle emménagent dans l'usine à poissons, porte ronde d'elfes dans le haut bâtiment au bois griffé ; le *Gren* s'amarre entre deux maisons du village et pointe ses mâts par les cheminées comme des arbres poussés sur d'épaisses pelouses. Grigori somnole, le nez sur sa ligne, observant le fil creuser dans l'eau une imperceptible entaille. Vassili dodeline, assoupi lui aussi, et marmonne des mots incompréhensibles.

Ça ne mord pas. Le seul butin est celui de l'instant. De légers courants caressent les flancs de la barque. La vrille s'accentue, les lignes de pêche s'inclinent. Une dérive insensible les pousse vers l'embouchure de la baie. Il faudrait prendre les rames et rejoindre les eaux abritées avant que les courants du large ne les atteignent. Mais Vassili, pour une fois, s'est tu, la tête versée sur le torse, les doigts détendus autour du fil. Grigori regarde sa propre ligne emportée par la vrille fendre l'eau d'un trait oblique. Lumières et ombres alternent à la surface de l'eau, voilant et révélant le chemin du fil dans une transparence d'un bleu presque noir.

Un léger heurt à la poupe. La barque, entravée, s'immobilise. Sous le faible choc, Vassili chancelle, tout à coup réveillé. Grigori lève le nez. Leur embarcation est venue se carrer contre une grande ombre qui sent l'algue et les coquillages. Le *Gren*, profondément amarré, immobile, joue les digues contre les courants du large. Sur le noir passé de la coque, Grigori détaille le relief agressif des coquillages en colonie, ornés de longs filaments algueux qui ondulent dans les clapots. Il passe la main sur cette surface froide et rugueuse, juste sous la ligne de flottaison. La carène est obscure, repeinte par les algues d'une couche épaisse et molle. Dans cet accostage de hasard, ils ont touché à l'étrave. Le pont est à quelques mètres au-dessus d'eux.

Sans réfléchir, avec des gestes aussi calmes et décidés que s'il accomplissait une manœuvre, Grigori donne sa ligne à Vassili et enlève ses vieux souliers. D'un bond léger, il saute et s'accroche à la coque. Les bordages piquetés de coquillages lui offrent des prises tranchantes qu'il doit lâcher aussitôt. Il se rattrape à l'écubier d'une main, de l'autre à la chaîne visqueuse de l'ancre, puis agrippe la sous-barbe. D'une contraction puissante, il se hisse jusqu'au beaupré qu'il enserre de tout son corps, le dos dans le vide. Vassili, les lignes de pêche abandonnées entre les doigts, se tord le cou pour assister au spectacle : Pas mal gamin, tu en as dans les bras ! J'aurais fait pareil mais mieux vaut que ce soit toi qui partes en tête, tu connais bien les lieux, tu vas nous rapporter de bonnes choses de ton épave, ce rafiot est une aubaine, pas de doute.

L'humidité du mât glace le ventre de Grigori, les voiles affalées gouttent sur lui une eau trouble, passée à la poussière et au sel. Il respire plusieurs fois à fond. Ses muscles vibrent, ramenés avec douleur au souvenir des manœuvres. Il se tire sans effort le long du cordage et se rétablit sur la poulaine. Odeurs brutales de latrine mal dissipées, pourriture, il monte en hâte les quelques marches jusqu'au gaillard d'avant où l'on se bousculait lors des traversées. Il inspire plus calmement, heureux de s'y trouver seul et pose une main sur son cher mât de misaine, qu'il perçoit comme d'autres la terre sous leurs pieds ou le rocher sous leurs doigts. Bois sec, robuste, de confiance. Il contourne l'escalier qui mène aux quartiers de l'équipage sans lui jeter un regard et descend sur le tillac. À pas décidés et prudents, il va droit au grand mât et s'y adosse. Suspendue quelques mètres plus haut, la hune le coiffe d'une ombre circulaire. C'est le premier palier vers les hauteurs, son fauteuil minimal, le repaire où il tenait l'équilibre, à l'aise, en tailleur, regardant aller et venir ceux qui ne pouvaient lever les yeux sans être éblouis par le soleil.

D'un léger élan, il patine jusqu'au bastingage, glissant sur les algues qui colonisent le pont. L'Archipel, distant de quelques brasses, se présente comme au jour de l'accostage. Herbe un peu éteinte par l'été, baie d'huile, lumière rase de fin de journée qui va s'étirer des heures au-dessus des falaises. On pourrait presque croire qu'on va partir, si le *Gren*, insensible aux courants qui viennent se mêler à l'eau calme du havre, ne s'était mué en île, la dernière-née des lieux. D'en bas monte le bourdonnement de la voix de Vassili. Peu lui importe que Grigori l'entende : il fait la liste des courses, fantasme les cales du *Gren* pleines de trésors oubliés, babioles, denrées rares du continent.

Mais Vassili ne voit pas ce que voit Grigori : le pont supérieur est vide jusque dans ses moindres recoins. Tonneaux, chaloupe et rames ont disparu. Le plus petit copeau de bois a trouvé son utilité, pris par les matelots, volé ou vendu à ceux qui, au port, auraient bien désossé le *Gren* entier pour s'en faire une maison. Le navire est nu, proprement endormi, avec ses voiles bien ferlées et ses cordages noués. Grigori se souvient des derniers gestes, le jour de l'accostage. Dans les voiles, il a œuvré sans réfléchir, fébrile, jetant des regards anxieux vers le pont et, une fois son travail fini, il a dégringolé des haubans en quelques glissades, embarqué son sac et s'est précipité dans le canot avec Loukine, abandonnant le *Gren* avec soulagement.

Maintenant il n'y a plus rien ni personne. Le pont lui semble immense, plus propre sous l'escalade des algues que lors des traversées où il était envahi de caisses, de bruits, de l'odeur des autres et de la mer. Grigori se dit qu'il pourrait vivre ici, dans l'attente du lever d'ancre, pêcher, se lover sur la hune les nuits de beau temps pour dormir. Mais les navires qui dérobent leur départ poissent une forme de malédiction, squelettes sans voile, sans vent et sans équipage. Il leur manque tout et, à celui qu'ils abritent, ils transmettent leur désaffection.

Depuis le gaillard d'arrière, Grigori descend dans les quartiers de Tobias, le capitaine. Sur le seuil de sa cabine, juste à gauche, c'est l'alcôve de Loukine, nue, minuscule, sans même un hublot pour regarder dehors. Il n'y a pas plus à voir dans la cabine de Tobias. Le lit, les draps, la table et la chaise, tout le matériel de navigation, les livres de comptes et de bord ont disparu. Le large hublot est grisé de sel et de pluie séchés. Le parquet montre l'usure des passages répétés et des raclements de chaise. Tobias n'a jamais été épris du luxe de sa fonction. Jamais il n'a fait de sa cabine un secret de silence et de raffinement, quant à l'autre extrémité du navire, à quelques pas, les matelots nouaient des paris au risque de s'endetter à mort. On pouvait venir le voir, on n'avait pas peur de faire un peu de bruit, de dire des blagues. Grigori se souvient des quelques objets dispersés sur la table, tous fonctionnels, sauf une petite cafetière que Tobias, de son pas tranquille, allait lui-même faire bouillonner sur le feu de la cuisine, son seul luxe. La nuit, par temps très calme, on entendait sa porte, toujours entrouverte, grincer au rythme du roulis. Les ronflements se mêlaient, celui de Tobias, un peu étouffé, et celui, énorme, de Finnur, qui prenait volontiers la bannette la plus lointaine, la plus obscure, parce qu'il n'était jamais dérangé par le manque d'air.

Retour sur le pont supérieur, puis sur le gaillard d'avant puisque c'est bien par là qu'il faut continuer la visite. L'escalier que Grigori n'a pas osé regarder tout à l'heure ouvre son puits d'obscurité à la surface. Il s'en approche avec prudence, bras tendus, les pieds en griffe sur les algues pour ne pas glisser. Il toise les quelques marches qui plongent dans le noir. Il connaît par cœur leur raideur et leur irrégularité, la lenteur nécessaire à leur descente, même lorsqu'on est fatigué ou qu'un ennemi vous souffle dans le cou. Il s'assied sur la première. Déjà une odeur monte, celle des lampes à pétrole, du poisson et de la crasse des matelots. Travaillant dans les voiles, il ne s'y est jamais vraiment habitué. À chaque descente, c'était la même gêne, le vent rabattu, incapable de balayer les relents qui vous plombent. Maintenant qu'il est imprégné de terre, d'herbes et de vent de l'Archipel, sa propre odeur s'est dissoute au point qu'il ne s'en souvient plus. Il progresse de quelques marches puis se rassied. L'odeur s'affirme. Même vingt ans d'encalminage à vide de tout équipage ne viendraient pas à bout de ce suint de voyage.

Du temps à l'état de sueur et de chair, une poisse palpable, comme fermement attachée à l'air. Mais derrière tout cela s'embusque une odeur beaucoup moins familière, affreuse, qui donne envie de fuir.

Pourtant, Grigori ne bouge pas. Plus il attend, mieux il voit. La porte de la cuisine, entrouverte, comme pétrifiée par une graisse invisible. L'angle de plus en plus obscur qui mène aux quartiers des matelots et plus loin à la vaste cale, chargée pendant des décennies de tous ces biens commercés par l'Atlantique nord, poissons, laine, bois, huile de baleine.

Il se relève. En bas, les lampes fichées aux murs ont disparu ou sont cassées. Les lieux, débarrassés du barda de l'équipage, paraissent plus vastes, encore plus sales aussi. Laissant derrière lui la cuisine, Grigori avance et devine quelques caisses renversées, des sacs de biscuits ou de pois effondrés en plis vides, nettoyés de toute poussière par les mites et les rats. Ses pieds nus ne heurtent rien, seul le sol colle un peu. D'instinct, il tend la main et effleure les montants des bannettes rangées contre le mur. Le bois, éclairci à force d'usure, renvoie une très faible lueur. Sans la couverture de laine, le sac et les quelques objets emportés du continent, portraits ou almanachs accrochés à des clous, rien ne distingue plus une bannette d'une autre. Mais s'il se glisse sur la première à sa gauche, s'il passe la main sur le montant du fond, s'il oublie les filaments d'araignée qu'il déchire de ses doigts, Grigori sait qu'il est chez lui : les entailles creusées dans le bois à la pointe du couteau dessinent son livre de comptes, bâtonnets des sommes dues et rendues, gagnées et perdues, alignés sous les lettres des parieurs, H…, F…, G…, N…, V… et bien sûr T…, colonne la plus pleine où se bousculent des rainures serrées et inquiètes. Chez chacun des parieurs on trouve les mêmes décomptes. Chez Helland, entre les dessins obscènes finement gravés qui faisaient l'admiration de tous, chez Finnur, sous les bribes de poèmes et de titres de journaux, lui qui avait si peur de ne plus savoir écrire à force de négliger ce talent, chez Thomassen, où les bâtonnets sont nombreux, droits et réguliers, tracés avec un aplomb de vainqueur.

Plus loin, dans un recoin tout aussi vide, l'espace de pari, sans la table, sans les caisses pour s'asseoir, sans la lampe pendue au plafond, sans les boîtes à rats. Tout a été débarqué, démantelé, épluché. Seule l'odeur inconnue, de plus en plus étouffante, occupe en majesté la carcasse du navire. Un léger vrombissement l'accompagne, comme un murmure.

À l'entrée de la cale, l'odeur lance de puissantes salves acides. Grigori, la manche sur le visage, pense aux entrailles de baleine qui chauffent au soleil, aux morues désossées qui sèchent des jours entiers sur le fil de la moisissure, toutes ces odeurs d'une vie éteinte sur le point de tourner.

Il fait quelques pas, se dit qu'il va peut-être passer à travers le bordé, que ce qui ronge le navire n'attend qu'un poids infime pour crever et ouvrir une voie d'eau meurtrière. Une lueur étrangement rosée laisse voir l'amande de la coque, bercée d'un léger clapot qui fait écho dans le vide. On ne peut que se souvenir du parfum de sciure de bois du dernier chargement, si profondément incrusté dans la charpente que les matelots, allongés sur leur bannette, la sentaient sinuer jusqu'à eux comme un fragment de Norvège. De l'autre côté de la coque, la voix étouffée de Vassili se fait entendre. Il parle et parle encore, se divertissant de ses visions de grottes au trésor.

Un frôlement d'ailes sur sa joue. Le bruit gluant d'une matière qui palpite. Quelque chose creuse une tache d'un noir profond dans la lueur de la cale, quelque chose qui vole, qui grouille, qui rampe et qui fouit. Une forme imprécise, mouvante à sa surface mais d'une pesanteur définitive. De petites silhouettes se détachent de la masse obscure et viennent fureter entre les jambes de Grigori avec des piaillements d'alerte. Le reste des hôtes bourdonne et ondule, insensible à l'intrus qui, de toute façon, ne peut rien contre ce qui s'opère. Grigori ne respire plus. Il tend le cou, buvant des yeux la moindre particule de lumière que lui renvoie la charpente. Sous l'écorce ondulante des mouches et des vers se trouve quelque chose qui fut grand et puissant. Ni chat ni poule qu'on aurait oubliés à bord, ni oiseau égaré aux grandes ailes mortes. La forme est recroquevillée sur le côté, comme en plein sommeil, le ventre creusé répandu en larges flaques presque sèches, le thorax enfoncé de galeries, bras et jambes effondrés et déjà rétrécis. Grigori doit s'approcher encore, la main sur la bouche pour ne pas vomir. Il penche la tête et fait face au cadavre. Ce qu'il constate en premier lieu est une dégoulinure sombre, sans réel contour. Mais à y regarder de plus près, c'est un reste de visage qui se trouve là, où persistent des traits singuliers, encore préservés de la dégradation : une casquette de cheveux blonds presque transparents et un nez droit, dont l'extrémité s'est percée d'un trou complètement noir.

XIII

Quand Grigori remonte de la cale et court jusqu'au bastingage, Vassili comprend, aux mains vides et à l'expression horrifiée du gabier, que le butin escompté fait défaut. Non, c'est encore pire, la trouvaille a eu lieu mais elle est embarrassante. Vassili grogne l'un de ces dictons qu'il est seul à connaître, quelque chose comme : malheur à ceux qui viennent aux morts en cherchant des trésors, car ils s'attachent la responsabilité d'orchestrer les rites qui ont manqué ! Il ne demande ni à voir ni à sentir, il sait à quoi ressemblent les morts et n'a aucune curiosité de leur décrépitude. Mais aussitôt, il fait du cadavre une affaire personnelle et réfléchit à voix haute, dans l'ombre boisée du *Gren* qui le masque à Grigori : Petit, ce pauvre macchabé que tu as trouvé, il est crevé depuis des lustres. Pourtant, il n'a manqué à personne et il le sait. Ses morceaux se sont dispersés dans les estomacs des mouches, ils se sont accrochés aux gouttelettes d'humidité qui montent de la mer et ils crient partout leur peine. Si les habitants savaient ce qui s'est passé, ils sentiraient monter chaque soir l'odeur de l'abandon, comme un reproche qui les priverait de sommeil. Je te le dis, il faut enterrer ailleurs le bonhomme, loin de la baie qu'il n'a que trop salie de sa colère. Quant au *Gren*, c'est un malheur, mais il est bon à brûler. Tu embarquerais sur un navire qui a servi de tombe, toi ? Ou bien il faudrait purger le bois pendant trois lunes à grand renfort de formules magiques avant de songer à faire de la moindre planche une étagère pour les confitures, sans parler d'un montant pour un lit. Moi, en tout cas, je ne dormirais pas dedans !

Vassili propose de transporter le corps jusqu'au village où s'est conclu le dernier *grind*, sur l'île d'en face. Il connaît bien le pasteur, un homme qui s'occupe d'une petite église où l'on enterre les noyés sans leur tenir rigueur d'être peu présentables. Grigori est chargé d'attendre le retour du vieux, comme si, après tout ce temps, le cadavre de fond de cale avait besoin d'être surveillé : il pourrait déchaîner son courroux de se croire abandonné une fois de plus. Alors Grigori attend, assis en tailleur sur la hune où il a passé tant de temps à cultiver des visions verticales, tordant les perspectives en droites fuyantes, écrasant les matelots en flaques sous leurs casquettes, faisant des tonneaux pleins des disques plats. Il y a si peu à voir aujourd'hui, le pont désert qui luit dans sa carapace d'algues et l'escalier qui mène à ce qui est mort.

Grigori se lève d'un bond et grimpe le long du grand mât, presque au sommet. Vue de si haut, l'eau gagne en transparence, d'une pureté glaciale sur une profondeur qui s'estompe en camaïeu de bleu. Les pieds sur la planche qui sert de vigie, bras tendus, les mains agrippées au mât, il se berce, laissant son poids l'entraîner d'un côté puis de l'autre. Le navire est si léger, la mer si calme, que ce jeu de balancier entraîne tout le *Gren*. Grigori oscille à bâbord puis tribord, lâche un bras, gifle l'air de sa main libre, en miroir le *Gren* roule dans de légers craquements.

Depuis combien de temps Thomassen est-il dans la cale, à perdre tout ce qui fit de lui un excellent marin et un homme cruel ? Sa rage et sa cupidité réduites à ce croissant de corps prostré, vaisseau pour les vers et bientôt tas d'os silencieux, quand, Grigori, bien vivant, lui, écoutait Loukine raconter ses souvenirs et accompagnait Alda, puis Vassili, dans leurs occupations.

Grigori se laisse bercer par le *Gren*, et la pensée de ce qui gît quelques mètres sous ses pieds s'estompe dans le mouvement du bateau. Là-haut, avec le vide de tous les côtés, on pourrait croire que rien n'existe vraiment, que ces formes qu'on distingue, d'êtres humains, de choses et de montagnes, sont aussi impalpables que les nuages. On vit sur l'élan, sur la grâce, on peut croire qu'on vole. Rien ne pèse.

Deux dos souquent à grande force dans la barque de Vassili. À Ivar, un homme taciturne à la courte barbe noire, Vassili a tout expliqué. C'est lui qui charrie les cadavres lorsqu'il y a lieu, il lui arrive même de récupérer des pêcheurs fracassés en bas des falaises. Il ne s'effraye pas de la mort ni de ses dégâts.

Ivar a aussi l'esprit pratique. À peine à bord, il pointe du doigt les huniers du mât de misaine, soigneusement ferlés. Grigori s'exécute. Il grimpe jusqu'à la vergue, défait les nœuds un à un et, dans un frémissement, le hunier s'abat sur le pont comme une aile trop lourde pour prendre son envol. C'est une voile de cœur de navire, plus petite que les autres, mais où l'on pourrait tailler des suaires pour tout un équipage. Avec des gestes précis, presque des gestes de gabier, se dit Grigori en voyant les doigts de l'homme œuvrer à toute allure, Ivar ramène la voile en plis. Le tissu est sec, à peine salé, signe que Grigori a bien travaillé lors de la manœuvre. Les uns derrière les autres, les trois hommes hissent le rouleau de voile sur leur épaule et vont draper l'homme de la cale.

La traversée est silencieuse. Tous, même Ivar, affichent des mines renfrognées, stratagème pour ne rien laisser paraître des nausées qui leur montent. Vassili aussi est bon pour brûler son bateau ou l'abandonner aux trolls. Et combien de bénédictions faudra-t-il à ces croque-morts de hasard pour dissiper la brume de mort qui s'est attachée à eux ?

À l'arrivée sur l'île, une charrette attelée d'un cheval attend, seule, sur la grève. Elle emporte le corps le long d'un chemin bordé de prairies tachetées de pissenlits. En contrebas, la mer scintille. Les hommes marchent en silence à côté du cheval, inspirant avec soulagement son odeur tiède et vivante. Ils surveillent d'un œil le chargement emmailloté dans sa voile. Ils craignent que les cahots ne disloquent davantage les chairs. Déjà le tissu, qu'aucune tempête n'avait jamais réussi à déchirer, se macule de traces violacées.

Le chemin bute à une petite église coiffée d'une croix blanche, bien plus petite encore que celle où Grigori a assisté au culte, il y a des semaines de cela. Un cimetière minuscule s'étend dans son ombre, une parcelle carrée comme un potager, entourée d'un muret de pierres qui la protège de l'exubérance de la prairie. Plus haut, une cascade fend la montagne de sa ligne blanche et tremblée.

Ivar et Vassili se chargent de la voile, torsadée en ses extrémités pour faciliter le transport. Grigori devine le poids méconnaissable qui tire au bout de leurs bras, celui d'une chose défaite, en voie de légèreté malgré le spectacle horrible qu'elle présente.

Une tombe a été creusée par un homme qui attend, inexpressif, à côté du pasteur. Dans le carré, les tombes sont rares et très espacées les unes des autres, comme si l'on y enterrait des êtres immenses qui ne devaient pas se toucher, sans que personne se doute que, sous la surface, les corps s'étendent, se mélangent, glissent mains et jambes dans les terriers, se dissolvent et finissent par renaître aux alentours en tiges abondantes qu'on ne donne en pâture à aucun mouton de peur de retrouver dans son assiette un bout de feu Marta ou de feu Pál.

Postés chacun d'un côté du trou, Vassili et Ivar font descendre le cadavre. En coupe, la terre se montre dense et argileuse, peuplée de racines profondes qui pendent, toutes blanches, dans le vide de la tombe. Vassili et Ivar se défont de la voile empapillotée qui retombe lourdement sur le corps. Sans attendre, le fossoyeur se met à balancer des pelletées énergiques tandis que le pasteur débite en danois les quelques mots de la grâce de Dieu, puisse l'homme expiré en territoire maritime comprendre la langue par laquelle il est béni pour la dernière fois, de toute façon, il n'a pas le choix. L'odeur de décomposition s'éteint sous celle de la terre fraîche. Accroupi, prenant un ferme appui sur ses pieds, le fossoyeur redresse une pierre oblongue à la tête de la parcelle retournée. En quelques minutes, il y grave le nom du navire et celui du marin, tous deux soufflés par Grigori, ainsi que la date du jour. Les hommes s'en retournent. Leur passage laisse une traînée d'un vert-gris dans l'épaisse pelouse.

Grigori, lui, n'a pas bougé. Une fois les autres partis, il enjambe le muret et marche dans la prairie qui, à chaque pas, délivre des salves légères de pollen et d'insectes. Les nuages ont reflué vers le large, le soleil est à nu. En sueur, Grigori plisse les yeux. Il se laisse guider par le murmure de l'eau. De ses pieds, il tâte un sol de plus en plus spongieux, gorgé d'une végétation riche et mousseuse où le sel de la mer toute proche n'a miraculeusement pas prise. À l'assaut du dernier relief, la terre s'étale en traînées boueuses sous ses chaussures. Puis la cascade apparaît, brutale et grondante, nimbée d'une poudre irisée. Trois sauts, des embardées entre de gros blocs, une chute, et elle s'écrase en une vaste piscine qui se disjoint en rigoles jusqu'à la mer. Si Vassili était là, il raconterait que les fées qui naissent de la course de l'eau se posent en perles sur l'herbe et glissent jusqu'à la terre qu'elles abreuvent de leur magie, c'est pour cela que, la nuit, la prairie qui ceint la vieille église étincèle, c'est pour cela qu'aucun mouton n'ose y pâturer de peur de mourir d'une enflure de fées.

Grigori se déshabille, jette en tas ses habits rigides de crasse et grimpe dans la pente humide qui borde la cascade. Un vent léger l'attrape, fait de sa sueur un cataplasme frais. Les poudrins se posent en minuscules éclats de quartz sur sa peau, la boue graisse les plaies que les coquillages du *Gren* ont ouvertes sous ses pieds. Avec précaution, il se glisse sur le premier ressaut, un rocher suffisamment plat pour s'y asseoir. Il halète de surprise quand l'eau glaciale s'écrase sur ses épaules. Il se recroqueville, se rassemble contre la paroi pour ne pas être emporté par la force du torrent, disparaît à l'intérieur du rideau d'écume. Son corps, d'abord cabré contre le froid, se laisse peu à peu faire, martelé par la chute, pétri jusqu'aux os. Le vacarme noie ses oreilles. Il cesse de respirer, le visage enveloppé par l'eau qui dévale. Quand il est sur le point d'étouffer, il sort la tête de la cascade et éclate en une inspiration qui l'inonde d'un seul souffle.

Il descend d'une roche à l'autre, poussé par le torrent. Parvenu au dernier plateau, il saute. La vasque le reçoit dans un fracas, le brasse comme les millions de gouttes d'eau qui cavalcadent, le roule et le pousse un peu plus loin, là où la chute s'épuise en ondes de plus en plus lâches. Immergé jusqu'à la nuque, le souffle court, Grigori marche dans les eaux qui s'apaisent. Le fracas s'atténue. Il sent sous ses pieds des cailloux visqueux, des frôlements de petits poissons autour de ses chevilles. Un faible courant le mène jusqu'au bord, une lèvre de boue où la végétation pousse en mottes gorgées d'humidité. De minuscules escargots escaladent les pissenlits en graines.

Vibrant de froid, il se hisse sur la rive et s'allonge. L'herbe est si haute, si épaisse qu'il y disparaît entièrement. Le soleil ombre des silhouettes végétales sur sa peau. Les bourdonnements, les caresses des graminées qui s'entre-frôlent ponctuent de bruits délicats la rumeur du torrent. Dans son dos, la terre est tout imprégnée de fraîcheur.

Lorsqu'il se lève pour ramasser ses vêtements, ils lui semblent appartenir à un homme très vieux qui ne les aurait pas ôtés pendant des années.

Grigori passe le reste de l'après-midi au café, assis près de la fenêtre grande ouverte, à l'endroit même où il a rencontré les Russes flottants. Le tenancier squelette sert et ressert une étrange mixture au goût terreux. Vassili est parti depuis longtemps. Pour distancer la mort, il a décidé de convoyer des choses plus heureuses qu'un cadavre : du poisson, des lettres d'amour, du foin pour l'automne.

Deux ou trois hommes s'asseyent à la table de Grigori, des chasseurs du *grind* qu'il peine à reconnaître sans l'énergie des coups de rame et la grande faim de l'assaut pour leur sculpter le visage. Mais eux savent très bien qui il est : ils sont allés droit vers lui, l'un d'entre eux ose même une bourrade de l'épaule, façon de s'inviter, de ne pas faire de manières. Ils ne tournent pas autour du pot, tout le monde a vu les silhouettes escorter la charrette sur le chemin, tout le monde sait ce que ces fossoyeurs improvisés ont, dans l'œil et dans le nez, la pestilence triste de la mort, la couleur rose noirâtre des chairs, l'odeur de terre fraîchement creusée du cimetière, cela fait partie de la vie de tout homme et chacun reçoit tôt ou tard son initiation, mais il y a autre chose. Dans les villages environnants, on n'a perdu personne, même parmi les casse-cous et les filous, ni Joan, ni Rói, ni Kristian ne manquent à leur masure, d'ailleurs, ils ne sont pas plus loin que la table d'à côté, à noyer ce jour de beau temps dans la bière. Faut-il vraiment en dire plus à ce jeune type, gabier paraît-il, qui n'a pas l'air de vouloir faire mine de comprendre et dont le visage ne montre rien ? Tu es d'accord, disent-ils, le mort est bien un des matelots de ton navire, là, le *Gren*, qui croupit en face tout près du rivage ? Allez, raconte-nous !

Grigori ne sait pas quoi répondre à ces chasseurs avides d'une bonne histoire. Faut-il imaginer Thomassen mort d'ennui à quelques brasses de la terre d'escale, incapable de quitter le *Gren* quand les Tobias, Finnur, Helland, Nils et autres avaient fini par se résigner à une alliance avec des lieux terrestres ? Ou bien une visite clandestine aurait-elle mal tourné ? Thomassen serait revenu seul, une nuit, sur le *Gren* dans l'espoir de gratter quelques miettes de marchandises oubliées à revendre aux insulaires et, pas de chance, une glissade dans le noir, le cou qui se rompt, fini. Il n'a manqué à personne en tout cas, comme si, pour les autres matelots, l'oubli des liens s'était fait au premier pas foulé sur l'Archipel.

Grigori se revoit la tête penchée face à celle du cadavre, ses cheveux blonds à lui frôlant ceux, curieusement intacts, de son ancien camarade. Quelques heures à peine après l'avoir vécue, la scène a cessé de mordre le regard, de tordre le ventre. La balafre noire du visage, l'odeur enveloppante de putréfaction, rien ne semble pouvoir le ramener aux anciens comptes. Alors les curieux, ceux qui dénombrent et veulent tout savoir, s'en vont, lassés, et Grigori repense à la cascade.

*

D'ordinaire, quand s'ouvre la porte du café, personne ne tourne la tête. Comme pour tout le reste, les nuages de pluie, les vagues sur le rivage, c'est une reconnaissance, un semblant d'éternité qu'on constate, Untel qu'on n'attendait pas mais qui finalement se présente, et l'événement vaut bien qu'on tire, avec lenteur, une chaise de plus, puis qu'on la range lorsque part l'un ou l'autre. Mais à l'éclat d'une couleur, à la singularité d'une allure, les têtes, au lieu de tenir leur pose immuable, penchées au-dessus des verres, mots marmonnés entre les silences, se tournent et restent à leur contemplation. Ce soir, les nouveaux venus, que les regards ne lâchent pas depuis leur entrée, sont une femme vêtue d'un long manteau de laine, chaussée de bottines, qui tient contre sa hanche un sac de cuir rebondi, et un homme au visage pointu avec pour tout bagage un parapluie vert. Derrière eux s'embusque Alda. Elle se faufile dans le café et aussitôt Grigori sent quelque chose s'ouvrir en lui, une attente qui prend fin, la reprise d'un souffle, celui que l'on retient dans une falaise face au vide.

Le couple avance, guidé par Alda, vive comme Grigori ne l'a jamais vue, un sourire à peine contenu au coin de la bouche. Elle va de la femme à l'homme comme elle encouragerait des moutons à suivre une sente inconnue, et les pousse jusqu'à une table où le couple s'assied avec un sourire figé pour la compagnie qui, toujours, les dévisage. Le tenancier prend commande, ou plutôt propose de servir les denrées du jour, ne sachant à qui s'adresser, d'Alda ou des étrangers dont l'inconfort rappelle le sien à Grigori lors des premiers jours, la raideur, le regard qui ne se pose pas. Alda, debout, fait de grands gestes, sa voix monte et articule quelque chose au squelette qui hoche la tête. Le couple se détend contre les dossiers des petites chaises.

Alda laisse ses protégés et, d'un pas tranquille, marche jusqu'à Grigori comme si elle venait de remarquer sa présence. Elle le regarde, elle lui sourit, il n'a donc pas disparu, il n'est donc pas mort. Il ne sait quel accueil lui faire, que dit-on après une absence si dense pour elle et si creuse pour lui à l'exception peut-être de l'enterrement de Thomassen qui s'est terminé en bain de cascade, quel visage a-t-il après tout ce temps ? Elle est la seule à pouvoir lui rendre cette image qu'il a oubliée, lui dire à quoi il ressemble à la lumière de son visage à elle, si palpable, si vivant, éclairé d'une joie qu'il ne lui a jamais vue. Mais Alda ne dit rien de tel, elle ne parle même pas. La voyant silencieuse et souriante de son mystère, Grigori comprend que c'est à lui de poser les questions.

– Qui sont ces gens que tu as amenés ?

– Ils s'appellent Hans et Nora Sandvik. Ils ne sont pas d'ici, ils ont besoin d'un guide. Je me suis proposée.

Elle sourit davantage. Son appétit pour les gens chargés d'ailleurs s'est réveillé. Elle frémit de s'attacher à eux, même pour peu de temps, dans l'espoir qu'une transaction s'effectue avec les lieux distants qui les habitent. Peut-être son ancre à elle se délestera-t-elle un peu à la faveur de cette rencontre.

– De ce que j'ai cru comprendre, Mme Sandvik est savante. C'est pour ça qu'ils ont voyagé jusqu'ici, pour qu'elle étudie.

– Pour qu'elle étudie quoi ?

– Je ne comprends pas bien ce qu'elle dit. Mais je crois que, toi, tu la comprendrais. Ça doit être une langue que tu parles. Tu pourrais m'expliquer ce qu'elle veut ?

Le tenancier a servi poisson et pommes de terre à la table des Sandvik. Le couple lève la tête à l'approche de Grigori, teints propres et frais, si lisses, si pâles qu'on voit le sang battre sous la peau. Leurs émotions s'y déchiffrent avec facilité : curiosité, amabilité, désir de s'en remettre avec confiance aux gens d'ici.

– Je suis botaniste, de la Société botanique de Norvège, déclare la femme en norvégien.

Grigori ne sait pas traduire le mot. Nora Sandvik, qui a senti son hésitation, complète :

– J'étudie les plantes.

Elle accompagne sa phrase d'un petit geste de vague près du sol. Très bien : les plantes sont l'eau de Nora, comme les mâts, les cordes et les voiles sont l'élément de Grigori.

– Elle aimerait voir des plantes, traduit Grigori pour Alda.

– Il n'y a pas beaucoup de plantes ici, répond celle-ci. Et encore moins d'arbres.

– J'étudie les espèces à faible croissance, les mousses, les lichens…, poursuit Nora.

– Cela, nous avons. Je vous montrerai.

– J'aimerais visiter plusieurs îles. Faire des comparaisons.

– Ce ne sera pas un problème avec votre bateau.

Nora hoche la tête, le marché est conclu. Les Sandvik finissent leur repas, Alda bat du pied, assise non loin des voyageurs. À côté d'elle, Grigori rêvasse. Il imagine une île, la plus secrète, la plus convoitée de l'Archipel, couronnée d'une forêt de hêtres et de bouleaux dont on pourrait faire des maisons, des meubles et des jouets. Peut-être Nora Sandvik et Alda auront-elles la surprise de la trouver sur leur route. Peut-être Nora rentrera-t-elle en Norvège porteuse d'une révélation qui causera la ruine de tout le commerce de bois. Plus aucun *Gren* alors ne prendra la route de l'Archipel. On reniflera dans les cheveux des insulaires l'odeur piquante des feux de forêt.

À peine sortis du café, Nora Sandvik prend le bras de Grigori. La pression intermittente qu'elle exerce laisse deviner l'irrégularité de la prairie, ses trous, masqués par l'herbe, qui tordent les chevilles. Alda marche en tête, elle ouvre son premier chemin au couple de voyageurs. Hans Sandvik vagabonde à quelques pas, balançant le parapluie vert au bout de son bras. Il n'a pas dit un mot depuis l'entrée au café mais tout, dans son visage où palpitent des yeux humides et curieux, semble se repaître de ce qui l'entoure. Le petit groupe traverse le village et s'engage sur un sentier. Nora parle, ravie d'être comprise : à l'entendre l'Archipel est le plus bel endroit du monde, un paradis où se promener le corps à angle droit pour débusquer dans les touffes d'herbe des espèces enragées de vie, enracinées contre vent et pluie, dentelles coriaces et rares qu'elle cueillera pour en faire des fleurs de papier habillées de termes latins qui jetteront un silence respectueux dans les amphithéâtres.

Grigori se laisse bercer. Il ne s'agit que d'une histoire de plus dans la cohorte qu'il accueille, certes plus charpentée et plus savante que les fables d'un Vassili assoiffé d'exploits épiques, le récit d'une quête botanique à venir qui dévide à ses pieds une vague de mots dont la moitié lui échappe, car de tels mots, on ne les prononce pas entre matelots à bord d'un navire de charge. Nora ne lui pose aucune question, comme s'il émanait du jeune marin à son bras l'évidence d'être celui qui écoute, comme s'il s'était fondu dans les couleurs et les langues des lieux. Même ce norvégien qu'il pratique avec une aisance presque égale à la sienne, couplé à ce prénom qui n'est pas du nord de l'Europe, ne l'étonne pas, pourquoi pas, il est des gens qui ont voyagé et les insulaires d'ici ne parlent-ils pas *naturellement* deux langues ?

– Votre mari, il est aussi botaniste ? demande Grigori en voyant Hans Sandvik faire un petit bond depuis un rocher.

– Oh non ! Il est de nature distraite et passe beaucoup de temps le regard en l'air, ce qui est incompatible avec la profession, vous en conviendrez. Il finance l'expédition et, comme moi, il goûte les curiosités de la région.

Les curiosités de la région. Il y a donc des gens qui engagent temps et moyens pour faire sciemment le voyage jusqu'à l'Archipel à des fins de loisir et qui, au passage, s'en ouvrent sur un ton désinvolte aux encalminés du coin qui, eux, n'ont pas eu le choix de l'ancre.

Le sentier grimpe vers une épaule rocheuse et Grigori, jambes alertes, gagné par l'énergie de la montée, devance bientôt Nora qui avance cahin-caha, son sac pendu à son épaule, son bras libre tendu pour garder l'équilibre. En haut, tous deux s'arrêtent, le cœur accéléré par l'effort. Alda et Hans Sandvik les ont précédés de quelques mètres et se tiennent immobiles, silencieux. Le promontoire surplombe la plage et ses barques de pêche, rares à cette heure et par ce temps si calme. Vers l'est, la côte se prolonge en une ligne de falaises qui s'effritent en un vaste pierrier. Au pied des chaos, des vagues lentes déroulent un ruban qui semble gris sur le sable noir, illuminé sur son pourtour d'un fin bandeau d'écume.

Alda, le dos droit, ne prête attention qu'à la plage : une chaloupe se distingue, échouée sur le flanc, comme reliée par un fil à une goélette à la coque de bois clair, voiles affalées, amarrée à faible distance du rivage et habitée de la même vibration que sa jumelle en miniature. Grigori contemple avec plaisir la silhouette élancée du bateau. Il devine l'alacrité de son allure, qui a dû le mener sans peine jusqu'à l'Archipel par cette mer calme d'été, l'agilité tranquille qui va être la sienne pour voguer d'une île à l'autre en négociant des passages serrés entre des pans de falaises si proches qu'on les croirait séparées la veille par un cataclysme.

– Il y a eu un *grind* ici ? demande la voix de Nora.

Grigori tourne la tête vers elle. Elle a prononcé le mot à la perfection. Il le croyait secret, privilège des insulaires, et ne pensait jamais qu'il surgirait dans une bouche étrangère à peine débarquée. Il perçoit aussi que Nora l'a mûri longtemps, qu'elle attendait de pouvoir le prononcer avec cette mer et ces hommes face à elle, dans l'attente que s'anime le théâtre qu'il tient ramassé dans l'ombre de sa syllabe agressive.

– Oui, récemment.

Nora fixe la mer avec concentration. Celle-ci, d'une couleur égale, ne montre rien, pas plus que lors de ce jour où Grigori, le crâne vrillé par la gueule de bois, a contemplé la plage déserte d'après la chasse, comme s'il n'y avait jamais eu les animaux, leur peur, les coups de harpon, la découpe et l'étalage des entrailles.

– Il y en aura un autre bientôt, alors, dit Nora.

– Peut-être. On ne sait jamais quand ça arrive.

Elle pousse un très léger soupir, pose aux pieds de Grigori sa lourde besace de cuir clair qui, prise dans la lumière, rappelle la coque chaleureuse de son bateau, et s'engage dans la descente abrupte qui mène à la plage. Hans Sandvik hésite quelques secondes et la suit de son pas aérien, aidé de son parapluie. Alda et Grigori restent postés sur leur ressaut. Le premier raidillon descendu, les têtes des Sandvik disparaissent. On entend leurs chaussures déraper sur la terre friable, la pointe métallique du parapluie piquer la roche. Après quelques minutes, revoici leurs silhouettes sur la grève, deux traits de couleur rapetissés par la distance. Alda et Grigori observent le couple se disjoindre, chacun à ses découvertes. Hans Sandvik déambule le regard au sol, se plie et ramasse un coquillage ; Nora, elle, marche tout droit le long du rivage et prend plein est vers les falaises. Ses pas laissent une empreinte évanescente dans le sable de la marée descendante.

– Nora Sandvik aimerait assister à un *grind*, dit Grigori.

– Des plantes et un *grind*, alors, répond Alda.

– Oui. Des plantes et un *grind*.

– Ce n'est pas exactement la même chose.

Hans Sandvik batifole sur l'estran et remplit ses poches de coquillages. Son parapluie, qu'il a posé pour être plus à l'aise, dessine par terre une ligne vert vif, comme un long trait de mousse. Nora continue de s'éloigner. Les vagues en recul lui dévoilent une étroite bande de sable sur laquelle avancer. Son sac est toujours aux pieds de Grigori. Elle le lui a laissé comme à un être de confiance ou à un serviteur, il est encore trop tôt pour trancher.

– Je pars avec eux demain, dit Alda. Nora a promis de me payer. Ce sera mieux que de courir après les œufs pour gagner des clous.

– Et le norvégien ?

– Quoi, le norvégien ?

– Pour traduire.

– Tu veux venir avec nous, Grigori ?

Au loin, Nora n'est plus qu'une tache claire au bord de la mer.

– Je veux bien, dit-il.

*

La fenêtre laisse passer l'air humide de la marée montante. Sur le plancher, dans la lueur de la lampe, des graines de pissenlit font des pelotes, chassées par un léger courant d'air. Jon et Halle occupent le seuil de la chambre, trop étroit pour eux, et se tiennent donc de biais, formant un angle aigu vers le palier, leurs silhouettes jumelles dans une pose idéalement discrète, comme s'ils étaient incapables de la moindre fausse note en ce monde. Grigori, debout près de la petite table qui jouxte la fenêtre, se tient le dos rond, bras relâchés et mains jointes, solennité incongrue pour lui qui n'a pas pris la peine de quoi que ce soit face au mort du *Gren*, même au moment où le cadavre drapé a été mis en terre. Peut-être le fait-il maintenant parce qu'il pressent qu'il risque de manquer l'événement, avec son sac de marin qu'il a, pour la première fois depuis le premier jour d'escale, rempli du rare linge et des maigres affaires, et qui attend, posé sur son lit, qu'il l'enlève d'un geste allègre de l'épaule.

Loukine est vivant mais personne n'est dupe de ce fil ténu qui le relie encore à ce monde. Il risquerait même de se croire déjà mort s'il avait les yeux ouverts sur ses trois visiteurs : Jon et Halle comme deux anges peints d'un même trait, leurs faces désolées en miroir sur le seuil de la chambre, et Grigori, personnage isolé du premier plan dont on note le regard de compassion.

Inerte comme les choses qui l'entourent, le souffle faible, le malade est enveloppé d'une ombre qui monte jusqu'au plafond. Face à lui, Grigori respire. Il se sent vivant, aussi vivant que l'air de la nuit qui leur apporte sa plénitude. Il effleure les livres sur la table, pense à l'histoire de Nora qu'il aurait pu raconter si les paupières de Loukine n'avaient signifié l'impossibilité de toute écoute. Son étrangeté qui efface la sienne, ces poudrins de vie citadine qu'elle arbore dans ses manières, la délicatesse de la laine de son manteau qu'il a sentie contre son bras tout à l'heure, l'agacement autant que la curiosité que tout cela suscite en lui, mais il ne parle pas. Les images du bateau de Nora lui reviennent, dans une lumière vive qui invoque un été de toujours, un voyage de plein éclat, d'éblouissement.

S'écartant comme deux battants d'une porte, Jon et Halle laissent sortir Grigori et referment le passage. Eux aussi feront leurs adieux, sans doute chaque soir jusqu'au moment où leurs gestes se heurteront à un corps devenu insensible à toute marque d'attention. C'en sera fini de l'accueil qu'ils ont offert, les baies, les livres, le pain, les lits confortables dans des chambres à soi, la porte ronde de la plus jolie maison du port qui s'est ouverte sans conditions ni questions pour offrir à Loukine sa dernière chambre sur sa dernière île, et à Grigori un congé des préoccupations matérielles et plus largement une absence à presque tout, pour qu'il infuse, comblé de sommeil et ventre plein, dans le temps de l'escale.

XIV

Le bateau des Sandvik lève l'ancre le lendemain, à la nuit encore bleue. Tout dort et Grigori attend, sur la plage, que l'on vienne le chercher. Il a pris garde de ne pas réveiller ses hôtes en descendant l'escalier. La clenche a résonné lorsqu'il a fermé la porte, mais il est trop tôt pour les chiens ou le retour de pêche, trop tôt pour les insectes qui bruiront tout à l'heure dans les herbes que l'on n'a pas encore fauchées. Son sac, couleur blanc sali, pèse d'un poids oublié sur son épaule. Comme par miracle, un bateau qu'il ne connaît pas lui fait l'exquise politesse de venir à sa rencontre. Chose plus étrange encore, il va louer à ses passagers non la force de ses bras mais celle de sa langue : il n'aura rien à toucher de ses doigts que les voiles rendaient secs et cornus, rien à escalader au moment des manœuvres, aucun équilibre à trouver contre le vent, juché dans une mâture inconnue. Il lui faudra simplement écouter et voir, passer les mots de l'un à l'autre sans réfléchir, comme lorsqu'assis sur une chaise, il lisait ses pages à Loukine sans égard pour l'ordre et le sens des événements.

Alors que les ombres de la nuit deviennent peu à peu roches et maisons, la goélette norvégienne entre dans la baie, silhouette immense près des barques de pêche. Une lampe, dont l'éclat s'interrompt de formes qui passent, luit sur le pont. Un bras s'agite en direction de Grigori qui répond par le même geste. Une chaloupe heurte la surface de l'eau. Quelqu'un rame en direction du rivage dans un discret bruit de flots qu'on soulève. C'est la seule chose qui s'entende, la seule chose qui bouge dans le petit matin. Grigori patauge dans les premières vagues à la rencontre de l'embarcation, puis, lorsqu'elle est à portée, jette dedans son sac de matelot, croissant de tissu un instant déplié contre le ciel, et se hisse à bord. Sans un mot, il s'empare de la deuxième paire de rames et souque en miroir du matelot dont il a entraperçu le visage froissé par la fatigue. L'homme n'a ni le bonnet en pli ni les chausses des insulaires, c'est un Norvégien comme les anciens camarades du *Gren* mais dont la vareuse remontée aux coudes sent le neuf.

La goélette des Sandvik s'aborde avec délicatesse, sans même un heurt de la chaloupe et, dans l'ombre qu'elle fait tomber sur les rameurs, Grigori perçoit moins le froid humide qu'une étrange tiédeur. À la lumière de l'aube, la coque est veloutée comme un sous-bois d'automne, d'un roux qui semble encore plus chaud contre cette mer dont le bleu ne s'éclaircit jamais, même au plus vif soleil d'été. Les rames couchées au fond de la barque, dans l'attente que les cordes leur soient lancées, il se penche et pose son nez contre le bordé : il est sec, comme pelucheux de sciure, nervures poncées par l'air marin mais dont l'odeur d'écorce se débusque lorsqu'on respire profondément.

Une fois l'ancre levée, la carte de Jon, celle qui est affichée au mur de la salle de classe, semble prendre vie.

Parti du nord-est de l'Archipel, le bateau des Sandvik navigue vers le sud-ouest, dans le labyrinthe des îlots. Ni serpents de mer ni sirènes à queue de phoque sur le chemin, mais des couloirs bordés par des falaises aux parois dentelées, étincelantes d'humidité, striées de traînées de guano, d'algues et de coquillages. De l'écume ancienne, jaunâtre et mêlée de plumes d'oiseaux, clapote en mousse épaisse là où achoppent les courants, sans fin ressassée par les vagues qui roulent et déroulent leur forme courbe contre les récifs. Le bateau négocie une ligne à peu près droite dans les goulets de mer étroits, où la mer gonfle comme si on l'y avait emprisonnée. Lorsque les courants déboulent, le niveau augmente d'un mètre ou deux, le bateau se soulève, les oiseaux dérangés décollent des parois en criaillant et Alda éclate de rire : en tendant le bras, juste avant que la mer ne les fasse retomber, elle touche du doigt la falaise et chipe un œuf dans un nid, juste pour se faire le plaisir d'une cueillette en bateau volant.

Les points d'encre piqués sur le papier par les instituteurs, les quelques cercles tracés ici et là autour des îlots, deviennent des îles détachées de plus grandes îles qui, un jour, furent une seule et même terre. Partout l'Archipel se donne à voir dans l'émiettement. Jon a-t-il reporté sur sa carte le moindre de ces cailloux ? Sans doute pas, tant ils sont nombreux. Quelques-uns ont la forme de volcans endormis aux pentes adoucies par l'herbe, d'autres de cheminées abruptes, comme surgies de l'eau, avec, à leur sommet, un toupet de végétation qui contraste avec leurs flancs noirs. Des moutons paissent sur ces plateaux escarpés frangés de nids d'oiseaux, comme si un géant avait déposé là son troupeau avant de se renfoncer dans les flots pour s'y assoupir. Dans les passes où la mer s'ouvre un peu plus grand, les îlots s'émiettent en grand nombre, parfois si proches qu'on pourrait tendre un fil de l'un à l'autre et jouer les trompe-la-mort entre ciel et mer pour rendre visite à ses voisins. Certains, très rares, portent des signes de présence humaine : des maisons aussi têtues que leurs habitants se tapissent au creux de déclivités qui les enveloppent comme dans des vagues.

Les plus grandes îles, on les longe des jours durant. On en passe les caps, on découvre, entre deux plis de falaises à pic, de minuscules havres où l'eau semble noire. Tout au bout, sur le rivage à la pente enfin douce, se devinent des villages dont les murs et les toits se fondent dans le paysage terne et délavé.

Le premier jour à bord, Alda pointe une autre carte, la carte sérieuse et claire du capitaine, où l'Archipel est représenté en forme de main aux phalanges disjointes. Du bout de son doigt, elle dessine un trajet entre les pans de terre colorés en jaune. Même si Grigori parle en miroir, redoublant en norvégien le danois d'Alda, c'est bien elle qu'écoute le capitaine. Il connaît les lieux, mais n'a jamais fait faire la ronde à son vaisseau dans les colimaçons des îles. Depuis le rivage aussi, on peut étudier la mer, semble leur dire Alda : un vent, ça balafre mais ça se soupèse aussi, depuis les falaises, on peut savoir ce qui cogne et ce qui porte, les isthmes à fuir, les récifs qui percent les coques comme des aiguilles et à l'inverse les passes secrètes qui font aller d'une mer intérieure à une autre, assez profondes pour naviguer mais où il faut sortir les rames car le vent lui-même ne les connaît pas. À défaut de pouvoir lancer le harpon avec eux, elle a écouté les chasseurs, et connaît par cœur le chaos de ces terres entrelacées, c'est bien cela qu'elle semble dire, à regarder tout le monde dans les yeux sans trembler.

Après avoir lu la carte et suggéré un cap, Alda court rendre ses tripes par-dessus bord. C'est la première et la dernière fois, une façon de se défaire de ses jambes pour puiser en elle quelque chose des embruns qui lui balayent le visage lors de ses ramassages en falaise. Elle est de toute façon férocement déterminée à s'amariner, comme si elle était au premier jour d'un long voyage et qu'elle devait convaincre la mer de l'accepter. Elle s'accoutume aux espaces étroits du bateau, au fait qu'on ne peut pas marcher loin ni longtemps, que la navigation est une affaire de regard et de patience. Son manteau relevé jusqu'au menton, appuyée contre le mât pendant des heures, elle laisse les falaises défiler en un long serpentin à quelques brasses du bastingage. Elle s'habitue à la proximité des autres et même à Nora, qui semble avoir saisi en un regard son impatience et sa solitude et la manie avec délicatesse.

Souvent, les deux femmes se parlent sans l'intermédiaire de Grigori. Elles se comprennent par gestes, en pointant la côte du doigt, ou s'agrippent à un mot qui circule d'une langue à l'autre sans trop de peine et suffit à se faire entendre. Alda n'interpelle Grigori que lorsqu'il faut parler au capitaine et aux Sandvik réunis, s'entendre sur une direction ou une escale, circonstances où l'approximation n'est pas de rigueur. Pour le reste, elle se passe volontiers de lui. Grigori les observe discuter toutes les deux sur le pont, trop loin pour qu'il les entende, souvent en début d'après-midi avant que Nora ne regagne sa cabine. Alda sourit à Nora, un sourire de joie légère, d'instant vécu sans pensée amère ni inquiète, que Nora lui rend avec franchise, douceur de l'une autant que de l'autre restée jusque-là invisible à Grigori, qui n'a perçu de ces deux femmes que la prise féroce qu'elles tiennent sur les choses. Entre elles, éloignées pour un temps de leur territoire familier – les livres et le bureau de Norvège, les sentiers d'une survie bancale sur l'Archipel –, s'établit un improbable lien, comme si Nora se dépouillait un peu de ses privilèges pour s'attacher cette jeune fille si déterminée à lui emboîter le pas.

À Grigori, le bateau semble d'un raffinement étranger à tout ce qu'il a connu. Même le recoin le plus obscur est d'une clarté de bois tendre, comme si toute la charpente avait fait provision de lumière du temps où elle était arbre. À l'image des Sandvik et du capitaine, Alda a sa cabine, à peine plus grande qu'une alcôve mais dotée d'un hublot que divise la droite pentue de l'horizon. Grigori, lui, dort sous le pont du gaillard d'avant avec les trois membres d'équipage. Souvenir du sommeil partagé sur le *Gren* dans les souffles et les ronflements des autres, mais c'est sur un vrai matelas qu'il s'étend, avec une couverture de laine et un drap qui semblent n'avoir connu d'autre corps que le sien. Il dort avec le délice de n'être jamais sollicité pour les quarts. Il s'éveille parfois d'un frôlement, d'un chuchotement ou d'un éclat de lampe, lorsque la trinité des matelots, qui a scindé l'horloge de la nuit en portions égales, fait son passage de relais.

Ici, un peu comme sur l'Archipel où il s'est mué en homme disponible à tout faute d'avoir quelque chose à faire, nul autre rôle que celui d'interprète en dilettante ne lui est assigné. Il regarde les deux gabiers, qui s'affairent en réalité à bien d'autres choses qu'à la voilure – le nettoyage, la pêche, la manœuvre –, mais ne redouble pas leurs gestes en esprit. Il les voit comme il s'observerait lui-même, se coulant dans leur chorégraphie machinale, sans critique ni envie. Quand il est fatigué de s'aveugler, la tête penchée en arrière, il regarde leurs ombres projetées sur le pont et s'imagine contemplé par eux comme il le faisait des autres, tout petit, sa tête comme poussée sur ses pieds. Il n'a rien déclaré à l'équipage de son savoir sur les voiles, sans éprouver de honte pour cette omission. Même Nora ne sait rien, pas plus curieuse de lui maintenant qu'ils sont en mer que le jour de leur rencontre. Entre l'homme de confiance et le serviteur, il paraîtrait que le deuxième rôle l'emporte. Il se demande s'il l'a déjà croisée à Bergen sur le port, en train de négocier avec un armateur la location du bateau et de son équipage, son mari doux et muet à ses côtés. Il aurait dépassé le couple sans lui prêter attention, deux notables comme tant d'autres, sans se douter que l'Archipel les réunirait bientôt, les conduirait à s'adresser la parole, à partager le même bateau. Il ne dit rien de tout cela, ne pose aucune question. Il se rencogne dans cette indifférence qui fait de lui un être de pur instant pour qui les circonstances décident.

Avec Nora, pas question de garder le pied marin trop longtemps. Ceux qui l'escortent doivent savoir basculer du bateau roulé par la houle à la stabilité escarpée des îlots. Journées terrestres et nuits marines, prairies obliques et bannette qui tangue, avec, pour se réchauffer dans le noir, les joues brûlantes du vent des heures qui précèdent.

Le bateau jette l'ancre dans une baie, le canot est mis à l'eau, et Grigori, Alda et Nora, le plus souvent accompagnés de Hans Sandvik, rament vers la plage où un chien de ferme se précipite. Oublieux de mordre tant il est surpris, il est suivi des fermiers, tout aussi curieux du bateau que du couple bien habillé qui s'abrite de l'averse sous un grand parapluie. Une fois les visiteurs à portée de voix, l'étonnement s'accroît, surtout lorsqu'on aperçoit l'étrange boîte tubulaire dont la femme est porteuse et plus encore lorsqu'elle annonce ce qu'elle est venue chercher. Mais le plus souvent, le débarquement des voyageurs ne provoque qu'une brutale envolée d'oiseaux, un assaut de sternes ou une fuite d'eiders vers les hauteurs.

Alda guide Nora vers les pentes à l'abri du vent, minuscules oasis qui grappillent tout ce qu'elles peuvent de soleil. Nora disperse les moutons d'un mouvement de son sac, écarte les hautes herbes de la pointe de son parapluie, puis se penche ou s'agenouille, sans égard pour sa robe qui revient chaque soir humide et terreuse. Grigori, qui a longtemps cru que tout ici avait la couleur du ciel et de la mer, moutons, oiseaux, vêtements, un même camaïeu égayé par le vert des prairies sous la pluie, le rouge sur les joues des insulaires et les flaques de sang de baleine sur la plage, constate qu'il voit en couleur : pompons roses qui s'agitent en humbles trophées au sommet de tiges solides, poudre de pétales ocre, gousses jaunes assemblées en surfaces rebondies, étoiles blanches aux étales tachetés de jaune, tout cela rampant sans triomphe à l'abri des vents qui arrachent ce qui a la prétention de croître trop haut.

Il y a aussi tout le reste, moins spectaculaire à l'œil mais que Nora débusque avec une identique application : graminées, herbes qu'on dirait toutes semblables si ce n'est la dentelure d'une feuille ou la couleur des fleurs, d'un beige presque gris.

D'un couteau de poche, Nora creuse pour extraire les plantes entières jusqu'aux racines. Elle couche sa cueillette dans le compartiment central de sa boîte et loge les spécimens les plus petits et les plus délicats dans la partie supérieure. Les plantes ayant la grâce de ne presque rien peser, un poids d'air dès qu'on les enlève à la terre qui les lestait, la boîte n'est jamais plus lourde qu'au moment d'entamer la cueillette et il arrive même qu'une fois, emportée par une rafale, elle roule dans la pente jusqu'à ce qu'Alda, plus rapide qu'elle dans ses cabrioles, l'arrête.

Ils s'aventurent plus haut, sur les plateaux arasés où même la terre ne tient pas, soufflée par un vent constant. Nora racle les lichens avec une lame et les glisse entre les pages d'un carnet. Ceux qui résistent, rivés comme des secondes peaux à la roche, indécollables sauf à tomber en poussière jaune ou bleutée, elle les dessine à la plume, accroupie, sans jamais vaciller au vent, sa robe comme un fanion contre le ciel. Grigori tient pour elle l'encrier, sa main arrosée de petites taches d'encre lorsque Nora vient y puiser. Sous ses yeux, elle pose un trait sur le papier et en fait naître toute une arborescence, déployant un feuillage sans relief.

Parfois la cueillette est marine. Alda et Grigori approchent la chaloupe au plus près des récifs et Nora tend son couteau vers des plantes qui vivent entre eau et pierre. Si l'abordage est possible, elle saute sur un rocher et disparaît entre les blocs. Elle en rapporte des mottes spongieuses et élastiques, qui parfument sa boîte d'une puissante odeur saline, ou des croûtes noires à la surface craquelée, légères comme de l'écorce calcinée.

Grigori s'intéresse à toutes les trouvailles de Nora, il essaye de comprendre pourquoi il est si important de parcourir des milles et des milles pour des algues ou des fleurs.

Des travaux pionniers de botanique, lui confie Nora sur un ton mi-ému mi-inquiet alors qu'ils s'en retournent au bateau, comme si elle avait peur qu'un botaniste concurrent surgisse de derrière un rocher, ou que Grigori se précipite pour informer de dangereux correspondants de l'ambition de la jeune femme à recenser, pour la première fois, toute la flore de l'Archipel.

La prairie que la cascade baigne de son eau douce, près du cimetière où l'on a enterré Thomassen, l'intéresserait sans doute. Grigori l'imagine avancer à pas précautionneux, saisie par l'abondance de fleurs, ne sachant où donner de la tête. Mais tandis que Nora remonte le col de son manteau, il décide, sans la moindre honte, que cet endroit restera dans son herbier à lui.

Quand il s'ennuie, quand Nora se tasse trop longtemps derrière sa loupe et cesse de marmonner, disparue dans un détail qui les exclut, Grigori pratique une cueillette utilitaire, orchestrée par Alda qui sent d'instinct ce qu'un endroit offre de bon. Ils ramassent pour le coq des tiges d'angélique, des carottes et du cerfeuil sauvages qui accommoderont la pêche du jour. Aux habitants des fermes, ils achètent de la viande de mouton séchée et de l'orge, parfois des pommes de terre, grâce à l'argent que les Sandvik leur confient.

Lorsqu'ils reviennent, Nora est toujours voûtée sur sa trouvaille. Hans Sandvik est parti pour une promenade dont le retour se calque sur la fin des prélèvements de son épouse, dont il connaît par cœur le tempo. Nora pose son carnet entrouvert dans les plis de l'herbe. Grigori s'approche et lit, aidé d'une brise qui a la grâce de tourner les pages pour lui.

Saxifraga stellaris

Alchemilla alpina

Koenigia islandica

Lotus corniculatus

Verrucaria maura

Lichina confinis

De retour sur le bateau, Nora écrit. La guirlande de noms s'étoffe des circonstances de la cueillette. Par la porte entrebâillée, Grigori voit les plantes exposées sur la table de la cabine, près d'un double de la carte de navigation que Nora annote et colorie. L'avancée du pastel mime celle du bateau vers le sud. D'une île à une autre, des taches de couleurs similaires se répondent.

C'est donc ainsi que ça se passe : des gens traversent des bras de mer, du pollen sur leurs manteaux, remarquant à peine cette poussière jaune un peu épaisse qu'on prend pour de la terre mais qu'on n'arrive pas à épousseter sans qu'elle macule en fine bouillie sous les doigts, les tempêtes sonnent les cloches des fleurs, agitent, emportent, rabattent tout ce qu'elles arrachent, parfois cela survient dans des combes où l'eau est sans sel, et l'été suivant, deux fleurs similaires agitent leurs corolles d'un côté et de l'autre de l'isthme. L'Archipel, si disjoint, se ressemble.

Parfois, les voyageurs voient sur une île un trait noir entouré de points blancs pelucheux. C'est un homme de la grande solitude, ermite ou berger, en exil pour la belle saison sur un îlot poussé dans la mer. On cherche en vain, en naviguant autour, un affaissement, une baie pour aborder, et la seule chose que l'on trouve est une corde qui pend dans la falaise, pour grimper jusqu'à l'estive prison de sel, ou pour se pendre, comme une proposition à étudier les mauvais jours.

C'est là qu'ils dorment ce soir. Nora avait bien dit qu'elle voulait tout voir, elle n'est pas du genre à reculer au premier effroi, à s'en retourner s'il pleut trop fort ou même si une tempête s'annonce, c'est peut-être ce qui la rapproche d'Alda. Le bateau est parti s'abriter dans une baie non loin, et Nora, Alda et Grigori se retrouvent tous trois sur cette île minuscule, avec le berger qui les a regardés cueillir des fleurs tout l'après-midi. À présent, l'homme flotte, appuyé contre la masse solide du vent, entouré de ses moutons qui se sont amoncelés en un grand corps blanc rivé au sol, toisons à l'horizontal.

Sa masure, sans aucune fenêtre, est construite en pierre et en terre, des matériaux lourds et silencieux qui enclosent une unique pièce étreinte d'un vent qui s'engouffre en lames entre les planches inégales de la porte. Des cailloux dégringolent de la cheminée dans le foyer de tourbe qui fume doucement. Il ne fait pas froid. Des agneaux que le berger a mis au sec, quelques brebis, la masse noire d'un chien, chauffent près des voyageurs. Personne ne dort, pas même les animaux. Tous vibrent à chaque assaut du vent. On entend le halètement du chien dans le noir, une brebis qui secoue la tête. Alda et Grigori sont adossés au mur, jambes étendues jusqu'à effleurer les toisons des bêtes. Ils se regardent, yeux grands ouverts qui renvoient une faible lumière, et sourient de leur veille partagée. Nora s'est lovée sous son manteau à même la terre crasseuse, sa boîte à herboriser, presque aussi grande qu'elle, posée près d'elle. Dans un entêtement forcené à ignorer le vacarme, elle essaye vaille que vaille de s'endormir, Grigori le voit à son front plissé, à sa mâchoire tendue, et il s'amuse que, dans n'importe quelle circonstance, elle s'acharne à faire ce qu'elle a décidé.

Dans la baraque, on ne sait qui tape le plus fort, de la tempête ou de l'odeur d'étable. Même à l'air libre, lorsque l'homme de la grande solitude les a accueillis tout à l'heure dans une sorte de stupeur réjouie, elle était déjà là, comme une enveloppe autour de lui. En tailleur sur sa paillasse d'herbe sèche que grignote un agneau, le berger laisse tomber une tête ensommeillée que relèvent les martèlements du vent.

Grigori s'assoupit à son tour, quelques secondes de rêve éparpillées entre les charges de la tempête. Il voit pencher des bateaux le long des goulets entre les îles, il entend les cris de ceux qui vont chavirer, et sur les plateaux des montagnes aux sommets tabulaires, il imagine des gens agrippés de leurs quatre membres, hommes lichens qui luttent pour ne pas s'envoler. Peut-être que c'est ici, sur l'Archipel, que trouvent refuge ceux qui errent, les égarés des régions polaires dont il a lu le destin en pointillé dans *Petits et grands explorateurs nordiques de notre siècle*, pas les grands explorateurs qui sont rentrés la barbe ornée de fleurs de gel, mais les ratés, dérivés en tièdes latitudes, échoués sur ces îles désolées sans glace ni ours, sans soleil de l'éternité verticale, ces îles où rassembler les visions du Nord parce qu'on n'y est plus. Sans oublier les autres, ce berger en ermitage absurde, et surtout lui-même, gabier sans voiles, tous désireux de s'absenter de leur vie, de marcher à côté d'eux-mêmes pour un moment. Il y a ici tant d'îles à peupler de naufragés, dont les heures de solitude doivent bien porter leurs fruits. Grigori rêve que l'automne venu, le berger rapporte au village les quelques poèmes qui ont arrimé ses chevilles au sol lors des tempêtes et que Jon et Halle les recueillent pour leur journal comme des cristaux façonnés par la terre.

Au matin, le vent s'est réduit à quelques bourrasques. Des averses éparses jettent des ombres sur une mer tourbeuse, pleine de la terre que la tempête y a jetée. Des éponges d'écume flottent sur les crêtes des vagues. La mer a projeté jusque dans la prairie des roches que viennent lécher les moutons. Affamés par la nuit de tempête qu'ils ont passée agglutinés les uns aux autres, ceux-ci se sont éparpillés, leurs toisons déjà sèches hérissées par le vent. Le berger chasse les agneaux de la masure et s'en va recueillir de l'eau de pluie dans une bassine en fer dont il se frictionne le visage. Il la tend pour que chacun s'abreuve, comme il a tendu hier soir du poisson séché qu'ils ont mastiqué dans le noir. Son chien, qui n'a rien à garder sur cet îlot si ce n'est la solitude de son maître, reste couché à ses pieds, sans intérêt pour ces hôtes qui sentent le propre. La pointe du bateau passe la courbe de l'île. Hans Sandvik agite la main sur le pont, Nora respire de voir revenir son refuge feutré aux odeurs délicates. Le berger tend trois lettres à Alda, de simples feuilles de papier pliées en deux marquées d'un prénom et d'un nom de village. Grâce à Alda, Grigori comprend que ce sont des requêtes pratiques en prévision de l'automne, discrets pas d'encre et de papier qui précèdent le retour de l'homme à son village. Il a bien quelque part une maison qui patiente, où il délasse, l'hiver, son corps qui sent le mouton. Il regarde partir Alda, Grigori et Nora, bien droit sur son île, avec l'égard et la patience qu'on offre aux rares invités.

La mer retrouve transparence et continuité des lignes. Le vent tombe d'un coup et le bateau s'encalmine près d'une plage où des insulaires s'affairent sous le soleil de la fin de journée. Dans la quiétude, on entend résonner des éclats de voix et un bruit qui, aux voyageurs venus du continent, semble sorti de leur monde, comme un souvenir qui ferait irruption dans un décor qui n'est pas fait pour lui. Clair, d'une continuité légère et chaleureuse, avec une résonance d'objet creux : c'est le bruit du bois sec que l'on jette et qui rebondit sur les cailloux tant il ne pèse rien. La plage est jonchée de bois flotté apporté par la tempête, couleur d'os délavé, plus blanc encore sur les pierres et le sable noirs, ou d'un brun clair, avec des nœuds dont on pressent à l'œil la douceur. Sur son ton patient de guide, ourlée des mots de Grigori en norvégien, Alda explique aux Sandvik cet échouage dont l'Archipel dépourvu de forêts a toujours fait profit pour construire, se chauffer ou décorer. Aujourd'hui, il n'y a pas d'épave à déplorer, c'est du bois sans catastrophe qui ne fut ni coque ni mât, mais simples branches arrachées par les tempêtes de Norvège ou rejets des scieries du Grand Nord russe que les rivières ont portés des jours durant avant de les déverser dans l'Arctique, où les courants ont fait le reste. Des années entières de lente dérive à se départir de ses qualités élémentaires, poli, évidé, plus léger que les oiseaux qui se posent sur les vagues. Dans les mains de qui le recueille, sur cette plage à des centaines de kilomètres de l'arbre dont il fut la part, le bois deviendra un pan de mur, un bibelot pour la maison, une tige de séchoir à poissons, un jouet pour les enfants.

La troupe embarque et le capitaine met le canot à la mer. Sur le rivage, une flamme prend malgré l'eau et le sel, sur le fond bleu du crépuscule : un feu grandit dans un creux de rocher, alimenté de brindilles minuscules dont on sacrifie l'utilité à la joie que procurent les flammes. Le village se rassemble autour du feu de tempête, attiré par la chaleur et les ombres qu'il dessine sur les visages. Grigori et Alda accompagnent Nora pour les présentations, en passeurs d'une curiosité mutuelle dont ils ont maintenant l'habitude. Nora, son mari taiseux, leur allure, leurs beaux vêtements, captent l'attention. Les regards s'attardent à peine sur Alda, qu'on situe sur la carte des lieux et des liens comme l'orpheline du Nord-Est, un peu plus sur Grigori qu'on étudie un instant comme le Norvégien de moindre importance associé au voyage, avant d'en revenir au couple si beau et si lisse.

Grigori regarde le feu que les villageois nourrissent continuellement en y jetant des éclats de bois qu'ils sont allés chercher jusque dans les interstices les plus étroits des rochers. Le visage embrasé par l'orbe de chaleur, il sèche de chaque grain essuyé dans sa vie. Autour, tout semble rétrécir, cailloux, herbes. Les algues se cambrent, les plumes laissées par les oiseaux se recroquevillent et brûlent, la laine s'aplatit, frisons domptés par la chaleur. Une femme approche ses longs cheveux mouillés des flammes et reste tête renversée, patiente, les bras autour des genoux, jusqu'à ce que ses boucles remontent dans son dos. Une amie prend dans ses doigts quelques mèches de la chevelure qui a retrouvé forme et couleur et grimace de l'odeur âcre qu'elle y trouve.

Alda rejoint Grigori. Elle a remis les lettres du berger à une jeune fille du village qui se chargera de les distribuer. Alors qu'elle s'assied à ses côtés, Grigori se sent près d'elle comme à bord du bateau trop étroit, un peu intimidé, au contact d'une présence que les espaces entortillés ne parviennent pas à contenir ni à modeler dans leurs empreintes. À terre, où leur espace à chacun s'épanouit en proportion de leur vivacité, il se sentirait presque obligé de s'écarter, pour laisser l'intensité d'Alda reprendre la forme changeante qu'elle imprime à l'air. Non, c'est faux, il a plutôt envie d'approcher sa main, d'effleurer du bout des doigts sa robe ou sa peau, mais même en tendant le bras, il resterait encore, jusqu'à elle, tout cet air chargé de flammèches, de sel et de fumée. Alda le détaille, son visage penché épousé par sa paume, sourcils froncés, comme si l'ombre des flammes dessinait des traits inconnus à ce gabier qu'elle a pourtant vu à la lumière la plus crue. Grigori lui rend son regard, mais n'y cherche plus la déclaration de désir qu'il a trop longtemps espérée. Alda n'a jamais été un truchement qui aplanit les lieux sous les pas de l'étranger, pas plus qu'elle ne se confond avec cette terre qu'elle arpente et dont il faudrait, naïvement, espérer la clémence ou l'acceptation. Alda est celle qui l'a jeté dans la falaise parce que c'est de là que s'envolent les oiseaux et qu'il fallait, impérativement, qu'elle sache s'il savait voler.

Un homme s'approche de ces deux jeunes gens qui se regardent et ne disent rien. Souriant, il leur tend à chacun un petit morceau de bois, comme on distrait des enfants ou des inconnus qui n'osent pas se mêler à la fête. Dès que l'homme est parti, Alda jette la brindille au feu et la regarde se consumer. C'est peut-être la coutume de faire don sans attendre de ce qui est si précieux, c'est peut-être le signe qu'elle ne veut rien garder ou que de tout, elle fait combustion pour l'envolée et la métamorphose. Grigori garde, lui, le morceau dans sa main, sa blancheur réchauffée par la lumière. Il pourrait le glisser dans sa poche tachée de sang éteint, l'oublier et le retrouver un jour où il s'ennuie, où il a besoin de s'adjoindre autre chose et de vider ses poches. Au miroir du bois flotté, Grigori se regarde. Il a presque envie de rire, en naufragé qui reçoit cette humble nouvelle du continent, comme un fragment de lui-même qui aurait pris son temps pour dériver et lui revenir. Le morceau ne décèle rien de ce qu'il a été, parfaitement lisse, d'une couleur uniforme, sans même le nœud d'une branche naissante ou cassée. Il est l'infime partie du chaos que la tempête a précipité sur la plage, peut-être la branche d'un bouleau torsadé des îles Solovki, ou celle d'un épicéa de Norvège que les navires frôlent le long des fjords jusqu'à les casser. Cette histoire très lente, celle de la transformation de la matière et de l'action réciproque des éléments, ennuierait à coup sûr Vassili.

La nuit suivante, accoudé au spectacle des côtes piquetées de quelques lumières, comme des étoiles filantes que ravalent aussitôt les seuils des maisons, Grigori pense à Loukine. Il imagine Jon et Halle qui le veillent, à la lumière d'une bougie qui rejoue, chaque soir, la même histoire d'extinction. Le ciel noircit, l'ombre sur le mur diminue, c'est à ces deux phénomènes que se mesure le temps. Grigori pense à Alda aussi, dont le bateau a ceint l'énergie contre la promesse d'un départ. Elle navigue avec Nora comme pour caresser chaque falaise de sa main, faire le tour complet de la dentelure des terres où elle est née avant que la corde ne se rompe et qu'elle embarque pour de bon tandis que les fleurs cueillies par Nora sècheront dans les presses.

Il se passe du temps : nuits claires, lune mangée et renaissante. Il faut faire vite avant septembre et le franc retour des pluies. Le voyage de Nora et Hans Sandvik se compte en jours précis de calendrier, qui rythment les dépenses de cette luxueuse expédition. Bientôt, ils devront rentrer, rendre le bateau et l'équipage à d'autres usages et occupations. Et Grigori d'imaginer Nora, en élégante robe de ville, exhiber les preuves du sérieux de son voyage à des rangées d'hommes en costume sombre.

À force de naviguer à la couleur, on parvient au bout du labyrinthe. Tous les jours ou presque, Nora a observé, prélevé. L'idée qu'elle se faisait des prairies abrasées par le vent s'est vérifiée et s'il y a eu des surprises, elles ont été sans conséquence, vite couchées dans la boîte à herboriser et sur la page de l'herbier. Quelque chose, pourtant, lui manque dans le catalogue de son imaginaire des lieux, comme une espace rare qui persisterait à lui échapper. Elle frémit sur le pont à la vue des barques assemblées, mais ce sont des pêches lentes, au fil, qui remontent des poissons à peine plus gros que les avant-bras qui les hissent. Rien des cris ni de l'énergie qu'elle attend. Pourtant le *grind* est partout, en traces ténues. Le lard noirci que le coq jette dans la soupe, le cuir de sa ceinture que caresse un gamin, regard hautain, fier de ses chasses, un jour où Grigori et

Alda se rendent à terre pour une course, les courroies qui emmaillotent les chargements sur les carrioles qui bringuebalent à flanc de montagne, la viande qui sèche à l'air libre le long des maisons, les bibelots d'os empoussiérés derrière l'épaule lasse d'une épicière, la tache sombre sur la poche de pantalon de Grigori, qu'il a renoncée à faire disparaître. Les vies de l'Archipel tissent leurs trames continues, Nora attend que l'aiguille les déchire de sa pointe et assemble les fils autour d'un même but éphémère et prodigue.

Une fois, n'y tenant plus, elle demande à Grigori s'il ne connaît pas des endroits où les baleines auraient leurs habitudes. Grigori fait un geste vague de la main, dit que cela éloignerait trop l'expédition de sa route, qu'il y a de toute façon des années à *grind* et des années sans *grind*, non sans plaisir à faire croire à cette femme si savante qu'il sait quelque chose. Nora se renfrogne. La crête des vagues et les plages hérissées de cailloux ne montrent rien d'autre que leur spectacle ordinaire. Hans Sandvik lui-même, au diapason constant de son épouse, se lasse de guetter pour elle les flots alentour lors des longues heures où l'on s'ennuie à bord. Alors Nora attend la prochaine escale pour faire disparaître cette ligne d'horizon si décevante dans le fouillis des herbes et des fleurs.

La capitale leur apparaît à la fin d'un après-midi de beau temps, au fond d'une rade abritée. Ce sont la même terre, les mêmes montagnes aux plateaux effondrés, la même vallée striée de torrents qui s'étend à la lisière des habitations, mais les maisons si nombreuses, les rues qu'on devine entre elles, les bateaux au mouillage avec leurs pavillons divers, danois, norvégien, britannique, vapeurs ou grands voiliers, font à Grigori l'effet d'une fugue, et il sent au demi-sourire d'Alda, qui tient le bastingage avec désir, qu'elle ressent la même chose. Elle pointe pour les Sandvik la grande église et le palais du gouverneur, anomalies parmi les angles doux des toits couverts d'herbe. Peut-être n'est-elle jamais venue et s'étonne-t-elle que les récits qu'on lui a faits de la grande ville soient si fidèles, que les quelques monuments qui font d'ici le cœur de l'Archipel soient exactement là où elle les attendait.

À terre, c'est quartier libre. Les Sandvik partent en quête d'encre et de papier pour Nora, l'équipage de denrées pour le voyage de retour. Après avoir hésité, Grigori et Alda marchent ensemble. Ils errent dans une abondance de tout : langues, visages, costumes soignés qui rappellent Bergen à Grigori, objets et nourriture que proposent les échoppes, paroles que s'échangent les passants. L'Archipel accueille dans son élasticité de colonie les marins danois, suédois ou anglais, arrêtés ici pour une journée ou pour un an et qui, rompus à faire escale loin de chez eux, parlent leur langue sans timidité. Tout ce que Grigori a laissé ailleurs reprend sa place. Son temps d'escale, dans son repli de vallée où rien ne se passe qui ne s'est déjà passé, lui semble aussi fragile que les fleurs que Nora cueille tous les jours. Après s'être fondu dans un lieu dont il a pris les couleurs, il pourrait disparaître dans cette ville où il n'est qu'une maille parmi d'autres, venu d'à peine un peu plus loin.

Alda achète des chaussures avec le salaire versé par Nora. Tandis qu'elle paye, Grigori regarde des outres d'huile de baleine pendre à la devanture d'une boutique adjacente. Il ne s'est même pas demandé s'il avait besoin de quelque chose alors que, pour la première fois depuis longtemps, le voilà en possession d'un peu d'argent. C'est peut-être une occasion à saisir avant de s'en retourner dans un lieu où il faut fabriquer ce dont on a besoin et, pour le reste, attendre qu'un bateau vous l'apporte. Mais il a au moins une chose à faire, un service que lui ont demandé de rendre Jon et Halle, alors qu'Alda avance dans la rue pieds pointus et fiers, le cuir neuf freinant sa foulée.

Un homme, dont le premier passant venu leur a donné l'adresse, ouvre la porte d'une maison semblable à toutes les autres. Grigori déplie les feuilles imprimées du journal de Jon et Halle, gondolées d'humidité, salées du morceau de bois avec lequel elles voisinent dans sa poche, et les lui tend. L'homme fait servir du café avec des petits gâteaux et il éclate de rire lorsqu'il comprend que Grigori, passeur du précieux journal conçu dans ce Nord-Est où deux instituteurs fomentent une révolution de mots, ne parle même pas la langue de l'Archipel. Alda, elle, ne dit rien, et patiente comme elle l'a appris à bord du bateau des Sandvik quand il n'y a rien à faire. Elle ne prête attention ni au piano ni à la bibliothèque qui déborde de livres, ses yeux sont ailleurs, ils traversent le mur de la maison jusqu'au jardin qui frémit d'une légère averse. Aucun des deux visiteurs, lunaires, distraits, n'est l'interlocuteur rêvé pour ce poète à la barbe abondante, miroir fortuné des instituteurs auquel Grigori vient d'apporter, en toute innocence, ce fragment de dissidence partagée. Un homme entouré d'alliés, écrivains, imprimeurs, hommes politiques qui, ensemble, peuvent donner au travail de la petite presse, cachée dans le cabinet secret de l'école, une aura bien plus grande. Si la révolution se fait aussi dans les villages les plus lointains comme celui de Jon et Halle, avec une nécessaire discrétion car toute parole résonne plus fort dans le silence, c'est ici, à la capitale, que l'on se réunit, que l'on débat, que l'on parle à voix haute pour être entendu. La couronne ne pourra bientôt plus rien face aux insulaires déterminés à ce que leur langue vive dans tous les angles de leur existence, et dans le nord-est de l'Archipel, on fera classe sans tirer les rideaux rouges, sans craindre que l'officier danois ne passe par là.

L'homme s'attable pour écrire une réponse à ses compagnons d'idéal qu'il n'a jamais rencontrés. Alda se lève et fait crisser ses chaussures jusqu'à la fenêtre martelée de pluie. Un chat s'installe sur les genoux de Grigori. Le temps d'écriture se passe en caresses et en regards qu'Alda vient poser sur les branches des petits arbres qui poussent, vaillants, aplatis contre les parois des maisons. Enfin l'homme plie sa lettre et la glisse dans l'un des trois livres qu'il charge Grigori d'offrir aux instituteurs : des recueils de poèmes et une grammaire, ouvrages affairés de mots dont des invités tonitruants liront sans doute les pages lors de futures fêtes. Grigori, gauchement, les cale sous son bras, ses poches ne sont pas assez vastes pour ces lourds messages que s'échangent les gens sérieux de l'Archipel, si préoccupés de son existence singulière. Alda enfile son manteau avec un empressement qui fait sourire le poète, la porte d'entrée s'ouvre sur la rue rincée de pluie, invitation à rester, politesses, mais Alda est déjà dehors, tout sourire, et Grigori se retrouve à cavaler sous l'averse à ses côtés, les précieux livres glissés sous sa veste, ses bras serrés en étagère pour les empêcher de tomber. Tout alourdi qu'il est, il peine à la suivre, décidément il courra toujours derrière elle, distancé par l'énergie qu'elle applique à la vie entière. Coin de jardin, croisement de ruelles pentues où dévale la pluie, il s'en faut de peu qu'elle l'égare. Il la retrouve sous l'avancée d'un toit, même sourire d'échappée, souffle court de la cavalcade qui les a éloignés des grattements de plume et des ronronnements. Les façades alentour, planches clouées de guingois sur leurs soubassements de pierre, sont floues dans la cascade qui s'écoule du toit et les enclot dans son humidité.

Quelques heures dans cette ville, en vacances de Nora et de sa curiosité impérieuse, et aussitôt s'ouvrent des possibles et des fuites, avec ces visages inconnus qui ne demandent qu'à se faire connaître, ces capitaines et ces contremaîtres qui ne cherchent qu'à embaucher, ces bateaux au mouillage qui tôt ou tard repartiront pour l'Angleterre ou le continent, et qui, dans le faible courant de la rade, ne semblent attendre que Grigori le gabier. N'est-ce pas le même lancer de dés à chaque escale, celui d'un éparpillement avec pour horizon le mystère, pour soi-même et ceux qui commandent, de savoir si l'on va revenir à bord ? Alda aussi avance à pas équilibristes, elle donne à chaque instant ce sentiment qu'elle pourrait bifurquer, se jeter vers la moindre flamme qui parlerait son langage, la moindre issue tant elle est impatiente, ce serait facile, après tout les Sandvik, dans leur confiance naïve, si terrestre, les ont payés tous les jours sans s'étonner de les retrouver à leurs côtés chaque matin, un salaire quotidien qui interroge à chaque versement l'envie de partir et celle de rester, et maintenant qu'elle a les poches pleines, qu'est-ce qui l'empêche de s'inventer un autre chemin ?

Mais le soir, comme une vague se retire vers la mer, Alda et Grigori reviennent au bateau.

XV

Grigori regarde au creux de sa main les pièces que Nora lui a données, le dernier versement de son salaire de traducteur. Il lui semble mille ans depuis sa dernière fortune. C'est l'argent du continent que Nora a versé, de Bergen disparu. Quelle valeur a-t-il sur l'Archipel ? Il ne le sait pas encore, il faudra qu'il le présente à Tilda qui vend bon marché le mouton séché, à Bjarni qui cède son bateau de pêche pour s'en offrir un grand où il pourra embarquer plus de gars, à Per qui vend sa maisonnette du bout du sentier pour épouser une femme qui vit de l'autre côté de l'île, et il saura dans leur regard s'il est un homme avec qui l'on discute sérieusement. Mais il devine aux yeux étincelants d'Alda que tous deux détiennent une clé dont ils useront de façon bien différente.

Les Sandvik les ont raccompagnés à terre, là même d'où ils sont partis, et s'en sont retournés sur leur bateau. Dernière nuit de mouillage dans la baie avant de repartir pour Bergen.

Autour d'Alda et Grigori, sur la plage où s'affairent les pêcheurs, quelque chose de Nora s'attarde encore. Sa reconnaissance polie à l'égard de ses guides, l'odeur de terre fraîche de ses mains et de ses chaussures, mais aussi l'empressement qu'elle applique à tout même aux adieux et, dans le regard qu'elle a promené sur les côtes alentour, comme pour se donner une dernière chance d'espérer, la pointe de déception d'avoir manqué le *grind*. Mais c'est un spectacle qui ne s'orchestre pas et dont elle n'a pu à haute voix déplorer l'absence.

Alda effleure le bras de Grigori en un léger salut qui se passe de mots, et prend congé pour sa petite maison dans la plaine. Elle s'éloigne à pas vifs, cap terrestre retrouvé. Grigori, lui, parcourt lentement le chemin jusque chez Jon et Halle, danse de haute mer dans les jambes, si forte qu'il doit s'appuyer contre les façades et titube jusqu'à la porte ronde qui lui semble devenue étrangère. C'est comme une deuxième arrivée, quelques coups qu'il faut frapper, sac de voyage au dos, à la porte d'un foyer de hasard pour réclamer l'hospitalité. Mais alors qu'il va pour tourner la poignée, il s'arrête. Il lui est impossible de passer le seuil, de s'annoncer sourire aux lèvres et de reprendre ses quartiers, pieds sous la table, comme s'il était parti depuis seulement quelques heures. Il serpente dans le village jusque dans les hauteurs, se trouve une pierre et s'y cale jusqu'au soir, avec vue sur la baie. Il dort un peu, arrimé à cette terre qui ne bouge pas, les jambes dans l'herbe humide des averses qui se déposent en vapeur et, lorsqu'il se lève, il n'a plus ni la tête qui tourne ni l'équilibre qui chancelle.

*

Jon déplie la carte de l'Archipel qui a guidé l'expédition des Sandvik ces dernières semaines. Dans une sorte de fulgurance, juste avant de quitter le bord, Grigori l'a achetée au capitaine avec une pensée pour sa fausse jumelle, la carte approximative ornée de serpents de mer que les instituteurs gardent accrochée à un mur de leur classe.

Grigori guette la réaction de Jon, inquiet de savoir comment il prendra ce cadeau qui lui offre une arrogante vue d'oiseau de son territoire. Il aurait voulu leur restituer les circonvolutions du bateau dans les passes, les falaises à quelques mètres seulement du bastingage, il aurait aussi aimé que Nora lui donne sa carte à elle, si singulière, où les taches de couleurs disent la présence de telle et telle plante, mais il n'a pas osé, car, contrairement au capitaine qui s'en retourne et cède sa carte avec la facilité de celui qui sait qu'il n'en aura plus besoin, Nora n'en a pas fini avec son voyage. De nombreuses fois elle retournera sur ces îles de papier pour trier, organiser les échantillons de plantes et les compiler dans des synthèses qui feront le pont entre les lambeaux du territoire. Mais trêve de crainte, Jon est déjà absorbé dans la carte maritime, le nez au ras du papier, le doigt longeant les terres émergées, amusé par un détail qu'il est seul à voir, un jet de récifs dans la mer, un détroit dont il n'imaginait pas la forme.

Grigori espère que son cadeau avoisinera bientôt la carte fantaisiste, que les élèves préféreront toujours car bien moins ennuyeuse.

Halle, elle, lit et relit la lettre du poète. Sourires et rides de sérieux alternent sur son visage. Sa main est posée sur les trois livres comme pour en prendre déjà possession. D'un bout à l'autre de l'Archipel, des frémissements se répondent. De quoi faire travailler la presse avec des forces unies, en s'alliant un nom prestigieux qui portera plus haut la cause de ceux qui en défendent la langue singulière.

La petite Lene se tient tranquille. De temps en temps, un pépiement s'échappe de ses mains jointes puis un bec minuscule, presque translucide, pointe entre ses deux doigts pour se poser, entrouvert, sur sa peau. C'est un oisillon qu'elle a recueilli tout à l'heure dans les bosquets d'herbe, à côté de la plage, juste avant qu'un chat de passage ne le dévore, explique-t-elle à Grigori dans un chuchotement.

Chacun disparaît dans un silence concentré. Rien n'affleure d'un possible chagrin. Ils sont tous les quatre dans la bibliothèque, autour de la lampe qui étend son halo jusqu'aux visages et laisse dans l'ombre les recoins garnis de livres. Le premier étage est vide, lumières éteintes sur les tables qui veillent les lits, mais l'air conserve la même tiédeur qu'au rez-de-chaussée. Jon et Halle ne laissent jamais refroidir une pièce, les chambres doivent être prêtes à tout moment pour l'hôte fatigué, qu'il vienne du village voisin ou du continent. Dans la plus grande, celle qui ouvre sur la baie, on a lavé, aéré. Et là-bas, sur l'île où l'on enterre les naufragés dans le cimetière baigné de soleil, on a planté une pierre et gravé un nom. C'est ce qu'a dit Jon quand Grigori s'est assis à table avec eux tout à l'heure. L'instituteur a pris la parole en premier, avec délicatesse, pour épargner au gabier d'avoir à poser les questions. Il a raconté, face aux paupières baissées, aux mains jointes du marin, ce certain état de silence et d'immobilité, un matin où, face à l'air qui sonne creux, on sait d'instinct qu'une présence est vide. L'aide de Vassili, l'homme providentiel, la gueule un peu tordue de jouer une nouvelle fois les fossoyeurs mais qui a tout de même proposé sa barque pour traverser le bras de mer jusqu'au cimetière près de la cascade. Puis la petite assemblée rameutée par Vassili, ses compagnons de chasse et de beuverie dont Jon cite les noms avec facilité, Olga, Sacha et le grand Igor, le colosse à la barbe noire, qui tous se sont recueillis devant la tombe ouverte après une messe si peu diserte en détails, comme si Loukine devait rester un voyageur sans mémoire, même dans la bouche discrète de Jon et Halle qui ont salué d'une même voix l'ami qui n'était jamais là mais auquel on a souvent pensé, peut-être parce que le jour où il est entré pour la première fois dans la maison à la porte ronde avec, dans son sac, ses livres en langue étrangère, on a eu tant de plaisir à l'écouter qu'on ne l'a jamais oublié, jusqu'à toujours lui garder une chambre, un lit, une table à laquelle s'asseoir.

Grigori écoute Jon lui raconter la scène, avec une pensée pour les ultimes présences qui ont entouré Loukine :

Halle, Jon, Lene, les Russes flottants venus saluer non le compatriote avec qui ils se seraient noyés dans de faux souvenirs, mais l'errant qui, entre toutes les terres arpentées, a choisi celle-ci pour disparaître, une terre de lente expiration où mêler son dernier souffle au vent. Qui de mieux que Vassili pour se pencher une dernière fois sur Loukine, comme sur un frère qu'il n'aurait jamais rencontré, et lui inventer le plus fantaisiste des destins, une vie flottante avec détour par l'Archipel, dans le rôle du héros venu d'ailleurs ou du matelot anonyme, tout dépend de la carte tirée par le conteur, un lieu en tout cas où Loukine a su qu'il faudrait un jour revenir, même pour regarder le ciel par la fenêtre en attendant de mourir ?

À l'étage, dans la chambre du défunt, Grigori dépose le morceau de bois flotté sur la petite table encore chargée de livres. Ce sont les seules traces qui restent de Loukine. Est-ce en pétrifiant les livres que Jon et Halle expriment leur tristesse ? Comme si, de crainte que leur propriétaire, pris d'une envie d'en emporter un dans l'au-delà, ne trouve la table vide, ils se retenaient de les toucher, de les éparpiller ou, pire, de les ranger serrés sur les étagères avec d'autres ouvrages qu'ils n'ont jamais côtoyés.

Puis sa chambre, ou plutôt la chambre où il a dormi toutes ces semaines et qui n'est plus vraiment la sienne, en ordre, sans les signes où il se reconnaîtrait, si tant est qu'il ait un jour donné à ces lieux un semblant de particularité, lui qui est habitué à rassembler le peu qu'il possède dans un fond de sac ou un recoin de bannette. Il est presque surpris de ne trouver personne assis sur la chaise : Jon et Halle, avec leur générosité d'esprits éclairés, toujours curieux des autres et respectueux des silences, auraient pu, le temps qu'a duré son absence, accueillir un nouveau visiteur, un second Grigori, taciturne et irritable, qui serait là, tout tassé par l'ennui, à lui lancer un regard mauvais. Un peu comme Vassili l'a fait, pieds ancrés dans l'escale mais friand d'histoires étrangères, il faudrait montrer à l'arrivant bourru les sentiers, les jardins, les falaises et, dans ce paysage de cycles austères, lui laisser percevoir les alliances à nouer, les interstices où se glisser pour palpiter du même vent que les insulaires.

Le parquet brille de la toile qu'on y a passée. L'herbe sur le toit est haute, des bottes épaisses de graminées, aux fleurs déjà fanées, mordent sur le ciel et sèment leurs graines sur fond de nuage. Grigori ôte ses souliers et marche jusqu'au lit. Il ne défait pas les draps, ce serait le premier geste d'un nouveau séjour. Il s'allonge sur les couvertures et s'endort.

*

Alda est adossée au mur de l'école, manteau boutonné jusqu'en haut, bonnet enfoncé sur la tête, sa tresse éclaircie par les jours de soleil. Il fait frais, le sol est pris dans une humidité qui ne cède pas. C'est un jour de fin d'été. On attend le retour des saisonniers, éparpillés sur les bateaux de pêche, pour le début du grand sommeil. Comme chaque année, on s'occupera des tâches d'intérieur à mesure que l'automne avance, débarrasser les renards polaires de leur fourrure brune, garnir les oreillers de plumes d'eiders, réparer le matériel usé par les gestes des longues journées, filer, coudre, tricoter, se raconter des histoires. On laissera l'Islande lointaine à son triste gel et on regardera les jours rabougrir jusqu'à devenir de petits points pluvieux. On se rassemblera autour du feu de tourbe et seuls les moutons, comme toujours, se laisseront traverser par les saisons, éternellement à l'air libre, robustes à tout.

Alda se tient bien droite, vaste sourire à Grigori.

– Je me disais que tu finirais bien par sortir.

Il la regarde avec attention, remarque le sac qu'elle tient en bandoulière, le même que celui qui lui sert à ramasser les œufs, à peine alourdi, cette fois, de quelques vêtements.

– Tu vas partir, alors ?

Elle hoche la tête.

– Nora m'emmène jusqu'à Bergen. Ensuite je verrai. Elle m'aidera peut-être ou peut-être pas. Mais au moins je serai là-bas.

Il baisse les yeux. N'a-t-il pas des choses à lui dire sur cette ville dont il a pu croire qu'elle était devenue la sienne à force d'en partir et d'y revenir ? Est-ce qu'il pourrait se faire guide auprès d'elle à partir de ses souvenirs, mentionner tel endroit, tel nom qui lui garantirait un accueil ? A-t-il, comme elle a sa falaise, un lieu où il s'incarne et où il aimerait qu'elle se rende, même sans lui ? Mais la longue veine du fjord, qui mène aux façades de couleur serrées sur les pentes boisées des montagnes, peine à prendre corps, comme collée entre deux pages d'un livre trop vieux pour être encore ouvert. Il préfère continuer de s'enquérir.

– Tu as d'autres gens à saluer avant de partir ?

– Et toi, as-tu des gens que je pourrai saluer pour toi là-bas ?

Ils se sourient, réunis une dernière fois dans leur solitude. Les mots d'escale, qui dessinaient les contours de leur mutuelle étrangeté, sont devenus mots de départ. Il prend la main qu'elle lui tend, la serre avec délicatesse non pas comme s'ils étaient en train de se dire adieu, mais qu'ils s'apprêtaient à marcher côte à côte. Il aurait dû le savoir, la tendresse ne s'accorde qu'au moment du départ, quand on sait qu'elle ne fera jamais ancre. Le sourire d'Alda, joues rouges, s'élargit encore. Son impatience a perdu toute colère maintenant qu'elle est épaulée de certitude. Il fait sombre ce matin, si sombre que les lampes sur les barques des pêcheurs s'allument une par une dans la baie. Une lourde pluie se met à tomber, la laine du bonnet d'Alda frisotte à la façon d'une chevelure. Est-ce le moment de trouver refuge à l'intérieur ? Ou le signe qu'il faut précipiter les adieux ?

Le salon de Jon et Halle est tiède, chauffé par la cuisine où le feu de tourbe couve jusqu'au prochain repas. On entend, dans la salle de classe, le bruit léger des chaises déplacées, les mots jetés plus haut pour se faire entendre, la rumeur d'un rire, les questions ânonnées d'une voix pointue d'enfant. Au creux du grand fauteuil, il fait plus tiède encore. Posé près de la bibliothèque, le sac de Grigori fait des plis, rebondi du linge de voyage qu'il faudrait laver pour s'y glisser avec l'impression de commencer quelque chose. Alda cavale le long des maisons. Son sac lui tape dans le dos. Pour la dernière fois le relief caillouteux des rues sous ses nouvelles semelles, pour la dernière fois les herbes épaisses qui battent les jambes, pour la dernière fois l'imminence de la nuit en pleine journée sous les nuages qui s'agglutinent, pour la dernière fois ces visages étirés par la vitesse, ceux qui faisaient la queue jusqu'au panier d'œufs avec pour certains la pitié, pour d'autres la méfiance dans le regard qu'ils posaient sur sa solitude. Ils croiront peut-être qu'elle part quelques mois pour un hivernage à d'autres lumières, comme ceux qui pratiquent la disparition saisonnière, mais les femmes font-elles vraiment ce genre de choses, pas sûr, elles tiennent plutôt les cycles en terre ferme et si elles s'absentent, c'est dans leur propre maison.

Alda déboule sur la plage. Le canot spacieux des Sandvik attend, avec à bord un matelot qui s'ennuie, la nuque basse sous sa casquette, la bouche rivée à un mégot qui crachote sa fumée sous l'averse. Alda avance dans les vaguelettes et embarque, jambe levée d'un coup par-dessus le rebord. Longtemps elle s'est dit qu'elle partirait seule et que ce serait bien assez, il aurait fallu viser une embellie de quelques jours, hisser la voile qu'elle aurait trouvée, tenir le cap sud-est et voguer, comme si la mer n'était qu'un blanc sans pluie ni tempête, il suffit de faire confiance au temps qui s'écoule pour arriver à bon port. Puis il y a eu Nora pour lui paver cette route si difficile, dans le ressac du pays qu'on découvre et du sien que l'on offre.

À la proue, les deux mains agrippées au plat-bord, Alda ne regarde que devant elle. Elle ne sait pas qu'elle devient, dans les yeux de ceux qui sont restés à terre, une silhouette qui rétrécit et se mêle aux formes de l'horizon, coque rousse du bateau des Sandvik et crêtes des vagues. Grigori, assis dans le salon tranquille, regard fixé sur la fenêtre qui lui montre le ciel et son bout de mer, voit le canot qu'on hisse à bord, de longues minutes de manœuvre à l'aune de l'impatience d'Alda, et le bateau qui enfin quitte la baie, voiles gonflées d'un vent de bon augure. Lui reste là, enveloppé de tiédeur, mais il ne dort pas, ne somnole même pas, le dos droit dans le fauteuil, le bout du pied mordant sur son sac de toile épaisse, quelques minutes encore à demeurer assis à l'écart de tout, quelques heures peut-être à se demander où aller désormais, cette petite maison cédée par l'ancien célibataire, cette barque de pêche pour ne pas complètement jeter l'ancre et, comme Vassili et tant d'autres, voûter son dos au-dessus des lignes pour faire œuvre de subsistance, mais par-dessus les paroles étouffées des instituteurs et les souffles de la cuisine, par-dessus ses pensées qui le portent vers un avenir qui l'étonne encore, un cri, celui que Nora a tant espéré et qui, avec toute l'ironie du hasard, retentit alors qu'elle est à peine partie, un cri qui monte, raclé d'une gorge d'homme, et qui l'appelle, lui et les autres, Vassili, Helland, Finnur, Nils, tous ceux qui sont restés et ont renoncé, au moins pour un moment, à cette part flottante d'eux-mêmes : *Grind ! Grind !*

Merci à Claire, Michel et Saskia, qui ont partagé avec moi le voyage durant lequel l'idée de *L'escale* est née ;

à Chloé, qui a compris la première le cap de cette histoire ;

à Filippos pour son soutien, ses conseils et sa patience ;

à Marine, Léonor, Christine, Florence et Loïc pour leurs premières lectures ;

à Maxime, Iris, Anne-Marie et Céline pour leur chaleur et leurs encouragements ;

à Josselin pour ses conseils en matière de vocabulaire nautique ;

à Lydia, Léonor et Nath pour leurs suggestions graphiques ;

à Marie-Pierre Gracedieu, Adrien Servières, Sergey Belikov et Capucine Ruat pour leur accompagnement et leur confiance.

CATALOGUE

Anuk Arudpragasam
Un passage vers le Nord
Traduit de l'anglais (Sri Lanka) par Dominique Vitalyos

Christian Astolfi
De notre monde emporté

Hanna Bervoets
Les choses que nous avons vues
Traduit du néerlandais par Noëlle Michel
L'expérience Helena
Traduit du néerlandais par Anne-Laure Vignaux

Xavier Bouvet
Le bateau blanc

Mattia Corrente
La fugue d'Anna
Traduit de l'italien par Jacques Van Schoor

Ia Genberg
Les détails
Traduit du suédois par Anna Postel

Paolo Giordano
Tasmania
Traduit de l'italien par Nathalie Bauer

Jan Grue
Ma vie ressemble à la vôtre
Traduit du norvégien par Marina Heide

Anna Hope
Le Rocher blanc
Traduit de l'anglais par Élodie Leplat

Alice Kaplan
Maison Atlas
Traduit de l'anglais (États-Unis) par Patrick Hersant

Semezdin Mehmedinović
Le matin où j'aurais dû mourir
Traduit du bosnien par Chloé Billon
Sarajevo Blues
Traduit du bosnien par Chloé Billon

Noëlle Michel
Demain les ombres

Touhfat Mouhtare
Le Feu du Milieu

Sara Mychkine
De minuit à minuit

Maude Nepveu-Villeneuve
Après Céleste
La remontée

Aslak Nore
Le Cimetière de la mer
Traduit du norvégien par Loup-Maëlle Besançon

Boris Pétric
Château Pékin

Stine Pilgaard
Le pays des phrases courtes
Traduit du danois par Catherine Renaud
Les monologues d'un hippocampe
Traduit du danois par Catherine Renaud

Anne Sénès
Chambre double

Michèle Standjofski
Mona Corona

Juan Tallón
Chef-d'œuvre
Traduit de l'espagnol par Anne Plantagenet

Akos Verboczy
La maison de mon père

Lisa Weeda
Le palais des Cosaques perdus
Traduit du néerlandais par Emmanuelle Tardif

Sylvia Aguilar Zéleny
Poubelle
Traduit de l'espagnol (Mexique) par Julia Chardavoine

Pour en savoir plus sur nos publications
et suivre notre actualité,
vous pouvez consulter notre site Internet
www.lebruitdumonde.com

Ouvrage réalisé par Nord Compo à Villeneuve-d'Ascq

Achevé d'imprimer par
Normandie Roto Impression s.a.s.
N° d'édition : M1003/01
N° d'impression : 2305917

Imprimé en France